Правый руль

右ハンドル

Правый руль

ワシーリイ・アフチェンコ
河尾基 訳

群像社

日本語版への序文

ドキュメンタリー小説『右ハンドル』で描かれているのは、何よりもまず現代のロシアだ。そして日本も。日本の中でも、恐らく日本人自身も知らない部分、すなわち日本の中古車が日本海の向こう側で送る第二の人生である。

二十世紀の九〇年代になると、ロシアにとってはハンドルが普通と反対の右側についた自動車は、シベリア及び極東の住民たちにとって、それまでの日本の製造者や所有者たちにとってとは別の何物かになった。単なるA地点からB地点までの移動手段ではない。光沢を放つ金属としなやかなプラスチックによって物質化された自由である。一般のソヴィエト（ロシア）市民には自動車は手に届かず、しかもその品質も十分とは言い難かった時代に、沿海地方は日本車に乗り換えることで、突如としてロシアで最も自動車が浸透した地域になった。それは大衆的で爆発的なプロセスだった。

留まることを知らない日本車の流入が、技術的な現象から経済的な現象に、そして文化的な現象へと変貌していったのも驚くべきことではない。日本の事物や言葉と混交した、独特な極東自動車スラングが生まれた。日本車に対する関係は、ほとんど宗教的といってよい性格を帯びることになった（だからこそこの地では、ロシアで右ハンドル車の使用を禁止しようとするモスクワの試みに病的な反応が起こり、すぐさま抗議運動が燃え上がったのである）。一九九〇年代の極東は、一方では不況と犯罪と暗黒の、他方では放埓な陽気さの中にあったが、そこで自動車は形而上学な概念へと変貌を遂げた。町の容貌や住民の生き方、さらには言語さえも変えた。

子供たちはマルクーシニク（マークⅡ）を夢見た。釣りやハンティングを行う者は、実利的なピックアップ車や「コルホーズ」タイプのステーションワゴン（リーフスプリング、ディーゼルエンジン、箱……）を買い、ギャングたちは高価なオフロード車の窓からの銃の撃ち合いに熱中していた。ウラジオストク出身のロックスターであるイリヤ・ラグチェンコは、「車輪を上にしてクルーザーが悲しげに空を見上げている」と爆発したランドクルーザーを歌い、極東の歌手イワン・パンフィーLOVEは、「俺の恋人」という歌の中で、流れるように軽やかで娘の身体のように洗練されたセリカを歌い上げた。シベリアの作家ミハイル・タルコフスキイは小説『トヨタ・クレスタ』を書き、右ハンドル車のイメージを通して、巨大で多様で矛盾と分裂を孕み、同時に単一でもあるロシアの空間を象徴的に描いた。犯罪界出身のヴィターリイ・ジョーモチカは、地元の自動車ビジネスや自動車の運び屋やギャングたちについてのテレビドラマ「スペツ」を撮った。

日本車はロシアで第二の人生を得た。そのことを私たちに感謝しているだろう。おかげで新たな生活を得ることができた私たちも、日本車に感謝している。たとえ製造したのが私たちではなくとも、私たちは日本車のために文化的な付加価値を創り出し、自動車だけでなくそれを取り巻く環境にも新たな意味を与え、豊かなものにしている。私は以前から気がついていた。自動車が日本からロシアにやってくると、ランプの表情が変わるのである。目つきが厳しく険しいものになる。モスクワの人間も日本人も、私たちのように自動車を感じることはない。極東とシベリアの人間だけである。

日本の自動車たちはロシアに進軍するようになってから四半世紀の間に、大きくロシア化した。日本人にとっては移動手段に過ぎなかった彼女たちは私たちにとっては文化コードとなり、ウラル以東のロシア世界の重要な構成要素となった。日本車が溶け込んだタイガの中の町の風景。そこでは風光明媚な満州の丘が薄暗い灰色の狭小マンションを支えている。ロシアにおける右ハンドルの栄華は今となっては過去のものとなってしまったが（中古車の輸入関税が上がり、他方でロシア国内では安価な欧米ブランド車や左ハンドルの日本ブランド車の生産台数が増えてきた）、この時代は私たちの記憶に深く刻み込まれている。それは美しく、楽しく、重要な時代だった。

『右ハンドル』が日本語に翻訳されることは、私にとって個人的にとても意義深いことだ。本書の執筆時には、私はまだ日本に行ったことがなかった。しかし、ウラジオストクで育ったのだから、子供の頃から私の身の周りには、日本の言葉や物や概念があった。ロシアでは自動車のことを「鉄」や「車輪」と呼ぶが、私にとって日本の右ハンドル車はそうしたものよりもはるかに大きな存在である。私の成長、心の発達、美的感覚の形成に影響を及ぼした。私の人生の一部になった。

……さらに言えば、まるまる一時代の人々の人生の、大切な一部になった。

日本の読者が本書をどのように受け止めるのかは分からない。それどころか、本書の題名は日本語でなんと言うのかも分からない。しかし私は、この本は日本でこそ読まれてほしいと願っている。だからこの場をお借りして日本の出版社と翻訳者に感謝を伝えたい。

ワシーリイ・アフチェンコ
ウラジオストク、二〇一八年

目次

＊〔〕内は訳者の補足。

ウラジオストク国際空港
アムール湾
ウラジオストク
ルースキイ島

ロシア
ハンカ湖
綏芬河
ウスリースク
中国
ナホトカ
ウラジオストク
北朝鮮
日本海
韓国
富山新港

右ハンドル

この本を読むことのできぬものたちに

序章

日本ではよかった。お前は若く、抗いがたい魅力に溢れていた。お前には日本人の男がいて、その男はすらりとして感じがよく、物腰は丁寧で、スーツをうまく着こなしていた。いつでもさっぱり髭を剃っていて、酒に酔うことなどなく、細フレームの眼鏡の奥に賢くて真剣な眼差し。肩幅は狭いが、引き締まった体つき——私はそんなふうにその男のことを思い浮かべる。男は毎日をお前と共に過ごし、お前に触れ、お前の中に入った。私はお前の向こうでの人生のことで嫉妬したりはしない。当時はまだ、私とお前は一緒にはなれなかったのだから、その日本人がお前を所有していたのだ。だが今は、そのどこかのタナカだかハヤシだかの形見としてお前に残されたのは、明るく光るネクタイピンひとつだけだ。

生まれからすれば、お前はあの男のものであるはずだった。こうして私といるのは幸福な手違いというものだ。彼よりも私の方がお前を強く愛している。お前もそのことをよく知っているはずだ。あのすっかり快楽漬けになったサムライの末裔は私には到底無理なほどお前を甘やかしたが、お前のことを単なる道具として扱った。お前は麗しの祖国では、今日まで生きながらえることもできなかったかもしれない。東方の奇妙な民族である日本人は、お前をもう若くなく魅力のない娘だとみなした。だが私はお前をここへ連れてきた。お前の話す意味不明な言葉を覚えることも、哀れな亡命者の幸福を求めて太陽の昇る方角を目指すことも私には無理だと知って、お前をこの穴蔵の中に連れてきたのだ。大昔に造られたちっぽけな汽船の甲板の上、似たような奴らの中でひときわ高い場所に積まれて、日本海の荒波の中を引きずるようにしてお前は運ばれてきた。私がお前に第二の生を与えたのだ。それはお前も分かるだろう。

お前なしでこれまでどうやって私は生きてきたのか、想像もつかない。まったく分からない。お前とはもうずいぶん長いこと一緒だけれど、それでも私はこれまでと同じ、毎日お前が欲しい。お前を見て、触って、息を荒げ、欲望に身を振るわせたい。お前の中に入り、共に動き、そしていつも名残を惜しみながらお前のもとを離れたい。

ここから帰る者はいない。お前は決して日本を再び目にすることはない。お前はここで死ぬ運命だ。

だがその前に、私とも別れることになるだろう。

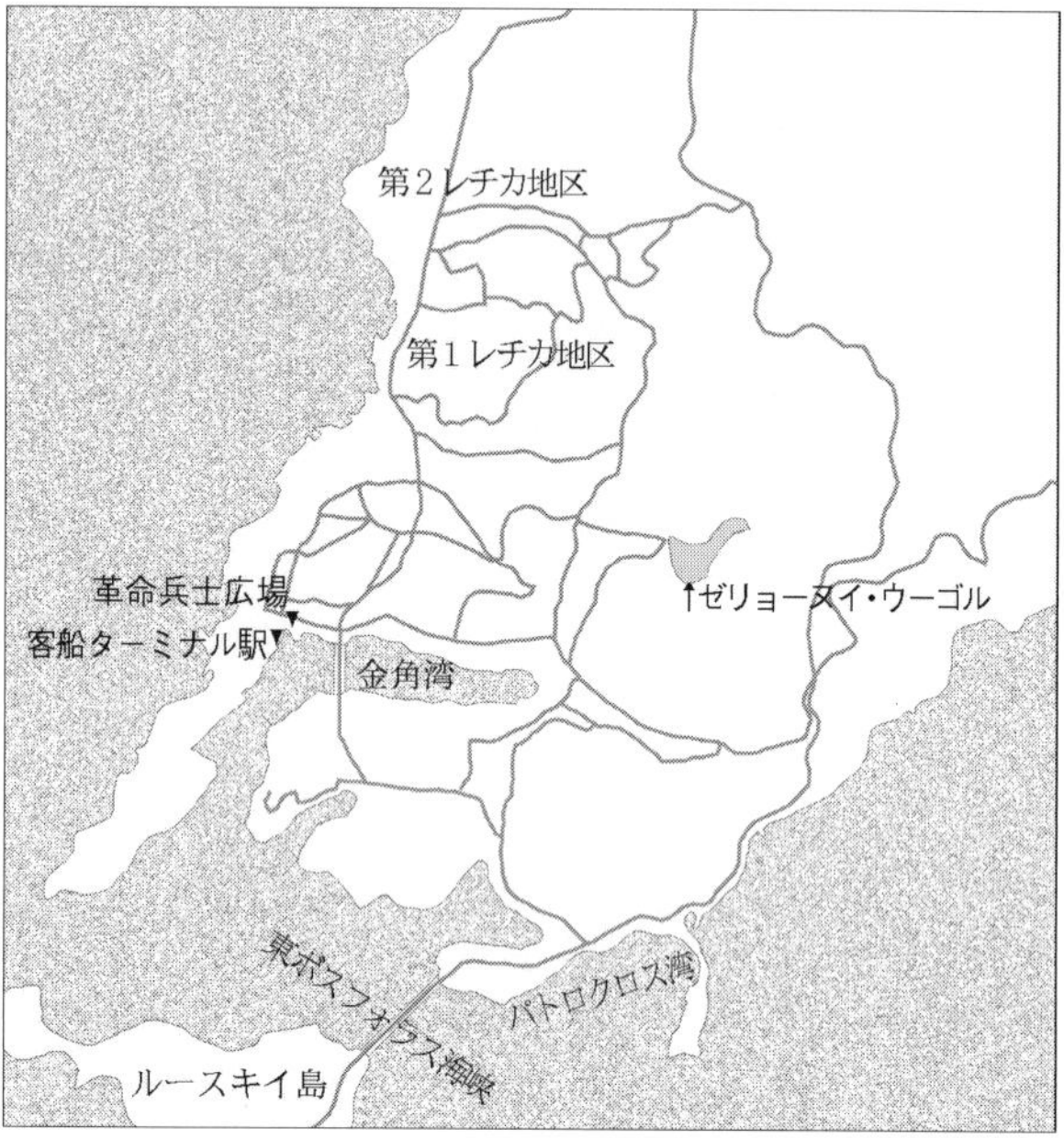
第２レチカ地区
第１レチカ地区
革命兵士広場
客船ターミナル駅
金角湾
ゼリョーヌイ・ウーゴル
東ボスフォラス海峡
パトロクロス湾
ルースキイ島

ウラジオストク主要部

第1章　ナマコ湾の空飛ぶオランダ人

閉ざされたウラジオストク港が開かれた
ヴィソーツキイ、一九六七年

一

「ワシーリイ、そろそろ決めてくれよ！」と連れのニコライが両耳に手を当てながら言った。零下二〇度（朝方、わざわざ屋外の温度計で確認した）はウラジオストクの冬にはあまりない冷え込みだ。風と湿気があるので、この地の零下二〇度はシベリアのまともな四〇度よりもきつい。いくつかの丘の斜面にまたがって広がる自動車市場は凍った風の吹きさらしだ。私たちはかれこれ二時間ほど歩き回っていた。他の季節であれば、活気溢れる港や焚き火などでも眺めるように、一風変わったこの自動車市場の活動を立ち止まって観察するのも悪くない。だが今は瞑想どころではなかった。私は自動車の購入というとても具体的な用件があってここへやってきたのだ。ニコライおじさんはプロのベテラン自動車乗りで、私とは違い羨ましいことに確かな知識と腕を持ち合わせていた。それに加えて彼は、一緒にいれば食卓も釣りも戦場でも楽しくなるような頑丈な男だった。私のジャケットの内ポケットには六千ドルあまりの現金があったので、よほど追い詰められでもしない限り、一人で市場を歩くリスクはなるべく冒したくなかった。

私はまったくの初心者ではなかったので、どんなものが欲しいかくらいは分かっていた。エキゾチックなものはいらない。普通のカローラで、ロシア国内での走行履歴のないセダンだ。前輪駆動、エンジンは一五〇〇CCの5A系で、トランスミッションは当然オートマ（私はマニュアル車の運転はできない）。ボディの色は何でもよかった。

ちょうどよいクルマはなぜかすぐには見つからなかった。私はもう凍えてしまい、ヒーターさえ点《つ》くならどんなクルマでも買ってやろうという気になっていた。ニコライおじさんの方は、頭には耳までも届かないような帽子もどきのものが乗っかっているだけだった。

「それともウスリースクに行ってみるか？」

百キロ離れたウスリースクまで行く気にはなれなかった。それにウラジオストクの方が選択肢は多いだろう。ここ二年ほどで自動車にすっかり慣れていたので（いいものには慣れるのが早い）、忘れかけていたバス通勤に戻った最近の二週間ほどはマゾヒスティックな苦行で自分をいじめていたようなもので、タクシーを呼ぶ誘惑と毎朝戦っていた。それにだらだらと選ぶのは私の性《しょう》に合わない。だから私たちは最初に見たクルマをもう一度見ることにした。そのクルマは私の条件をおおむね満たしていたが、ステーションワゴン型であることだけが引っかかっていた。私は市内で走るのであって、ダーチャ〔郊外の菜園付き小住宅〕からジャガイモを運ぶのではないのだから、こんな小屋を転がす気にはならなかった。しかしこれほど寒いと、その考えも見直さざるを得なかった。私は知り合いのスバル・レガシー（ステーションワゴン）乗りの言葉を思い出した。「ステーションワゴンの唯一の欠点は、持っていると、セダン乗りの友人たちが次から次へと冷蔵庫を運んでくれと頼み込んでくることだ」。それに加えて、このカローラは普通のサスペンションと貧弱なライトのついた量産型ではなく、ボディの周りにエアロパーツが装着され、他にもスポイラーや特殊なラジエータグリル、タイヤの圧力メーターやカップホルダーなど、気のきいたおまけがついたLツーリング・リミテッドSだった。

私たちはもう一度このクルマを見てみた。書類によれば七年落ちで日本から到着したのは一か月ほど前だった。ボンネットを開けて物知り顔で中を検分したが、特に犯罪的なものも見つからない。エンジンをかけてさらに物知り顔で音に耳を立てた。自分は助手席に座り、ディーラーに市場の中を軽く走らせた。エンジンとボディの登録番号が書類と一致しているか確認し、あちこち開けたりスイッチを入れたりして確かめた。壊れているボタンを一つとバンパーに二つほど傷を見つけて一通り値段を負けさせてから、私たちは近くにある用途不明の建物に入り、登録書類を作成した。こうして私は、無理をして貯めた資金と引き換えに自動車の鍵と書類、そして市場からの持ち出し許可書を受け取った。ニコライおじさんは、外に停めてあった往年の愛車、八〇年代前半生まれの角ばった灰色のパジェリクに、私は自分の新しい車に乗り込んだ。私の短いドライバー人生で三台目の車だった。ヒーターはきちんと点き、やがて足の感覚が戻ってきた。

二

「日本娘《ヤポンカ》」たちがウラジオストクに現れたのは七〇年代末、名高いブレジネフ時代、すなわち彼の敵対者たちが「停滞」と呼ぶ時代のことだった(「安定」の時代と呼び変えてもいいだろう。これはプーチン時代の体制派が好む言葉でもある)。ある言い伝えによれば、ウラジオストクで最初の日本車が登場したのは一九七七年のことだった。最初の日本車、すなわち日産セドリックに乗っていたのは極東海運の名高い長官で、やがて解任されて数年後に自殺したワレンチン・ビヤンキンだったという。

実際のところ、沿海地方日本化の黎明期において日産車の数は極めて多かった。トヨタ車は異論なき覇者として市場を席巻したが、その前に日産の時代があったといってもよいほどだった。日産のローレル、グロリア、セドリックといった上級セダンは、米国の先駆者たちの明らかな遺伝的特質を受け継いでおり、日本的というよりは米国的な要素のほうが多かった。縦にも横にも広く、贅沢で、抱え切れないほど大きなボンネットの下に何リットルにも及ぶ燃え盛るエンジンを隠した、異常に洗練された荷馬車である。死に絶えたような渋滞や環境保護妄想と共に自動車小型主義の時代が到来し、みながウォッカ瓶より少し大きい程度の小型エンジンの自動車に乗るようになるのはまだ先の話だ。私は今でもこの大作りな時代の信奉者だ。自動車は大きく、力強く、快適でなければならない。性器の小さな男性は傷ついた尊厳を大きな自動車によって取り戻すという説もあるが、そんなものは似非《えせ》フロイト的な妄言に過ぎない。自動車が人のセクシュアリティに直接的な関係を持っていることに疑いの余地はないが。

今ではこうしたラストモヒカンたちは、極東のヒョウのように、大部分は死滅してしまったか、あるいは今まさに死に絶えつつある。ゴミ捨て場や森の中の溝で腐っていたり、主人と共に氷を割って水没し、そのまま海の底で眠っている。あるものは農村の民家の柵の向こうで死体のように木っ端と共に埃をかぶっており、あるものはウラジオストク郊外の未開の島ルースキイ島で、免許も交通規則もナンバープレートも知らない若いレーサーたちに痛めつけられている。修復されて磨き上げられた少数のものは、持ち主のうっとりした眼差しを浴びつつ、信じがたいほどのレトロカーとして第二の人生を歩んでいる。

我々の最初の「日本娘」は、いかにしてその生涯を終えたのだろうか?

お前の同郷の自動車たちがウラジオストクに大挙して押しかけるようになったのは、ソヴィエト連邦が断末魔の叫びを上げていた八〇年代末のことだ。ウラジオストクはまだ閉鎖された港町だったが、それでも外の世界への換気用小窓は開けられていた。船員たちが持ち込んだジーンズ、シャープのダブルラジカセ、大人気のチューインガム、国産の不恰好な（しかし不足していた）「エレクトロニカ」とはまったく違うカシオのファンタスティックな時計。海は未知の生活の可能性の香りを強く放っていた。大洋へと開かれた海辺には海水にもまれて色褪せながらも外国製だとはっきりと分かる瓶、袋、運動靴といったガラクタが打ち上げられていた。宝物が並んでいるようだった。子供だった私たちは、ビールのアルミ缶やガムやタバコの包み紙といった鮮やかな舶来品には何でも、まるでカササギのように飛びついては蒐集《しゅうしゅう》した。学校の休み時間には、スタローンはシュワルツネッガーを倒せるか、二人で力を合わせたとしてもブルース・リーを××できるかといったことを熱く議論した。

記憶が確かならば、八九年頃に船員（後年のように船員証の保持者という意味ではなく、本物の船員）は実質的に無関税で自動車を持ち込めるという優遇措置が認められた。私用のみで販売は認められなかったが、そのような但し書きを気にする者はいなかった。車両保有税が存在しなかった当時は、法的所有者は実際の所有者に適当な委任状を書いて鍵を渡し、代わりに金を受け取るという形で、自動車は至るところで売られていた。

誰よりもすばやく状況に適応したのは、その頃にはすでに少なからず腐敗していた体制の幹《ノメンクラ》部《トゥーラ》たちと、当時はまだ用心深くしていた暴力組織の者たちだった。この社会グループあるいは反社会グループは、自らの合法・非合法の力（一方は政治権力、他方は地下のトレーニング場で鍛えたふてぶてしい筋力）を生きた金、活きのよすぎるくらいの金に換金するすべをすぐさま見つけた。買い出しの「特別クルーズ」を組む者や、船が入港するや否や埠頭ですぐさま動産を接収する者が現れた。その後、玄関先で銃弾をお見舞いされなかった者、爆破されたジープの中で燃やされなかった者、薬物のオーバードーズで死ななかった者、モスクワに行かなかった者は、地元の名士となった。

　素朴な庭番の目のようなライトのついた代わり映えのしないソヴィエト車の流れの中で、お前の同郷人たちは（大げさな言い方をすると）ひときわ目立っていた。子供だった私が見た地を這い流れるように鋭い彼女たちの姿は、日本人の眼の細さと結びつきがあるようで、日本人は知ってか知らずか自らのハイテク製品に民族的な特徴を付与しているように思えたものだ。この七〇年代末から八〇年代初頭のモデルを見かけることはそれほど多くはなくなったが、それでも時おり町中で見かけると、今ではまったく違った印象を受ける。何度もあちこちをぶつけたり塗装を変えたりしながら今でも走っている、角ばった箱だ。日本車のモデルチェンジのペースはあまりにも速い。ロシアでは何十年にもわたりヴァズ〔ヴォルガ自動車工場〕の四角い後輪駆動車（当時はそれでよかった）である六〇年代生まれの「クラシック」や、八〇年代初頭の刻印が拭いがたく残る「先進的」な前輪駆動の「鑿《のみ》」を造っている間に、日本ではボディもエンジンも何世代も変わってしまう。よく知られた自動車の新たなモデルを見るたびに、私は「完成だ。これ以上は改善のしようもない。歴史の終焉だ」と考える。ところが数年経つとまた新たなボディが現れる。同時に、昨日まではあれほど現代的だった旧世代の車が見る間に古びていく。自動車は物理的に古びる前に流行の最先端から退く。コンピュータを使えば我が国のジグリやヴォルガが日本のスピードで進化した場合の道筋をモデリングすることも難しくないのではないか。自動車の流行は、民族的な特色や個別の例外はあるにせよ、グローバルなものである。九〇年前後にボディは角ばったものから膨らんだものに変わり、石鹸置きを思わせる形になった。九〇年代半ばには再び切りつけられた線のような引き締まった形に戻ったが、それは進化の螺旋《らせん》のひとつ上の段に上がったものだった。そして今世紀の初めには、またもや脇腹が膨らんできた。

お前の同郷人たちにはまったく驚かされてばかりだった。前代未聞の丈夫さ——足回りがバラけることがなく、エンジンをいじり回す必要もない。しかもその胃袋は、吐き気を催す国産の純正ガソリンや、さらには密造の船舶用燃料に至るまで、何でも飲み込む。見たこともない搭載機能——マニュアル車に慣れた私たちには恐ろしげに見えた自動変速機がどんな素朴な車にもついていたし、ブルジョワ的なエアコンもあった。パワーステアリングも必ずついていたので、気張らなくてもまさに指一本でハンドルを回すことができた（ちなみに、ハンドルの握り方でドライバーの年季をほぼ間違いなく言い当てることができる。古参は両手でハンドルを握るが、ソヴィエト後の新時代に運転を覚えた者の大部分、少なくとも男性は、右手一本を無造作に十二時の位置に置くだけだ。知り合いに挨拶したり、見知らぬ人に謝意を伝えるときに、右手の指を一瞬開く仕草をするのにちょうどいいからだ）。電動セット、つまりドアのパワーウィンドウ及び集中ドアロックシステム、防音対策、テレスコピック〔ハンドル位置調整機能〕、シートリフター、可変式《アクティブ》サスペンション、その他以前には想像もつかなかったようなからくりや愉快なディテールたち。八〇年代から九〇年代初めにかけて、これらのものがわれわれ庶民の世界に押し寄せてきたのだ。そう、まさに庶民の世界にであって、体制幹部や犯罪エリートたちばかりにではなかった。今でこそオートマやエアコンで驚く人などおらず、外国車はとうにエキゾチックなものではなくなっているが、当時、日本娘たちはまさにSF映画に登場する宇宙船のようなものだった。今日まで生きながらえたあの頃のモデルを見ると、懐かしくて感動的な気持ちになる。彼女たちは、〈EFI〉〈16valve〉〈twin cam〉といった時代遅れになった滑稽で誇らしげなエンブレムを、今でもつけているのだ。こうしたエンブレムが出始めて数年も経つと、そんなものをわざわざ書かなくても搭載されているのはキャブレターではなく電子制御燃料噴射装置（EFI）が当たり前になり、エンブレムは余計なものになった。これはいわば現代の車に自動変速機が搭載されていることをわざわざ強調するか（ちなみに、その後継技術の無段変速機については現代の一部のメーカーは車体後部に誇らしげにCVTと記載している）、あるいはこの車には車輪が四つもついていますと書くようなものだ。

ウラジオストクの近郊で安心してスピードを出せるよい道路を私はひとつだけ知っている。これは隣のアルチョム市にあるウラジオストク空港から国道ハバロフスク―ウラジオストク線に接続する道路だ。言い伝えによると、この空港道路は一九七四年になぜかウラジオストクでブレジネフと会談することにした米国のフォード大統領のおかげでできたものである。賓客の訪問に合わせて道路を含む町全体を整備したのだ。以来、この道路では無数のスピードメーターの針がリミッターの位置まで振り切れてきた。近くに空港があるので、まるで車が離陸のために加速して嫌気の差したこの地上から飛び立とうとでもしているかのようで、法定速度で走行するのはできない相談だった。有名な「空飛ぶオランダ人」の都市伝説が生まれたのは八〇年代末のことだとされている。あるとき大型トラックの運転手がバックミラー越しに見たことのない形のトラックが信じられないスピードで迫ってくるのに気づく。追い越していくそのトラックの運転席をのぞくと誰も乗っていない、という話である。後年、右ハンドル車が珍しいものでなくなってからも、年長の歩行者は自動車が背後から音もなく近づくことがあるのになかなか慣れなかった。我々にとってエンジンというものは、たとえそれが乗用車のガソリンエンジンであっても、負傷者のように息を荒げているのが当たり前だったからである。それに加え、乗せてあげた乗客が降りてからドアを叩きつけるように閉めるのを何度注意せねばならなかったことか。運転手は、「これはお前のジグリとは違うんだ！」と見下すように言い捨てたり、あるいは苛《いら》ついて叫んだりしたものである。

思い出というものは古い日産車と同じで、可能な限り良心的に記録しようと努めても腐食を受けるものである。回想は時を経て書かれるものだが、そのための記憶は客観性や事実の確証の点から見て最良の編集者とは言えない。他方で日記の場合は、あまりにも目の前のことにとらわれすぎていて、後から見て重要で意義深いと思われることをリアルタイムで記録できない。だから私は、すべてがどのように始まったのかを正確に言うことはできない。だが、多少細部に誤りがあったとしても気にはすまい。肝心の部分に誤りはないことを祈ろう。

古い新聞の読者広告欄——本当の生活が修正されずに保存されているのはここだ。一九九〇年のローカル紙を見てみると、ひとつの時代が過ぎ去ったことを実感できる。暦上の離れた時間という意味ではなく、その密度の濃さである。当時は一年が三年に相当した。「トヨタ一三ＴＶエンジン及びその類似品用のポンプ購入希望。決済応相談、第一種外貨可。連絡先―ウラジオストク中央郵便局留めＭＦ二〇七六七、本人証明」。今なら、油圧ポンプを手に入れるためにわざわざ新聞に掲示を出す者など誰もいないだろう。それに「第一種外貨」という言葉は、「ＳＫＶ」（自由交換可能通貨）と同様に、今では死語となっている。「交換します」のコーナーには次のような掲示がある。「輸入自動車を1Ｋまたは2Ｋマンションに交換希望」。あるいは「外国自動車をマンション一戸または3Ｋ狭小《ゴスチンカ》マンションに交換希望。応相談」。「状態良好の外国自動車を2Ｋマンションに交換希望、ウラジオストク市内どこでも可」。車種も製造年も記載がないが、「外国自動車」であればそれで十分なのである。「ヤクート自治共和国チクシの3Ｋマンション（中心部、極北地域手当付、特別設計）をウラジオストク市内または郊外またはヴォルガタイプの外国車に交換希望。電話番号は」……。今ならばこういうだろう。「クラウン級またはマーク類求む」。当時の社会で一般的な基準となるセダンは七〇年代のソヴィエト人の夢であり、有名なコメディ映画『職場恋愛』（一九七七年）の主人公が「ちょっとしたマンションだ」と呼んだ自動車のヴォルガだった。しかも極北の地「チクシの中心部」とはまた！

広告欄に掲載された文章は驚くほど真実味に溢れていて惚れ惚れとする。「二一五−〇五−〇四番パーヴェルに電話したエレーナは、四六−九二−四五番アレクセイに近日中二一時以降にかけ直されたし」。なんという簡潔さだろう。余計な文字がひとつもない名文である。エレーナがかけ直したかどうかは今も謎のままだ。

　自動車が足りなかった当時は、短い間だったが確かに自動車はマンションと交換されていた。おかげで宿無しの船員たちは住宅問題を解決できたのだ。オフロード車を持ち帰れば、立派な3Kを手に入れることができた。安っぽい狭小マンション《ゴスチンカ》とさえも替えられなくなった今の時代とは違う。（ちなみのこのゴスチンカという言葉は一般的なものだと私は思っていたが、西側から来た人が理解できなかったケースが何度かあったので、説明しておこう。ゴスチンカとはくすんだ灰色の禁欲的なパネル工法のマンションで、中には暗くて長い廊下が蟻塚のように張り巡らされている。ゴスチンカの中の各小部屋もやはりゴスチンカと呼ばれており、水周りは備わっている。）ゴスチンカは日中でさえも一人で入るのは恐ろしいようなところだが、周りを囲むように高級車を含む多数の自動車が置かれている。現在では、車を持ち家を持たない者は多い。平均的な人間の給与でマンションを買うのは不可能だが、自動車ならば可能なのだ。

　話がそれてしまった。お前が体中に白いマーカーペンで太い文字を書き殴られ、甲板に飛び込んできた波の塩をかぶった末に、おかしな顔の背の高い者たちが立つ埠頭に荷揚げされ、連れてこられたこの地について話をしよう。かつて誇らしく、それどころか恐ろしげにさえ見えたＣＣＣＰ《エスエスエスエル》〔ソヴィエト社会主義共和国連邦〕というイニシャルで示され、現在は屈辱的に「ポストソヴィエト空間」と呼ばれている領土の地図の右下部分を見てみれば、イタリアのブーツのような細長い形をした陸地が伸びているのに気づくだろう。この半島が突き出している海を、韓国人は東海、北朝鮮人は朝鮮東海、日本人や、こうした細かい話に無頓着なロシア人は、日本海と呼ぶ。この半島にあるのが、中国語で「ナマコ湾」を意味する「ハイシェンウェイ」、日本語で「うらじおすとく」と呼ばれる、ロシアの町ウラジオストクだ。

お前には目がないからこの地図を見ることはできない。だからお前はその黒くて丸い、カメラもついていない靴底で感じるのだ。私がその機会を与える。そしてお前に語ろう。凍った冬の丘を必死に這い上がる自動車たちのことを。夏の海に瞬くプランクトンたちのことを（オフィスのプランクトンと呼ばれるホワイトカラー労働者ではなく、本物のプランクトンだ）。色彩豊かな屍《しかばね》をさらすイカや、なぜか岸辺に這い上がってくる赤茶けたカニの大群のことを。荒野でアセトンと大麻を手に入れた子供たちが「ヒムカ」と呼ばれる軽い麻薬を煮込むさまを。海の砂底から引き上げられたばかりでまだ生きているホタテが醤油をかけられて口の中で溶けるさまを。市内の通りにはやさしいバラ色の野生のスモモが咲き、市外に出るや否やチョウセンゴミシやブドウの蔓草、紅松や満州胡桃《くるみ》（ユーラシア大陸に広く分布する希臘《ギリシャ》胡桃の親戚）も繁っている。海では暖かな季節には南からサメがやってくる。死に致る毒をもつ魚フグも来るが、これは真のサムライとゾンビの好物であり、私もうっかり食べそうになったことがある。また、はるかロシア西部ではケファーリと呼ばれているピレンガス（メナダ）が水面から太陽に向かって飛び上がることもある。こうしたことすべてをお前が分かるようになるまで、じっくりと語ってやろう。

分かるようになったとき、お前は故郷に帰りたいとは思わなくなるだろう。

三

遠い昔、すべては違っていた。チュッパチャプスもメルセデスも、携帯電話もバラエティ番組も、ドルもパソコンもなかった。今ではテレビ局の電波塔や通信会社のアンテナ、そしていわゆるエリートたちの新築住宅などが立ち、毛羽立ったようになってしまった丘や高台は、かつては蔓草を編み込まれたタイガに覆われ足を踏み入れることすらできなかった。赤みがかった紅松の太い幹の陰に、タイガの主を自負する縞柄の美丈夫の姿が垣間見えることもあった。

フォトショップもなかった。今ならば革命前の古い写真を探し出して、見知った輪郭の建物を背景に、通りを走る馬車が次第に滑稽な外国の自動車に、次いでソヴィエト製の自動車に変わっていくさまを見ることができるだろう。人通りにひしめく歩道、空っぽの車道、路面電車、今日ではレトロカーと称されるような、当時はまだ産声を上げたばかりの自動車のまばらな影——これは五〇年代である。建物の屋上階には「市民の皆さん、タクシーを利用しましょう!」と呼びかける広告がかかっている。

今でも七〇年代や、さらには六〇年代に生まれた自動車が生きながらえているのを見ることができる。年老いた持ち主たちは自分と自分の車が元気である喜びを噛みしめつつ、休日になるとソヴィエト自動車製造業の老兵に活を入れ、自分の白くなった頭や決定的につるつるになった頭に必ず鳥打帽をかぶせ、労働者の年季の入った二本の手で重くて大きなハンドルを握り締め、ダーチャへとジャガイモをとりにいく。

それに加えて、私個人の幼年期の記憶もある。といっても、私は「右ハンドル大革命」の時代に立ち会いこそしたが、今では五〇万台にも及ぶ勢いとなり一部は西部へと移動しているこの鉄の奔流なしには、すでにウラジオストクを思い浮かべることはできなくなっている。

昔からこうだったわけではない。最初の自動車がウラジオストクに現れたのは、私の曽祖父の一人が参加したという一九〇四－五年の日露戦争よりも前のことである。当時のウラジオストクは、軍事拠点から人が住むための「普通」の町に変わり始めたばかりだった。交通規則などというものはなく、市政府はそれよりも荷馬車と辻馬車と自家用馬車の関係の問題に頭を悩ませていた。

一九〇七年八月のある暑い夏の日、ベーラヤ将軍夫人の馬車が第一海通りを走っていた。これはウラジオストク市の中心部であり、坂を降りていけばそのまま鉄道駅と客船ターミナル駅、及び金角湾へと突き当たる通りだ。坂を上り、後年『デルスー・ウザラー』の作者アルセーニエフが亡くなるまで住んだ建物の脇の丘を越えると、アムール湾に出る。このとき、不幸な将軍夫人の馬車に弁護士プレオブラジェンスキイが乗った自動車が迫ってきた。第一海通りとポシエツカヤ通りの交差点で、馬車と自動車は衝突した。その様子を地元紙「極東」は次のように伝えている。「馬たちは驚いて脇へと飛び出し、馬車は横転した。転倒の強い衝撃によりベーラヤ夫人は転げ出て甚大な打撲を負った。ベーラヤ夫人は速やかに自宅へと送還され、プレオブラジェンスキイ氏には警察の調書が作成された」。

現代の基準では、将軍夫人が「甚大な打撲」を負ったという意味で報告書案件だとはいえ、これはウラジオストク中心部の交差点で起きた極めて平凡な交通事故である。だが当時は、これは今ならば自動車の上にヘリコプターが墜落したのにも匹敵するほどの重大な事故だった。一九〇七年までは市内の自動車台数は極めて少なく、確率論的に自動車同士はおろか自動車と馬車とが衝突することすらありえなかった。だがついに自動車台数の密度は臨界点を越え、将軍夫人と弁護士との歴史的な出会いが生じたのだ。ウラジオストクで歴史上最初の自動車交通事故の加害者となったのが、象徴的な名前を持つプレオブラジェンスキイ氏だったことは当然の成り行きといえよう〔ロシア語でプレオブラジェーニエは変容という意味〕。

当時は道路交通局も強制自動車保険もなかった。プレオブラジェンスキイは世論の間接的な支持があったとはいえ（前掲の新聞記事は「馬の所有者たちは馬を文化的革新に慣れさせねばならない」という一文で終わっていた）、深刻な危機に瀕したといえる。マリヤ・フォミニチナ・ベーラヤは、旅順砲兵団の元団長で旅順割譲後にウラジオストクに移りウラジオストク要塞砲兵団の育成を行っていたベールイ陸軍少将の夫人だったのだ。プレオブラジェンスキイはすべての罪をベーラヤ夫人の馬車の御者にかぶせることに決め、新聞に以下のような弁明を掲載してちょっとしたPR運動さえ行った。「馬は怯えて後ずさりをし始めた。自動車運転の経験豊富で然るべき証書も持つ運転手は、自動車を完全に停止させた。にもかかわらず、自らも初めて自動車を目にしたべーラヤ夫人の御者は、明らかに馬にも劣らず自動車に怯《おび》えたと見え、御者の責務を果たすことなく馬車を横転させた」。

こうした世論操作の試みも実らず、プレオブラジェンスキイは罰金を支払い、べーラヤ将軍夫人に謝罪を行った。まもなく開かれた市議会では自動車の交通規則が採択された。最高速度は時速十二ヴェルスタ〔約一三キロ〕、「門から出る際と他の通りへ曲がる際」には同四・五ヴェルスタ〔約五キロ〕に制限され、「追い抜き走り」が禁止され、自動車はあらゆる馬の交通機関に道を譲ることが義務付けられた。同時にこのときから道路状態も問題にされるようになった。なぜなら本物のオフロード車とは自動車ではなく人間であり、自動車にはある程度平坦な舗装が必要だからだ。

町の歴史にとってどのような意義を持つ事件に立ち会っていたのか、プレオブラジェンスキイもべーラヤも理解してはいなかっただろう。汽車と駆け比べする馬を描いたエセーニンの詩が書かれるまでは、まだ十年以上あった。プレオブラジェンスキイという分かりやすい名前はブルガーコフもまだ使っていなかった〔ブルガーコフの小説『犬の心臓』で犬を人間に変えた教授の名前〕。生活は文学の相当先を歩んでいた。二十世紀は始まったばかりだった。

べーラヤ将軍夫人の時代に次ぐ飛躍的な自動車台数増加の時代はすでに私の記憶する時代、すなわちペレストロイカ前夜からペレストロイカ初期にかけての期間である。日の本の国の自動車産業の代表者として私が最初に見たのは日本の戦車だった。正確には、戦車の砲塔だった。子供の頃、市内のルター派の教会がウラジオストク市海軍博物館になっていた。九〇年代初めにはルター派の信徒に返還され博物館は引っ越したが、当時はまだあの尖塔のある赤レンガの建物に入っていた。博物館のそばでは兵器が屋外に陳列されており、酔っ払った大人たちや飲まなくても元気な子供たちがいつもよじ登っていた。そこにこの一九四五年の満州戦争の戦利品である砲塔が展示されていたのだ。

その後何年も経ってから、私はこの戦車の頭部が海軍博物館の新しい建物のそばにあるのを見つけた。時代は変わっていた。ロシアはいつものごとく、二日ですっかり羽が生え変わっていた。今度の日本の機械は民生品であり、金属、プラスチック、ゴムからなる色彩豊かな雪崩《なだれ》となってロシアに襲いかかってきていた。「一九〇四－五年に日本と戦い、一九二二年に沿海地方から日本の侵略軍を追い払い、一九三八年に沿海地方南端に突き出たところにあるハサン湖で日本軍と戦い、一九四五年には中国でまた戦った。そのおかげで我々は新世紀のはじめには全員日本車に乗り換え、毎年五月九日の戦勝記念日には愛国的にゲオルギイ勲章のリボンでトヨタ車やマツダ車を飾るようになったというわけだ」とハサン湖戦の従軍者の孫である私は考えたものだ。そうして戦勝パレードに背を向け、近くで休ませていた自分のスズキ車に戻るのだった。

四

沿海地方では右ハンドル車が走っていて、そのことには何の問題もないということは誰でも知っている。だが、なぜ右ハンドル国家と左ハンドル国家という区分が生じたかとなると、話は別だ。本当のことは誰も知らないのかもしれないが、我々はたくさんの興味深い神話や仮説を並べてみることができる。

全体の法則ははっきりしている。右側走行の国の車は左ハンドルで、左側走行の国はその反対だということだ。難しいのは、なぜある国は右側を、他の国は左側を走行することにしたかということであり、これは世界各国の神々に関する疑問と同じくらい興味深い問題だ。ソ連とロシアを含む欧州のほぼ全域、そしてそのプロテスタンティズムの精神の発展の果実たる米国が右側走行・左ハンドル国家である。しかしその米国が起源の多くをとる英国、そして日本とオーストラリアはなぜか別の道を走ることになった。

海洋文明と陸上文明を対置させる古い地政学の説によれば、これは英国と日本の島国的性格によるものとされる。島国民族は右舷側で船舶がすれ違うことを法律で定めたのに対し、河川しか水路を知らない大陸民族は左舷側にしたのが起源なのだという。といっても、なぜ島国民族が右側を選んだのか私には分からないし、マダガスカル島のように右側走行の島や、インドのように左側走行の大陸国家もある。

別の説によれば、すべては英国の帝国主義的領土拡大の結果だという。英国の支配下にあった国では左側走行と右ハンドルが根付いたというのだ。この説でインドやオーストラリア、ニュージーランド、シンガポールの事例を理解できる（英国に支配されたことのない日本は例外だが、日本については後述する）。最も説得力のある仮説のひとつによれば、英国の左側走行は、国民的交通機関であるキャブ（辻馬車）の御者が手（もちろん右手）に鞭を持っていたことによるものである。右側を走行すれば、鞭は馬だけではなく側道を歩く歩行者にも当たってしまう。だから英国の女王は、大英帝国内では左側を走行するよう法令で定めたというのだ。

また、ある説は太古の昔に遡り、騎士は右側で相手とすれ違うのをよしとしていたのだから、かつては世界中で左側走行が標準だったという理論を説く。人の多くは右利きなので、大部分の者は右手に剣や槍を持っていたからだ。攻撃の意図がない場合には剣は鞘に収められていたので、騎士たちはすれ違いざまに右手で握手して、自分が手に武器を持っていないことを互いに知らしめるのにも都合がよかった。

ところが別の歴史学者たちは、同様の論拠により右側走行が標準だったと主張する。右手は武器を右から左へと振りぬき、左手は盾を持って左側を防御するのに都合がよいというのだ。

歴史上の個人が果たした役割を重視する一派は、ロベスピエールだかナポレオンだかが発したという法令を論拠にする。その人物が左利きだったからフランスを右側走行に定め、大陸欧州の自動車の歴史を遠い将来にわたって規定したというのだ。当然ながら英国はこの新機軸を無視し、左側走行を守り続けた(あるいはそれどころか、この呪わしい対岸の友国への面当てに、わざわざ同時期に法律化した)。その後、フランスの影響下の国は自動的に右側走行に、英国の影響下の国はその反対になったという。米国に関しては英国の影響力を過大評価するには及ばない。若き合衆国の一部はフランスに、一部はオランダに、別の一部はスペインとポルトガルに占領されていたので、道路交通法を定める際に左側走行派のロビー活動はまったく弱かった。あるいは米国は旧世界との決別を示すために意図的に右側走行を選択したのかもしれない。

これらとは別個の存在として、我々の興味を最も強く引く国、右ハンドル者のメッカたる日本がある。一説によると、英国人は当時、自国車の輸出市場を確保するために日本政府に賄賂を渡したといわれている。別の説によると、工業化を進める日本が鉄道建設のために欧州と米国の建設業者を集めてコンペを開催したところ、英国が勝ったので日本の鉄道は右側ですれ違うようになり、これが後に路面電車や自動車にも引き継がれたのだという。さらに別の説では、二十世紀初頭に日本の天皇が英国のロールロイス(当然右ハンドル)を購入したので、臣下はみなミカドの例に倣《なら》うことを余儀なくされたのだという。

今日の民主主義国家・日本では、左ハンドル車が非難の的になることはない。それどころか、みなと違ったことをするという流行にも適っているという。だが何はともあれ、日本の左右の選択には英国を指針とした痕跡がはっきりと残っているのだ。それはつまり、今日の右ハンドル支持者は英国に感謝する義務があるということである。

ロシアは、例によって、我が道を進んだ。意外に知られていないが、我が国で右側走行が法律化されたのは、ようやく一九二七年になってからのことだったという。これは自覚的な歴史的選択だった。技術的進歩の分野において、若きソヴィエト・ロシアは、当時の自動車製造業の最先端だった大陸欧州と米国の路線に舵を切ったのだ。

これで一応、右ハンドル圏と左ハンドル圏の起源の話を片付けたとしよう。だが問題はその先である。今でこそ、左側走行では右ハンドル、右側走行では左ハンドルの自動車に乗るのが自然だとされているが、自動車時代の黎明期にはこれは決して自明のことではなかった。自動車が浸透するにつれて、二つのコンセプトが対立するようになった。一方の派が重視したのは対向車の側をコントロールする能力であり、そのため対向車線側にハンドルがあるべきだとした。他方の派は外側、つまり側溝や柵や路肩がある側をコントロールする能力を優先させた。結果的に一般的となったのは前者の派だった（だが一般的でない場合もあったという点で、必ずしも異論の余地なしというわけではなかった）。それでも、専門家の中には、例えば市内バスのように追い越すことがほとんどなく停車することが多い自動車の場合は、外側（右側走行なら右側）にハンドルがあったほうが具合がよいと考える者もいる。

ハンドルの位置の問題は人の右脳や左脳の機能やそこから引き出せる帰結に関する馬鹿げた苛烈な議論を呼び起こす可能性がある。ギアはより発達した手である右手で握り、ハンドルは左手でも操作できるという意見がある一方で、ハンドル操作の方がギアチェンジよりもはるかに責任重大な任務なのだからハンドルは右手で、ギアは左手で握れという見方もある。

このように高低様々の段階の狂気じみた想像をめぐらせてこれ以上世界のカオスを増やさないために、ロシアでは歴史的に右側走行の実践が一般化したのに対し日本ではそれに劣らず歴史的に左側走行の実践が一般化したという明らかな事実を受け入れるにとどめておこう。そして一九九〇年代初頭のウラジオストクでは左ハンドルが次第に右ハンドルに駆逐され、しかし右側走行の実践はそのまま残ったという奇妙な状況が、やはり同様に歴史的に一般化したのだった。

第2章　サンマと樽とマーク類

車輪を上にしてクルーザーが悲しげに空を見上げている
ムーミー・トロール「海の歌」（一九九七）

一

はじめは私も自動車には無関心だった。違いが分からなかったたし、自動車乗りになるなどとは思ってもいなかった。友人達は学校に通っていた頃からサファリとランドクルーザーの長所を比較して議論していたが、私は大学卒業後でさえジープと普通の乗用車の違いがほとんど分からなかった。私は機械や粗雑な物質世界そのものとの接触をなるべく避けるようにしていた。その傾向は今でもある程度は残っている。高学年時の職業教育課程ではなぜか二級自動車整備士の修了証をもらうことができたが、自動車については何も分かっていなかった。当時は興味がなかったのだ。なぜ文系の若者がこの鉄の塊の熱狂的なファンになってしまったのか考えてみると、原因は言葉だと言えるのかもしれない。他でもない日本の自動車に関心を持つに至ったのは、純粋に言語学的なきっかけによるものだった可能性がある。

ロシアでは「クリエイター」たちは自動車にラーダやヴォルガといった名前をつけたところで

想像力が枯渇してしまったようで、後はひねりのない型番号で間に合わせていくことになった。他方で、日本娘たちの詩的な名前はそれ自体でまるで魔法をかけるようなものだった。といっても、あのディーゼルで動くようなごつくてコルホーズ的なトラックをなぜいすゞはやさしく「エルフ」と名づけたのか、私には今でも分からないが。気がつくと私は極東特有の自動車スラングが生成される坩堝《るつぼ》の、まさに渦中にいた。自然発生的につくられていくアネクドート〔小話〕はいったい誰が創作しているのかというお決まりの問いに対する答えを自分の耳で得ることができた。時に本物の才知のきらめきを見せるその手の言葉や言い回しを考え出して流布させているのはごくありふれた人々、ろくに本も読まないような粗野な、しかし時には言葉に対する稀有な感性を発揮することもある人々だった。このごろつきめいた顔をした不機嫌な、あるいは陽気な男たちは、自分たちはそれと気づかぬまま生きた言葉の菌糸体の結節点の役目を果たしていた。これには神秘に触れるような、川の源流を発見するような感覚があった。

ばらばらの火花たちは次第に厚みのあるフォークロアの層へと育っていった。言語は何トンもの日本の鉄を気ままに消化し、ロシアの言葉に仕上げた。こうして「ゼブラの足」や「ドライヤー」（つまり「着ぐるみ人形」、「宇宙人」、「縞《しま》々棒の売り子」などと呼ばれる道路監督官が持つ警棒とレーダーのこと）、何百人もの「ボンネットの下のクシューシャ・ソプチャーク」（つまり馬力のこと〔有名な女性ニュースキャスター、クシューシャ（クセーニヤ）・ソプチャークの顔が馬に似ているといわれるため〕）といった様々な語呂合わせや隠語が生まれていくさまを私は目の当たりにした。分かる人には分かる「三のサンマ《サイラ》」は排気量三リットルのエンジンを搭載したスポーツクーペのトヨタ・ソアラであり、「毛皮《メフ》の処女《ツェルカ》」はマニュアル《メハニーチェスカヤ》変速機のトヨタ・セリカである。他にも「樽」、「雪だまり」、「微笑み」、「スーツケース」など、蒐集と分類を待つ無数の言葉の宝石がある。極東の自動車スラングには全国版やソヴィエト版のスラングにはないものが多数あり、ロシアの東部に新たな社会集団が形成されたことを物語っている。この社会集団の「意識」は、定式通り、ソヴィエトの経済やイデオロギーにまつわる事物が占めていた場所を日本車が占めることで変容した「存在」により規定されることになった。昔から自動車は移動手段と贅沢を統合したものだといわれているが、日本車はそれに加え次第に我々の経済に、政治に、文化に、宗教になっていった。

言語は現実を後追いする。まず新たな事物や概念が現れ、その後で我々は他国の言葉を翻訳したりロシア語風に改変したりして流用し、どうにか消化して母国の言葉に仕上げる。次第に自動車がシベリアやウラルの方まで供給されるようになると、ウラジオストクに西側（ザバイカル地方やシベリアも含めてウラジオストクより西の地域すべて）から買い付けの遠征隊がやってくるようになった。こうした行商人たちは鳥が植物の種子を運ぶように我々のスラングの版図を広げていった。しかし言語の完全な統一は起きず、興味深い地域的特性が保存された。例えばウラジオストクのある沿海地方ではトヨタ・クラウンはもっぱら英語の発音に従い「クラウン」と呼ばれるが、他の地域ではなぜか「クロウン」となる（ごくまれに、小馬鹿にした「スラウン」という呼び名を聞くこともある（「恥《スラム》」を連想させる）。また、極東のスケール感からいうとウラジオストクの隣にあると言えるサハリンでは、自動変速機は「アフトマート」ではなく「流体継手《ギドロムフタ》」となり、「鋳造」（つまり、通常の鉄ホイールではなく、より美しくて高価な鋳造アルミホイール）は「チタン」と呼ばれる。ロシア西部では日産パトロールは「パトロール」と文字通り発音されず、ロシア風に「パトルーリ」と呼ばれる。なぜこのようになったのかは誰も説明できないだろう。歴史的にそうなったのだ。

　自動車スラングの創造者が大学で文学を修めた者であることは稀だった（とはいえ、自動車ビジネスには困窮したエンジニア、教師、学者なども含めてあらゆる人々が手を染めたので、中にはそのような者もいた）。そのため、外国の名称がロシア化されると、正規の発音からは外れることもあった。大右ハンドル時代の黎明期には、トヨタ・ランドクルーザーは時に「ランド・クラウゼル」と呼ばれていた。時代が下り九〇年代半ばになると、我らがウラジオストクの国民的英雄であるイリヤ・ラグチェンコは、名高い歌曲「ウラジオストク二〇〇〇」において、あまり普及していなかった「クルイジョール」という言葉を使用したが、これは歌詞の脚韻をそろえるためだけのものだったとみられる。次第に主流となっていったのは、英語の発音に近い「レンド・クルーゼル」だった。とはいえ実際には他にも、クルーザク、レンド、ククルーゼル（とうもろこし《ククルーザ》とかけた愛称）、あるいは英名のイニシャルからとったテー・エル・カー、テー・エル・シー、さらには単にマムカ（おっかさん）といった愛称で呼ばれることもあった。

トヨタ・チェイサーは、意図的に規則を無視して誤った発音が定着したケースである。この筋肉質な後輪駆動の猛獣は若いならず者たちの間で人気を博し、当初は正しくチェイゼル、あるいはチャーゼルやチャイゼルと呼ばれていた。だが最終的にはこの三つのうち、英露ハイブリッドであり最も正しくないチャイゼルが定着し、そこからやかん《チャイニク》という冗談半分の愛称も生まれた。地元のロシア語コンクールと英語コンクールで入賞したことのある私の繊細な耳には、チャイゼルという名称は長いあいだ馴染むことがなかったが、それでも受け入れざるを得なかった。言葉は生きており、意のままにはならぬものなのだ。今となっては私にとっても、この栄えある後輪駆動のマーク類の顔ともいうべきモデルの名は、チャイゼル以外にはありえない。マイクロバスのトヨタ・ハイエースについても同様である。この車をハイエースと呼ぶ者はいない。ロシア人の耳とロシア語にとっては、単にハイスと呼ぶほうが具合がよいのだ。同じようにして、ロシア語ではいつしかテキサスではなくテハス、ロンドンではなくランドン、パリではなくパリーシ、ナポリではなくネアーポリといった言葉が定着した。もはや仕方ないことである。

　我々の暮らしに入り込んだ新たな概念たちは新たな言葉たちを生み出した。日本《ヤポーニア》を指すポケモーニア、ヤーピア、ポポーニア、コソルィロフカ〔歪んだ面《つら》、密造ウォッカを意味する俗語〕、これらはすべて今の我々には欠くことのできない言葉である。パク（複数形はパキ）はパキスタン人のことで、彼らは飽食したサムライたちが放り出した中古車、我々にとってはまともにガソリンの匂いも嗅いだことのないような新車同然の車を並べる日本の中古車売場の管理人である。アウクとは自動車オークションのことである。ウラジオストクやナホトカ、あるいはザルビノの岸壁に新たな車種が荷揚げされるたびに私たちの俗語は豊かになっていった。「唇」とは低く垂れ下がった大きなフロントスポイラー（エアロパーツの一部）のことで、エアロパーツが全周に及ぶ場合は「スカート」と呼ばれる。「スーツケース」は、休暇で旅行に行くソヴィエト市民が持つスーツケースような、八〇年代中旬から九〇年代初めの古めかしく角ばったボディのマーク類を指す。「パスクージク」（汚らわしい奴《パスクーダ》の派生語）は実際には親しみのこもった優しい言葉であり、人気の小型ジープで欧州向け左ハンドル版ではビターラとして知られるスズキ・エスクードを指す。エスクージクまたはエスカと呼ばれることもある。「微笑み」は低価格セダンであるトヨタ・カリーナの一九九二―六年のモデルを指し、テールランプの形が微笑みを模している。「樽」は、内側から膨らまされたかのような実際に樽に似た形をしたむっちりとした肉厚のモデルである一九九二―五年製のトヨタ・コロナを指す。「サンマ」はトヨタ・ソアラのことで、太平洋的な響きだ。ソアラ（Soarer）などという発音しづらい英語で舌を歪めずとも、「パリャーシチー」（飛翔する者）あるいは「パリーチェリ」（グライダー）と美しく翻訳すればよいのだ（「飛翔するサンマ」というのも気が利いている。沿海地方に現れた新種のトビウオのようだ）。「サファリ」は語尾を軟音記号にすることで性別不詳の日産サファリを男性名詞にしており、男らしさを強調する。というのも、サファリは数少ない純度一〇〇パーセントのオフロード車のひとつであり、巨大な「本気」のフレームと二本のシャフト、副変速機や名高いターボディーゼルエンジンを持つことで知られているのだ。「処女《ツェルカ》」という名称にも何も下品な意味はない。地面すれすれをまっしぐらに突き進んでいくツードアのトヨタ・セリカを、他の名前で呼ぶことなどできようか？

小型車の日産マーチ（西側では左ハンドル版のミクラという名で知られている）を、発音が似ているからといってマークⅡの愛称「マルチェロ」と呼ぶ者はいないし、反対にマークⅡをマーチの愛称「マルチョーク《マルクーシニク》」と混同する者もいない。「コロールカ」や「サニカ」といった愛称はトヨタ・カローラや日産サニーが我々のラーダのように身近で日常的な乗用車であること示している。他方で大型高級車のクラウンをかわいくクラウノークとは呼べないし、やるならクラウニャーガやクラウニシチェといった鈍重な感じだろう。

ある時期にロシア語で「６００」と言えばわざわざ「メルセデス」と付け加えなくても通じるようになったのと同じで、名高い６００がモスクワで勝ち得た栄誉ある高級車のポジションを沿海地方ではランドクルーザーが占めることになった。時が経つと地元では、この車をクルーザクでもなく、世代に応じて「８０」や「１００」とボディの番号で呼ぶようになった。この番号による呼び名はメルセデスと血族的ではないにしろ精神的な親族関係にあることを暗に示しているといえるが（あちらでは６００だがこちらでは１００というわけだ）、それなりに情報的価値も持っている。ランドクルーザーにも色々あるのだ。車軸懸架式で戦車のような８０ならばタイガで丸太の上を跳ねたり強行渡河したりもできるが、高級車とはいえ少し甘やかされた１００であれば話は別だ。２００ともなれば華美な車種である。とはいえ２００はアフガン軍人やチェチェン軍人が俗語で使っている暗いニュアンスの符牒であり（戦死者が「貨物２００」のコード名で輸送された）、持ち主の職業が危険なものであることを暗示している（死を想え《メメント・モリ》）かのようで、車の華やかさにはあまりそぐわないと言うこともできるだろう。

ウラジオストクでは次第に、「外国ブランド車《イノマルカ》」という言葉が意味を失って「自動車」の同義語となった（「日本の」という言葉が「高品質の」あるいは「よい」の同義語になって久しいのと同様である）。すべての自動車がイノマルカなのだから、絶滅に向かう希少種となっていた国産車の方を「異種《イノ》」と呼ぶべきだった。言葉と言葉が表す現実に鈍感な地元のテレビ解説者たちは、今でも「バリャエフ広場で二台の外国ブランド車《イノマルカ》が衝突して……」などと言っているが、これはソヴィエト時代に「国産自動車の運転手が……」と毎回しつこく強調していたのと同じことである。

「新しい」という言葉も自動車に関しては意味を失った。沿海地方にもディーラー店で完全な意味での新車を買う人はいる。ただしそうした人々は統計的に意味を成さないほどの数しかいない。代わりに「無走行の」という言葉が現れたが、これは日本から来たばかりでロシアの道路はまだ走っていないという意味であり、当然、海の向こうでは数年間にわたり使用された車を指す。意味的には「新鮮な」という用語に近く、つまり車種としてまだ陳腐化しておらず、最近日本から搬入されたばかりということである。沿海地方では車齢七－八年の車を「鉄くず」や「ガラクタ」と呼ぶ者はいない。ロシアに搬入された日がゼロとなる別の算定システムがあるのだ。それ以前の牧歌的な日本時代にはあたかも自動車は年を取らず実質的に新車であり続けるかのように扱われる。そうしたニュアンスが「無走行の」あるいは「新鮮な」自動車という言葉には込められている。

重要な概念でありながら現在に至るまで適切な訳語が見つかっていないものもある。かつてボディのタイプを区別するのに我々は「セダン」、「ステーションワゴン」、「オフロード車」という言葉を使用していたが、海の彼方から「日本人」が大挙して押し寄せてくるようになると、これでは不十分であることが判明した。セダンとハッチバック、ハッチバックとステーションワゴン、ステーションワゴンとオフロード車。これらのタイプの境界はどこにあるのか？　あるいはバン。これはワンボックスカーなのか？　ホンダCR－Vやスバル・フォレスターはすでにオフロード車なのか、それともまだステーションワゴンなのか？　そもそもオフロード車やジープとは何なのか？　ロードクリアランスが優れているという他に何を装備していればいいのか？　ラダーフレームや副変速機は必須なのか？　前輪のサスペンションが独立懸架式でもいいのか？　我が国では定着していないが、海外ではSUV（多目的スポーツ車）とオフロード車という区分がある。前者は概ね見事なロシア語である「パルケートニク」（つまり前線に出ている「塹壕将軍」に対して貴族のサロン《パルケート》で舞踏会に興じる名ばかりの「サロン将軍」）に相当している。パルケートニクはステーションワゴンよりは大きいが大人のジープ（つまりオフロード車）には届かないというわけだ。自動車のボディはあまりに急速に、あまりに気ままに進化するため、その軌跡を追いかけ考察しようとしても言葉が足りないことがあるのだ。

「プゾチョルカ」、「バラライカ」、「タブレートカ」（いずれも安っぽくて乗り心地の悪い低価格乗用車を指す（付録の用語辞典参照））、「カンガルー枠」や「女追い払い枠」（ジープの前部についている太い金属製の保護枠）、「肉挽き器」（極東では珍しい手動の窓開けハンドル）、「箒」（後部窓ガラスのワイパー）、「ライター」や「ガス室」（ガソリン車とディーゼル車）――ここにはどれほどのユーモアと生きた比喩の力があることか！　老練な自動車乗りかどうかは、その人の話し方を聞けばすぐに分かる。彼はエンジンに液体ではなく「汁」を、流し込むのではなく「飲ませ」、危なくなるとブレーキを踏むのではなく「ブレーキでかわす」。自動車は買うのではなく「取る」――「ゼリョンカでイタチ《ハリョーク》を取ってきたよ」、つまりトヨタ・ハリアーを中古車市場《ゼリョンカ》で買ったというわけだ。ベテランの修理工ならば職人魂からまだ部品が消耗しきっていないことを指摘し、あまり意気込んで早まらないよう助言するだろう――「もうひと歩きできるぞ」。反対に本格修理をしても無駄な場合には、どこをユニットごと交換すればよいのか教えてくれる。

二

我々の俗語が生まれたのは「日本娘」たちがロシアの大地に同化する過程においてだったが、日本人自身もそれに劣らぬクリエイティヴィティを自動車に注ぎ込んでいた。（外国語由来のクリエイティヴィティという言葉は化学的で醜く響くが、今日では創造力や霊感、大胆な創意を指すものとして使用されている。あるいはクリエイティヴィティは無償のものともなりうる「純粋」な創造行為とは異なり、金銭のみを目当てにあれこれとこねくり回すことを指すのかもしれないがどうだろう。）しかも、ロシアの同業者たちがそっけなく禁欲的に「ヴァズ」、「ウアズ」、「ラーダ」、「モスクヴィチ」、「ヴォルガ」、「オカ」といった名前をつけていたのと比べると、はるかに大きなクリエイティヴィティを込めていた。

日本車のブランドの名称の多くは、創業者の名前に由来する。マツダ（欧米向けには耳と言語になじみやすいようMazdaと短く表記）やトヨタ（当初は創業者の豊田佐吉にちなんでトヨダだった）、ホンダやスズキがこれに該当する。一見するとプリミティヴだが、これらの名前をロシア語に翻訳すると、魔法のような日本の詩の世界が現れる。マツダとは「松の田畑」であり、トヨタとは「豊穣な田畑」（我が国の「畑《ニーヴァ》」〔ロシア国産車の車種名〕にも通じる）であり、ホンダは「遡《さかのぼ》る田畑」、スズキは「木になる鈴」である。さらに独創的なのはスバルの由来だ。これはプレヤデス星団の日本名であり、そこからあの星を象《かたど》ったエンブレムが生まれた。日産は「太陽に帰属するもの」を意味し、同時に日本産業の略語でもある。ダイハツは「大きなもの」、「始まり」あるいは「発動機の製造」に関連する。とはいえ日本ブランドの解釈はアジアの漢字言語の特徴に起因する多義性がつきものであり、私は自分の解釈が完全だというつもりはない。いすゞは「五十の鈴」を意味し、五十鈴川という川が由来になっている。三菱は「三つのダイヤモンド」あるいは「三つの菱（水草の一種）」を意味し、赤い菱形が連なるエンブレムがこれを表している。ヴォルガ自動車工場（ヴァズ）やバヴァリア自動車工場（ＢＭＷ）のような退屈で理性的な欧州など、詩的なアジアにとってはまったく話にもならないのだ！

米国に追いつき追い越した日本は、旧世界と新世界の市場〔欧米市場〕に全面的な攻撃を仕掛けることにした。まず六〇年代に数多くの日本車の名称が欧米風に改められた。条件は二つあり、ひとつは欧米人が容易に読め、発音できたこと、もうひとつは現地語で不適切な言葉にならないことである（現在、中国車がようやくこの段階に達し、トランクに漢字をつけることをやめ始めた）。トヨタは主に英語の語彙を用いることにした（例えばランドクルーザーは「陸上の巡洋艦」を意味する）。ホンダはイタリア語（ドマーニは「明日」を意味する）、マツダは一般性の高い数字や国際的な言葉（ファミリアやカペラ）を採用した。トヨタのモデルで特に目に付くのは、ＣとＲが多いことである。カローラCorolla、コロナCorona、カリーナCarina、カムリCamry、セレスCeres、クラウンCrown、チェーサーChaser、コースターCoaster、コルサCorsa、クレスタCresta 等。これはおそらく、日本の神経言語学プログラマーたちの考えでは車種の名称は英語で自動車を意味するカーを連想させるものでなければならなかったということだろう。ホンダの音楽狂たちは音楽用語で武装し、アリア、アコード、プレリュード、バラード、コンチェルトといった名前をつけたし、最近ウラジオストクで盗難車ランキング第一位の座にのし上がった我らがフィットも、欧州版ではジャズという名称で知られている。

自動車の名称は、時には「君たちがヨットに名づけたら、名づけたままのヨットになる」というヴルンゲリ船長〔ソヴィエトのアニメ作品のキャラクター〕の歌のように、用途・目的を表す言葉からつけられた。あるいは反対に偶然見つけた文字や音からつくられることもあった。例えばトヨタ・イプサムがそうで、これはラテン語で「本来の」あるいは「自分自身の」を意味するが積極的な内容は何も持たない。三列の座席を持つこの車種は欧州版ではピクニックと名づけられているが、こちらの方がよほどコンセプトが明確である。三菱ミラージュ、日産レパード、スズキ・サムライ〔日本名ジムニー。ジープとミニからつくった造語〕、ホンダ・オデッセイ、トヨタ・キャバリエ等、翻訳不要なものもあるが、英仏西伊辞典がなければ意味の分からない名称も多い。例えば世界中で知られているカローラは実は「花冠」を意味し、ハリアーは「猟犬」〔正しくはチョウヒという鳥の一種〕である〔我らの素晴らしいイタチ《ハリョーク》は左ハンドルになると意味不明瞭なレクサスRX－300に変わる〕。ランドクルーザープラド、通称プラジクと呼ばれる大人のクルーザーの軽量版はどこかの「平原《プラド》」から名前を授かった。高貴なホンダ・ラファーガは「稲妻」であり、エキゾチックな室内犬に似た愉快な小型バス、スバル・ドミンゴはスペイン語の「日曜日」である。筋肉質な小型ジープ、スズキ・エスクードは頼れる「盾」であり、堂々たるトヨタ・クレスタは「頭飾り」、トヨタ・セラは「夕方」〔正しくはフランス語のBe動詞の未来形〕である。マークⅡはマルクーシニク、マルコーヴニク、マルチェロ等の愛称を持つ伝説的なモデルで、九〇年代初めのチンピラたちに愛された自動車だったが、ここで少し脱線せずにはいられない。

マークⅡは栄誉あるマークの名を冠したモデルのみならず、クレスタとチェイサーという直近の親戚も含めて多くのモデルを統括する総称「マーク類」を生み出した。極東の神話において特別な地位を占めているのは、一九八四年から八八年に生産されていたと思われる黒ピラーのマークⅡである。このモデルは車体全体の色は白だったが後部座席のサイドガラスの後ろ部分を支える支柱（ピラー）だけは黒く塗られていた。黒ピラーのマルクーシニク、この快適な後輪駆動のスーツケース型セダンが持つ強力な六気筒ガソリンエンジンに関しては、誰一人悪くいう者はいない。混乱の時代を生きた老兵であるこのモデルも最近では路上で見かける機会がどんどん少なくなっている。今でも私は黒ピラーを見つけると恐る恐る車内を見てみる。中には革ジャンやアディダスのジャージを着た白髪のならず者か、さもなくば死んだ彼らの若き日の幽霊がまるで空飛ぶオランダ人のように乗り込んでいる気がするからだ。現実はもっと散文的である。スモークフィルム越しに中が見えたとしても、このかつて恐ろしかった乗り物のハンドルを握っているのは車を買い替える金もないくたびれきった老人か（しかも当人には自身のくたびれ具合の方がはるかに深刻な問題だ）、あるいははした金を貯めてその老人から初めての車を買った若者だった。私は黒ピラーを見ると、自分がどこへ行こうとしていたのか忘れてしまう。首を回し追い抜こうとペダルを踏み込む。そうでなければ速度を落とし、立派な骨董品のような威厳を持つまでになったこの車の古びたシルエットを視線で舐め回す。通り名の由来となった黒いピラー、鋭角的に切り出されたボンネット、後代には引き継がれなかった形のフォグランプ……。私は黒ピラーが新鮮で無走行だった時代には間に合わなかった。今でもよいからまだ生きているうちに、まだクランクシャフトが回るうちに買ってみたい。鑑賞し、整備し、優しく触れてみたい。そばに露出の多い格好の娘たちを置いて写真を撮るのもよい。セレブに対する我々なりの挑戦状として極東マフィア的なロマンの香りさえして面白いだろう。そう考えるのは私だけでない。黒ピラー専門のインターネットサイトというものがいくつもあるのだ。

それはさておき、華麗なる「マルク」には素晴らしいがそれでも平民であるトヨタ・コロナからの出自が刻印されている。未来のマルクーシニクはかつて「コロナ・マークⅡ」、つまり「第二種のコロナ」と呼ばれていた。慎ましい祖先から枝分かれするに従い、最初の名前が消えたのだ。こうして名高いマークⅡが誕生し、二一世紀のはじめにはマークXに変貌し、二番手であるという含意を完全に捨て去ることになった。マルクの祖母である前輪駆動または四輪駆動の中型セダンのコロナは、次第にコロナ・プレミオへと姿を変え、最終的にはただのプレミオになった。

すべての名称が語源的に明快であるわけではない。四輪駆動のステーションワゴン、トヨタ・スプリンターカリブの「カリブ」（Carib）や同じトヨタの別の箱型車である「カルディナ」（Caldina）の由来については、今も識者の間で論争が絶えない。有名なオフロード車パジェロの弟分をパジェロ・イオと名づけたとき、日本人たちは木星の衛星を念頭に置いていたのかもしれない。この名称はロシアでは、まったく別の、しかしスナイパーが狙ったように正確な意味を帯びることになった。「パジェロ ио《イーオー》」、つまり大人のジープである三菱パジェロの小ぶりな代役、

「パジェロ代行」である（ИО《イーオー》はロシア語で「代行」を意味する略号）。

公式ディーラー店を通じてしか日本の自動車産業を知らない者にはロシア極東の先端部に流れ込んでくる日本車の種類の豊富さは想像も及ばないだろう。日本の自動車メーカーには名称の考案だけを専門とするスタッフもいるのかもしれない。私もそのような部署で働いて日本人のために「スズキ・パルトゥス」や「トヨタ・カンバラ」といった名前を車に付けてみたいものだ（パルトゥス、カンバラは極東の海で獲れるカレイ類の魚）。

そのような専門家がソヴィエトのメーカーにいたかどうかは疑わしい。車種が少なかったので必要もなかっただろう。創意と言えるものはすべて別の製品に注ぎ込まれた。「グラード」（町）、「ヴェプリ」（イノシシ）、「グラーチ」（ミヤマガラス）、「カサートカ」（シャチ）、「トーポリ」（ポプラ）、「コリーブリ」（ハチドリ）、「ネザブートカ」（忘れな草）、「ワル」（大波）、「バギーラ」（キップリングの小説『ジャングル・ブック』に登場する黒ヒョウの名）、「ペチェネーグ」（古代ロシア南部の遊牧民）、「チョールナヤ・アクーラ」（ヨロイザメ）——時に恐ろしげで、時に優しく詩的なために一層恐ろしいこれらの名前は、すべて戦争用の機械設備の名称である。ソヴィエトの人間にとって二〇〇種類ものソーセージは不要であり（それはペレストロイカが描いた明るい理想だ）、二〇〇種類もの自動車も不要なのだ。一番大きな大衆車は「ヴォルガ」と名づけられた。一番小さなものは「オカ」（ヴォルガ川の支流）と名づけられた。オカも大きな川であり、論理的におかしい。「カマ」（ヴォルガ川の支流）は私の幼少時の折りたたみ式自転車の名称となった。他にも「ウラル人」という自転車があったが、「ウラル」は大型軍用トラックの名称である。「ウラル」のヴォルガ地域での弟分「ガズ66」〔「ガズ」はヴォルガ川流域にあるゴーリキー自動車工場の略称〕は固有名をつけられることなく型番名称しか持たなかった。人々はこの失態を正すべく、「66番」を「シシーガ」と呼び習わしたが、これは葦の繁みの中に住むという小さな傴僂《せむし》の女妖怪、我々の先祖がシシーガと呼んでいたあれのことを指していたというよりは、「66」の音〔シェスジェシャト・シェストイ〕が似ていたからだろう。ウアズ〔ウリヤノフスク自動車工場〕のジープやマイクロバスが「ヤギ」（別名「ボービク」〔一般的な番犬の名前〕）や「食パン」（別名「腰掛け」）と呼ばれたのも、同様に従来は型番名称だったものに民衆があだ名をつけたものである。

他方、日本人は、個々の車種の名称をヨーロッパ化し（時には一層柔軟な方針を採り、例えば、パジェロはスペイン語で何やら不適切な言葉を意味するので、スペイン語圏ではモンテロに変更された）、さらにはブランド名自体にも手を加えようと考えた。こうしてあまり日本語らしく響かない専用ブランドがつくられることになった。トヨタはレクサスを考案したが、これはデラックス、セックス、酢《ウクスス》、語彙《レクシカ》、さらには何かヘンリー・ミラー的なものを連想させるうまい名前である。代わりに豪奢なレクサスからは、草創期のトヨタが紡織機械メーカーだったことを示す、現在もラジエータグリルやトランクを飾るエンブレム、すなわち図案化された二本の紐が象徴する古き善きトヨタの家庭的な魅力は失われた。ホンダはアキュラを生み出した。これは日本のサクラとヨーロッパの正確さ《アキュラシー》を隠し持つ見事な言葉である。日産から派生したインフィニティ（無限）には日本的なものはもはや何も残らなかった。といっても、ニッサン自体も欧州の言葉であってもおかしくない響きを持つ。土着的なダイハツや三菱や光岡ではこうはいかない（ちなみに光岡は、三菱と我が国のオカのハイブリッドのように響き、自動車設計士の悪夢から生まれたミユータントを連想させる）。

しかし、言葉の魔力だけが私を自動車狂いにしたわけではない。すべてはもっと単純なことだったのかもしれない。友人たちと海へ繰り出したとき、自動車を持っていなかったのは私だけだった。以前ならばそんなことは気にも留めなかったが、当時の私は二三歳で、つまりウラジオストク市内を乗り回すことが法的に可能になってから五年が経過していた。このとき私の中で何かがカチリと音を立てた。数日後、私は自動車教習所に申し込み、それから一か月後には免許を取得し、その翌日には自動車を買った。

自動車の状態はいわゆる「座ってすぐに出発」が可能なもので、私はその通りに振舞ったのだった。

第3章　ウラジオストクの胎内

ウラジオストクは遠い。しかし我らの町だ。
モスクワ市評議会総会におけるレーニン演説より
（一九二二年）

一

「アンドレイ、なぜ俺に父称なんかを聞くの？」

「あなたの名前を尊敬を込めて呼びたいからです。ご覧ください、いつも少しよい場所を選ぶようにしているでしょう」

見苦しいお追従だが、それでも嬉しいものである。駐車場番とは奇妙な人種である（それとも最近では駐車場番ではなく「パーキングマネージャー」とか何とか呼んでいるのだろうか）。私は自動車に乗るようになってから数年の間にウラジオストク市内で何度か住所を変えたが、そのたびに程度の差はあれ多少ともきちんとした夜間駐車場を見つけることができた。マイカーを自分が住むマンションの窓の下に止めている人もいるが、私はランプや車輪を外されるのが怖いというよりもいちいち神経を使わなければならないのが嫌で、駐車場を使うことにしていた。

市内には駐車場が多い地区もあったが、不足していた地区では、市議会の議事録で「住宅近接敷地内における自然発生的駐車」と呼ばれたところの状況が発生していた。そうした場所では夜間に自動車を見張ることを約束してお金を取る若干奇妙な若者がいることが唯一のサービスとなっていた。そうした若者は時には本当に見張っていることもあった。

駐車ビジネスにおける価格形成のメカニズムは「天井式」と呼ばれるなかなか愉快なものである。論理的な説明は不可能だが、料金はなぜか天井の高さに応じて定められている。ジープの料金はセダンよりも高かったが、小型のオフロード車の一・五倍の面積を取るようなセダンもあったのだ（また、ジープとセダンの境界も駐車場ごとに違っていた）。おそらくこれはジープの所有者は金を持っているという九〇年代初めの古いステレオタイプが今でも残っているからなのだろう。

駐車場で働く者たち自体も人類学的な関心を掻き立てた。ほとんどすべての者に一目で分かるような奇行や特徴があった。最も他愛のないのは飲酒や麻薬、あるいは動作の緩慢さである（沿海地方では、南満州種の大麻が市外の畑だけでなく市中心部やマンションのベランダでイチジクの代わりに栽培されており、麻薬は罪のない気晴らしである）。まもなく私は駐車場番たちのこうした職業的な特徴にも驚かなくなった。働ける年齢の多少ともまともな人間ならば、自動車の見張りになどならないものだと納得したからである。最も警戒が必要なのは一見するときちんとした雰囲気の勤労者風の者だ。精彩のある表情や言葉遣いや反応を見せ、物事を仕切ることもできるような若くて健康な男性がなぜこのようなあからさまに低賃金の単純労働に従事しているのか？　苦学生でも貧乏な年金生活者でも、不法滞在の出稼ぎ外国人でもないのに？

だが他には駐車場はなかった。

アンドレイは、ほとんど例外的と言えるような優秀な駐車場番であるように思われた。年齢は四十歳から五十歳、背は高く顔はジプシーのように浅黒くて、常にきちんと服を着ている。素面《しらふ》でないときもあったが、それでも愛想はよかった。そして本当にいつも、深夜であっても、決して空きの多くない駐車場の中で私の自動車のために場所を見つけてくれた。

アンドレイの特徴は別の点にあった。彼は顧客の信頼を得ると、事務的なやり取りだけでなく人間的なコンタクトを取ろうとするのだった。そうしてできあがったコネクションを彼は利用するようになるのだが、その利用というのは無慈悲な「主人」や何かの「計画」を理由に月極めの払いをいつもより少し早めにしてくれるようお願いすることだった。こうして彼は私から千ルーブリを前借りし（私からだけではなかったことが後に判明した）、姿をくらませたのだった。

その後、私は彼を一度だけ、しかもテレビで見かけた。その番組では事故で壊れた自動車と乞食が住むマンホール下だか植え込みだかから発見された死体のことが報じられており、アンドレイは誰かのマンションを売り払おうとして警察に捕まったとのことだった。

お前は私に全体を捉えられないほど巨大な氷山について語るよう求める。私は息の続く限り水中に潜り、その氷山の水面下の大きさや形をつきとめようとするが、どうしても一番下の部分まではたどり着けない。

二

九〇年代の初めには自動車を実質的に無関税で持ち込むことができた。これは個人使用に限定されたもの、つまり売却することはできなかった。しかし「委任状販売」の形式でこの縛りを回避することが可能だった。一九九三年の政府決定「個人によるロシア連邦の税関を越える移動の手順について」により時代が変わり、「日本娘」を持ち込むにはエンジンの容積に応じて定められた「統一料率」による規定額か、あるいは各種料金をセットにした「合計税関料金」かを支払って通関せねばならなくなった。他方、パイロットや船員、海外で半年以上勤務したことがある者は無料で自動車を持ち込むことができた。結果としてウラジオストクではパイロットと船員の数があまりに増えてしまい（新聞の広告欄や町中の柵などには「船員パスポートを作成します」といった類の掲示が出回った）、しばらく経つと彼らも関税（それでも優遇税率だが）の支払いを義務付けられるようになった。

ロシアは最も忌まわしい時代を迎えていた。いくつもの産業や社会集団が不要であることが判明した。工場は止まり、農業も死に絶えようとしていた。一九九二年から九三年にかけての冬には市内中心部からも見えるルースキイ島に駐屯していた太平洋艦隊の水兵たちが飢餓により文字通り死んでいった。私は父（博士号を持つ学者である）とアムール湾でキュウリウオを釣り、市場で売っていた。まさにこの時に沿海地方の経済に「日本娘」たちが流れ込み始めたのだ。起業心に富む人々はこれがどれほどの金脈であるのか速やかに理解した。日本の中古車は何らかの理由により（例えば、車検料金が年々高くなるせいで）老朽化するよりも何倍も速く安くなっていく。彼女たちのおかげで多くの者が生き延び、富を得ることができた。漁労から科学調査まで何でもこなす地元の船会社は急いで自動車輸送会社に鞍替えし、甲板から葡萄の房のように中古車を溢れさせるようになった。

一九九五年には新聞の掲示欄の語彙は一変していた。もはや自動車をマンションに交換しようという者はいなかった。人々は自動車のブランドや特徴に詳しくなり、次第に本物の市場と呼べるものが形成されていった。「五エキュ〔ユーロ以前の欧州の通貨〕の自動車（輸入関税が一CCあたり五エキュの優遇税率自動車）、九〇–九二、無走行、一五〇〇–一八〇〇万で購入希望」、「支払い済みの自動車」（つまり、通関の諸費用は支払い済みということ）。新聞にはこうした掲示と並んで、私の子供時代を彩った半分気のふれたような映画館のプログラムが載せられていた――「忍者ターミネーター」、「ホン・ギルドン」〔北朝鮮のアクション映画〕、「爆撃艦隊対忍者」、「サイバートラッカー」……。

当時はまだ、大昔の奇妙な自動車も持ち込まれていた。新たなボディへと生まれ変わって今でも健在の永遠のカローラと並んで沿海地方の岸壁にはスバル・ジャスティ、いすゞピアッツァ、日産スタンザ、ホンダ・シティのようなありとあらゆる自動車が、日本の甘いガソリンの最後の一滴をふかして這い上がってきた。こうした自動車は今ではほぼすべて姿を消し、私の過ぎ去った子供時代の一部になってしまった。時おりしぶとい生き残りを目にすると、私は過去の一瞬が戻ってきたかのような奇妙な感覚に包まれる。

私はウラジオストクの自動車地図を描いて見せることができる。解体屋がずらりと並ぶスネゴヴァヤ通り、カムスカヤ通りのガラクタパーツの山、ヴォエンノエ街道の自動車ショップ街など、目をつぶっても自動車市場の場所を示すことができる。ぴったりのタイヤやウィンカーランプを見つけてついでに汁を替えるにはどこがいいのか、ＥＦＩ（電子制御燃料噴射装置）に詳しいのはどこの店の何という職人か教えてあげよう。カムスカヤ通りに行けば子供たちがあなたの車から昨夜引っこ抜いたばかりのランプがあるし、ついでにどんなものでも買うことができる。そこでは振舞い方に気をつけねばならない。知的であることを隠すこと。普段眼鏡をかけているなら外していくこと。無精髭を生やしたほうが良い。話しぶりは簡潔に短く間違った文法で、しかし（これは私にも難しいが）何やら十分な重みを感じさせる構文で。真剣な表情、適度な困り顔で（ウサギちゃんの耳、つまり愛車のサイドミラーをドライバーで外された金髪娘のような必死な顔をするのは御法度である）、「俺はカタギではない。事情は分かっている」と全身で語るような、自信に溢れた様子が必要である。

二十年近く前にはそんなものはまだ何もなかった。市内の自動車の数は少なかったし、修理屋はもっと少なかった。自動車乗りたちはソヴィエト時代の古い習慣で自分のガレージの中で週末を過ごしていた。そこへ突然、見たこともない自動車が現れたのだった。電装を詰め込みまくった舶来のエンジン、快適だが複雑になったサスペンション。自動変速機に至っては当初は分解どころか動かすことも恐れられた。日本からもその他の「第三世界」からも、自動車部品のサプライチェーンやサービスセンター網は届いていなかった。地元の「匠」たちは自分のトヨタにガレージで作ったお手製の古臭いアダプターがついたジグリのオイルフィルターをねじ込んだのだった。日産のパトロールに取り付けるために、ニーヴァのホイールハブが改造された。純正品は手に入らないので、トランスミッションや油圧式パワーステアリングには正体不明の液体を、燃料タンクには濃厚なオクタン価七六のガソリンを、そして極めつけの蛮行としてエンジンにはジグリ用やカマズ用のオイルを飲ませていた。

今でこそどんな子供でも、なぜトヨタよりスバルの方がランプの交換が難しいか、なぜ日産のQGシリーズのエンジンは型番を打ってある箇所が腐食しやすいのか（交通警察に見つかると問題になる）、なぜエスクードにはボッシュの一〇番のオイルポンプがぴったり合うのか、澱みなく語って見せるだろう（ボッシュの一〇番といわれても分からない大人も多いが）。「半合成油」と「合成油」のどちらが優れているか、理想的な粘度はいくらか、我が国のガソリン事情からいってプラチナ製やイリジウム製の点火プラグを買う意味はあるのか、トランスミッションオイルの一部あるいは全部の交換はどの程度の頻度で行うべきかといった類の高度に知的な議論が交わされるのも今でこそだろう。といっても、自動車そのものも当時とは変わった。複雑になり限界まで電装部品を詰め込まれ、他方で繊細で口うるさく寿命の短いものになった。ややこしい無段変速機、ＶＴＥＣやＶＶＴＩ式エンジン、頑丈な鉄の車軸に代わる壊れやすい駆動部品、プラスチックのボディ部品、普通のセダンと同様のフレームレスのジープ。かつて自動車は古いソヴィエトの鉄アレイのように永遠に壊れることにない単純なものだった。

日本車侵略時代の最初の十年と時を同じくしてソヴィエト連邦の巨大な機構（その残滓は現在もロシア大陸をつなぎとめている）の本格的な解体が始まった。新世紀を迎える頃には極東はさらに遠く、さらに特殊な地域になっていた。かつては極東の人間がモスクワに行くと、町中を虎が歩いているのかと聞かれるのがお決まりだったが、今やウラジオストクは闇商人の町だとみられているので、右ハンドル車のことばかり聞かれるようになった。今日のウラジオストク市民はハンドルを握って生まれてくる。非力な赤子も死に損ないの老人も誰もが自動車を二、三台持っていて、誰もが本業が終わると、あるいは本業の代わりに、自動車売買でひと稼ぎしているというのだ。うまく庭番やエンジニアや経理係に擬態しおおせている平均的なウラジオストク市民を眠っている時に叩き起こしてみよう。相手はつっかえることもなく具体的な自動車やその代案に関して国内のすべての都市への送料も含めた完全な価格見積もりを喚きだすだろう。西側の人間は信じないかもしれないが、沿海地方では道路監督官だけでなく自動車教習所の生徒も右ハンドルを握っている。マニュアル車を運転できない者がかなりの割合を占めている。大部分の住民にとってはマニュアル車の火掻き棒《ギア》はフレーム式のジープで泥道を乗り回したりサーキットを飛び回ったりするのが好きな自動車狂いが使うものなのだ。

自動変速機（ＡＴ）とはまことに偉大なものである！　ＡＴは手動式の変速とクラッチがあるせいで自動車を運転することを恐れていた多くの女性たちを解放した。カフカスのように坂道の多い我が町では、特に渋滞時には、ＡＴは男性ドライバーにとっても大変便利なものとなっている。ＡＴがあれば道交法で禁じられてはいるが運転中に携帯電話で話すこともショートメールを打つこともできる。寛いでタバコを吸い、そのタバコを挟んだ右手を窓の外に垂らすことも、左手で助手席の娘の膝や尻を撫で回すこともできる……。ＡＴを開発した純朴な無名のエンジニアは走行時のギアの状態をＤ、すなわちドライブと名づけたとき、まさにツボを突いたといえよう。国境の開放と同時に極東の港に押し寄せてきた自動車たちは陰鬱なこの時代を切り開くまさに駆《ド》動装置《ライブ》となったのだ。他所《よそ》の地方から来た人が必ず指摘するのが、沿海地方では驚くほど自動車のマナーがよいということだ。ごく最近まで沿海地方の交通警察はシートベルトの未着用や市外道路でのランプ未点灯で罰金を取ったりすることもしていなかった。

九〇年代は希望と野蛮と陽気な集団自殺の時代、我が家を燃やして焚き火にして暖を取る試みの時代だった。この状態は石油という鎮痛剤に抑えられつつも現在に至るまで続いている。同時に、「呪われた九〇年代」は極東右ハンドル文化の開花期でもあった。我々は、まるで自分でつくったかのように日本車を誇るようになったが、確かにそうといえる部分もあった。漁師が水揚げした魚を誇るように、我々は日本海の混沌の中から釣り上げた日本車たちを誇るのだった。

私の人生で最初の薬草《ゼリョンカ》はソヴィエトの一般的な薬だった。アフガン帰りやチェチェン帰りは私たちの辞書に新しい薬物《ゼリョンカ》を加えた。今では彼らに倣《なら》い、葉の茂った冬季以外の森もゼリョンカと呼ばれている。二十世紀初頭には大量のウクライナ人がロシア帝国の太平洋側の辺境に入植し（「ウクライナ」は辺境を意味するが、東方の辺境というわけだ）、おかげで沿海地方では今でもウクライナ系の苗字が多いが、彼らは極東の南部を「緑の畑《ゼリョーヌイ》」や「中国の向こう側」と呼んだ。現在のウラジオストクではゼリョンカといえば完全に「グリーンコーナー《ゼリョーヌイ》」、ロシア最大の日本製中古車市場を指す。

ゼリョンカの公式の開設日は一九九三年九月二五日とされている。ウラジオストクは閉鎖都市から開放都市に移行したことに次第に慣れ始めていた。工場が潰れ、軍隊からは将校たちが解雇されていたが、自動車乗りと自動車売りは増えていく一方だった。最初の頃はどこでも思いついたところで販売していたが、その後、活気のあるベッドタウンエリアにあるストロイーチェリ競技場に集まるようになった。しかし、騒音が絶えないので近隣住民が我慢できなくなった。こうして今では国中にその名を知られるゼリョンカが現れ、日ごとに騒がしくなり膨れ上がり続ける自動車市場は、このウラジオストク郊外の高級とはいえない地区へと移設されたのだ。陰鬱な雨雲が垂れ込め、東方遠征が太平洋に到達して終わりを迎えた地、役人たちが好んで祝日のスピーチで「ロシア東部の前哨基地」と呼ぶ辺境。そのシンボルとなるのは勇ましい国境警備兵カラッーパでも風に吹かれて互いによく似た男らしい顔つきになった漁師や地理学者でも名高い虎でも私の幸福な子供時代にはまるで魚扱いされていなかったスケソウダラでもなく、日本からのセカンドハンドの自動車であるなどと果たして二十年前に想像できた者はいただろうか？

　中古車市場《ゼリョンカ》を一日で見て回ることは不可能である。いくつ丘（展示場）を見ても、市場は一向に終わる気配を見せない。暑気を避けて覆いの陰に潜むやる気のないディーラーや、バンの中で極寒をやり過ごす愛想のよいディーラーがいる。シベリア辺りから来たナイーブな買い物客や年季の入ったバイヤーがいる。そして地平線まで続く丘の連なりには、きれいに洗いたてられて輝く様々な色の箱たち、幾万もの自動車たちが並んでいる。ここは選ぶ場所ではない。選ぼうとしたらビュリダンのロバさえ夢にも見なかったほどの選択肢に身動きが取れなくなる。ここは予め決めておいたものを買う場所なのだ。

　市場という名前にいつわりはない。自動車の展示スペースが終わると（ともかくいつかは終わる）、そこにはこれまでと同じく天然の緑《ゼリョンカ》がざわめき、何か温室のようなものさえ立っている。市場では長い間決済に「草《ゼーレニ》」つまり米ドルが使用されてきており、ルーブリに移行したのはごく最近のことである。その意味でもここはグリーンコーナーだといえる。

　人口当たりの自動車保有台数でウラジオストクは急速にモスクワに追いつき始めた。中古車《ゼリョ》市場《ンカ》開設から十五年後には毎日約一万台の自動車が展示されるまでになった。合わせて公証人や保険屋、整備工も店を開いた。中古車市場《ゼリョンカ》が開設十五周年を迎えた二〇〇八年秋に調査会社アフトスタットが発表したところによれば、ウラジオストクは人口当たりの自動車保有台数がロシアで最も多い都市で（以下、モスクワではなく、クラスノヤルスク、スルグト、チュメニと続いた）、千人当たり五六六台を保有しているとされた。同時に、ウラジオストクの保有車両の平均車齢はロシアの主要都市中で最も古く、十年以上のものが八〇パーセントを占めた。保有車両の約九〇パーセントが日本の右ハンドル車だったことは改めていうまでもないだろう。

我らの町は希望のない血栓症を病んでいたが、それでも我々はこの甘美な自動車軍の進駐と共に二一世紀を迎えたのだった。町の紋章には相変わらず虎が描かれていたが、実質的なシンボルはもはや自動車だった。かつての難攻不落のウラジオストク要塞は気がつけば等身大の博物館以上のものではなくなっており、しかも我が町は地震多発地帯に位置しているのだった。国境には鍵はかかっておらず、装甲はすでに硬いとは言えず、生活には金がかかり、快適でもなかった。経済と大部分の人々はいつの間にか競争力を失っていた。誇り高き国家の海軍基地、歩哨都市、海運都市、水産都市、学術都市は静脈を切り開かれ、酸素供給を止めて放り出された。まもなく断末魔の時が訪れるはずだった。

ところがすぐそばに血液ドナーが現れた。その血はあまり新鮮ではなかったが、ウラジオストクは新たな生命を賦活された。新たな循環器系の赤血球となり白血球となったのは隣の中国からの大衆消費財で調味加工された日本の自動車たちだった。手頃な価格の外国ブランド車はロシア人に快適さとスピードを与えた。外国ブランド車こそが、急速に人がいなくなりつつあるこの地にロシア人をつなぎとめる数少ない要因のひとつなのだ。

九〇年代の大いなる憂鬱を最も深刻に経験したのは力なき辺境、つまり村落や極北地域や極東である。両首都やその他の大都市は比較的快適な気候と人や企業の集積、新たな住民の流入のおかげで他よりも軽傷で済んだ。政府高官らは幾度となく、日の沈む国の七つの連邦管区のうち極東連邦管区は最も陰鬱な地域であると認めた。極東は最も広く、最も人口が少ない。ロシアの三分の一の面積を占めながら人口は全体の数パーセントに過ぎない荒野である。ソヴィエト時代には中央から辺境に多数の専門技能者が派遣されたため求心的なプロセスと遠心的なプロセスが均衡していたが、ソヴィエト崩壊後には前者のプロセスしか残らず、しかも強まったのだった。

我がウラジオストクは極東の他の町に比べてまだ幸運だった。南に位置し、海があり、シベリア鉄道という背骨の尾骨に当たる港を持ち、周辺一帯では最も人口が多く（それでも無きに等しいほどのものだが）、「アジアの虎たち」が隣人だった。そしてこの隣人関係こそが我々を救うことになった。深く陰鬱な闇の中、沿海地方の幾千もの自動車関連コミュニティのシンボルとしての中古車市場《ゼリョンカ》こそが企業城下町ウラジオストクにとっての真の中核企業となった。ソヴィエトのタイタニック号は海底へと沈んでいき、裏切り者の船長は救命ボートを身内用に押さえた。残された者たちは各々ができる方法で助かろうと足掻《あが》き、元凶である氷山に飛び移る者もいた。我々も足掻いた。我々とはつまりすぐさまモスクワやカナダに移住してしまわなかった者たちのことだ。

ロック歌手イリヤ・ラグチェンコは学生や海兵として若き日を過ごしたウラジオストクを捨て去っていたが、余所者《よそ》には解説なしには分からないような鮮やかで天才的なイメージを幾葉か残すことができた。中にはあまりに社会的な具体性が強すぎて、わざとらしいほど不条理に思われるものもある。「水は毒され、光は消え、音がなくなる……」——これは文字通り理解せねばならない。我が九〇年代には冬には電灯が灯らず、人は故障したエレベータに閉じ込められた。私は蠟燭の灯りで宿題を解き、教科書はパラフィンの煤にまみれた。電気が点《つ》く頃には就寝の時間で、テレビでは役人が「配管の解凍」を報告していた（なぜ「凍結」や「過冷却」と本当のことを言わないのか私にはついぞ理解できなかった）。水道は常に問題になっていた（問題がなかったのはガスだが、というのもガスは来ていなかったからだ）。両手にひとつずつバケツを持って階段を下り、凍りついた給水栓に水を汲みに行くのだ。

太平洋艦隊の隻数が少なくなっていくに従い、外国ブランド車の台数は反対に増加していった。マフィアと大差がなかった当時の商売人の間では敵を車中で爆殺することが新たな流行となった。「ポケットには手榴弾、そのピンに手をかけ……年若い妻はシフトから戻らなかった……ここは国のポケットから鉄道線路がはみ出し、国境が制御不能となった場所」——このほとんどルポルタージュのように明快な歌詞の中でラグチェンコは滅びと解体の美学を、荒廃の甘美な腐臭を正確に描き出した。我々は「消え去る、消え去る、消え去る」、なぜならば「もう少しきれいな時代がやってくる」（ムーミー・トロールの「ウラジオストク二〇〇〇」の歌詞の引用）のだから。

この崩壊を覆い隠し、これに論争を挑むようにして、別の惑星の生物がこの町に洪水となって押し寄せてきた。日本娘たちの数が質へと変わったとき、彼女たちはウラジオストクから田舎町特有の外貌のひとつを拭い去った。不機嫌で灰色で眠たげな人々（我が家の友人である米国のロナルド・フロスト教授はロシアにやってきて陰気な原住民を見ては「ロシアン・スマイルだ」と皮肉を言ったものだ）の代わりに笑顔を振りまき、エネルギッシュで機敏な人々が町に現れたとしたらどうだろう。黒死病時代でも宴を楽しむ方が宴なきただの黒死病よりもまだましというものである。

「ウラジオストクにはどこか日本と似たところさえある。海があり、春には桜が咲き、通りを右ハンドル車が走っている」日本の蒲原《かもはら》総領事は地元紙に語った。「自動車の流れを見ていると、ロシアにいることを忘れそうになる……。ここではモスクワやウィーンで感じたような郷愁に駆られることはない」

三

私は日本へ行ったことがない。だからなのかもしれないが、私には時おり自動車というものは海の中で生まれて成長し、底引き網にかかって水揚げされているのではないかと思えることがある。この「日本人」や「日本娘」たちは何とすばやくロシア化したことか！　我々は「シャケン」

や「パキスタン人の駐車場」が何であるか知っているし、気がつかないほどの細かい特徴でコルサとターセル、レビンとトレノを見分けることができる。私たちは日本車に、日本人の高度に組織化された頭には想像もつかないようなことをやってのける。道路の右側を走り、ワシーリイ・アリババエヴィチ〔ソヴィエトのコメディ映画『成功の紳士たち』に登場する詐欺師〕のしぶとい子孫たちがつくった吐き気を催すようなガソリンを飲ませる。ダーチャへと続く穴だらけの未舗装路をスポーツカーで這いつくばっては飛び跳ね、エアロパーツや防護部品を引きちぎり、リフトアップしたジープで市内を乗り回す。古いディーゼルトラックのメータをつけ、ブレーキシューの長さを伸ばし、クラウンにヴォルガのショックアブソーバーを取り付ける。甘やかされた外国娘を新兵のように鍛え上げる。ここは日本でない、慣れてみせろ！

「韓国人」も「中国人」も〔欧州ブランドはいうに及ばず〕この地に根付くことはなかった。これは彼らが品質を向上させ、ロシア西部や中央部の市場へ進出を始めた現在でも言えることである。地理的な近さだけでは駄目だった。価格と品質のバランスが決定的な要因だった。日本娘たちはそのバランスが優れていたし、以前は〔二〇〇二年にクレバノフ副首相が関税率を引き上げるまで〕沿海地方住民は日本にアサヒビールを飲みにいって、その気がなくてもついでに車の所有者になってしまうほどの価格だった（大抵は翌朝になると車があることに気がつくのだった）。

極東住民は新車を買えるほどの金は持ったことがないし、今でも持っていない。仮に資金があったとしても、一回でも日本のセカンドハンドに乗ってみれば、わざわざディーラー店で新車を買ったほうがよいのか十回は考え込んでしまうだろう。なぜ大きな金で小さな車に乗らねばならないのか。小さな金で大きな車（大型セグメントの車）に乗れるというのに。確かに中古車である。だがどんな車であれ、一度ディーラー店から外に乗って出れば、すぐさま中古車になるではないか。ありがたい保証サービスのおとぎ話は、誰か他の人にしてくれ。ハンドルは右側についているが、沿海地方ではなぜだかこのことを気にした人は誰もいない。すでに九〇年代には我らの有名な格言「良いハンドルは左とは言わない！」が人口に膾炙《かいしゃ》していた（ロシア語では「右」は「良い」と同音語でスラングでは「左」を「非合法」の意味で使う）。

地場の自動車ビジネスは当初は文字通り野生のものだった（現在でも完全には飼い慣らされていない）。その一因は後に「基幹産業」と呼ばれることになるこの産業が実際に下から発達し、国家の支援を一切受けず、それどころか後には国家の妨害に抗して成長していったからである。自由経済の信奉者ならばこの現象に教科書の一章を割いた上で自動車ビジネスの犯罪化の度合いなどについても考察すべきところだろう。

沿海地方の経済の自動車ビジネスへの転換はどこかの冷笑的なファシスト学者が唱える明るい社会政策の実験を思わせる疑わしいものだった。「人々から慣れ親しんだ仕事を奪い従来の生活のパラメータと社会関係を壊したらどうなるか見てみよう」というわけだ。だが沿海地方はちょうど良い時期に比較的良い場所にあったので、はずみ車がうまく回り始めた。爆弾や銃撃の音を伴奏としながらも、市場はゆっくりと発達し始めた。ゆすり屋はアディダスのジャージを脱いでまずは赤いスーツを、後には普通のスーツを着るようになった。闇商人たちは中古車市場の店番に売り子を雇い、無数の個人事業主や有限責任会社を登記した。担ぎ屋たちの中国への買い出しツアーと並び、船員パスポートによる日本への自動車買い出しクルーズが広く行われるようになった。やがては専門業者が日本海を渡り、買い手は商品を港の税関倉庫で受け取るようになった。まるで新世紀の幽霊のように、オークション取引の人気が高まっていった。週末に中古車市場に行って気に入った車をあらゆる角度から見てみることができるのは地元市民だけである。ウラルやシベリアから出てこられる人はそう多くはない。だがコンピュータの画面を見て気に入った車を選ぶとなれば話は別である。掻き傷のひとつひとつに至るまで細かく査定されたオークション書類と写真を見て、自分が住む町か最寄りの町までの鉄道輸送料（輸送には無蓋や有蓋の車運車が用いられたが、有蓋の方は後に禁止された）も含めた料金を支払えばよいのである。このような進歩は中古車市場の顧客エリアを本格的に広げることになった。市場で買うかオークションで買うかは趣味の違い程度のものであり、どちらにも一長一短があった。ウラジオストク市民でもオークションを試した者は多かったし、他の地方の住民たちは相変わらずウラジオストクの市場にやってきて、その場で決めて乗って帰る、いわゆる「国道旅行」を楽しんだ。車の中で眠り、路傍で用を足し、食事は沿道のカフェかボンネットをテーブル代わりにするか、あるいは陸軍に賄賂の効く協力者を持っている企業家精神に富む者は軍の個人用携行食の見事なセットを軍の倉庫から卸値で調達するという具合で、要するにスパルタ式の条件下で行われる一種のエクストリームスポーツである。

市内を道路の網の目が覆っているような「普通」の町であれば、「国道」と言われても何のことだか分からないかもしれない。だが我々の国道と言えばひとつしかなく、進路も西へと向かう一方向である。ウラジオストクは帝国のどん詰まり、鉄道と地理の最果てだ。国道六〇号線「ウスリー」は正確にはウラジオストクから北へ伸びている。八〇〇キロ足らず北上すると同規模の最寄りの都市、同じく行政中心都市であるハバロフスクに到着し、そこから西へ、チタ、イルクーツク、クラスノヤルスクの方角へと進んでいく。私はこれまで国内の様々な場所に足を運ぶ機会があったが、国道沿いの場所ではいつも移動する家畜の群れのような自動車の無限の隊列や一匹狼の自動車を目にすることが出来た。沿海地方南部のハサン地区の埃だらけの峠の未舗装路から当時はまだ解体が始まっていなかったアムール州のスヴォボードヌィ宇宙基地（現在のヴォストーチヌィ宇宙基地）へと続く分かれ道に至るまでどこにでも。砂利の榴散弾から守るために紙やガムテープで覆われ、車両登録前のトランジットナンバーをつけたこれらの自動車は遠くからでも一目で見分けることができた。

この太陽と共に西進する「右ハンドルロード」は、シルクロードと呼ぶには無理があるものだ。自然のままの道路の状態や不可抗力的事態（対処できることもある）は言うに及ばず、車の群れの車飼いたちは特に二つの脅威に抜かりなく備えている。野良警官の襲来とハバロフスク－チタ道路である。何かと難癖をつけて通行料をせしめようとする道路海賊は伝統的にハバロフスクとウスリースクの近郊に出没しやすいとされている（ウスリースクの海賊に関しては、数年前に地元出身の天才映画監督ヴィタ―リィ・ジョーモチカが名高い『スペッツ』の中でも描いた）。賄賂《ハバラ》のハバロフスクを越えた者には同市とチタを結んでいるらしい国道「アムール」の試練が待っている。この区間は大統領選挙前の二〇〇四年はじめにわざわざプーチン大統領が出向き、ハバロフスク市内のアムール川橋の上で盛大な開通式を執り行った。しかし、大統領が筋張った腕を一振りして晴れがましいテープカットを行っただけでは死に絶えたように打ちひしがれた連邦未舗装路がアスファルトに覆われることはなかった。この道路は「神はソチをつくり、悪魔はスコヴォロジノとモゴーチャをつくった」という格言にうたわれたアムール州の熊が住むような一帯を通っている。このどうにか方角が分かる程度の一帯を、整備工具と拳銃で武装したやけっぱちな車飼いたちは這って進んでいく。これはテープカットの前も後も変わっていない。大統領の祝福を受けたこの国道で一体何本のタイヤがパンクして捨て去られたか、車体下面にいくつの穴が開いたのか、日本の神のみぞ知るところである。

中古車市場が真の繁栄を迎えることができたのは、この西側への自動車輸送が可能だったおかげでもある。沿海地方自体の自動車需要は仮に赤子から老人まで全員に右ハンドルを握らせたとしてもあまりに小さい。輸送基地、これこそが鍵となる言葉である。シベリア、ウラル、中央ロシアの市場は（ちなみにロシアの中央部はシベリアなので西部を中央ロシアと呼ぶのは正しくない）、沿海地方の地場のビジネスを軌道に乗せ、そのまま連邦予算の歳入となる税関の収入を決定的に引き上げた。買い付け訪問客には自動車以外にも必要なものが出てくる。エンジンオイルやフィルタ、国道を走るための予備のタイヤなど、人により様々だ。関連分野が伸び始め、修理サービスが流行り、通関業者やディーラー、コンサルタント（買い物をアテンドし、助言し、梱包し、発送するのを支援する）、顧客の元まで乗って帰る代行輸送業者、修理して売るための事故車の買付業者など、新たな職業が誕生した。様々な専門屋の他にも「掛け持ちビジネスマン」と呼ばれる興味深い社会層が出現した。彼らは世間ではマネージャーやジャーナリスト、場合によると公務員などで通っているが、合間の時間で車の闇売買に手を染めているのである。こうしたアマチュアの多くは数か月ごとに自動車を乗り換えたが、それは利益のためというよりは芸術への愛によるものだった。買っても車両登録せずにトランジットナンバーで乗っていた。そうすれば車両保有税を納めずに済んだし、車検を通らなくても（買わなくても）よかった。また、その気になれば交通警察に行って手続きに骨を折らずとも数分間で売り払うこともできた。こうした商売人たちの自動車には後部ガラスにマーカーで携帯電話の連絡先が書かれていた（価格、排気量、ボディのタイプ、製造年、値引きの可否などの補足情報が記載されていることもあった）。半年ほど乗る間に多少の金をかけ、あるいはまったくかけず（部品を交換するくらいなら自動車ごと替えるというのが彼らの言い分だ）、売り払って数百ドルの常緑紙幣を稼ぐのだった。車両登録していなければ、その自動車はぺーぺー、つまり依然として無走行車《ベス・プロベガ》だと見なされた。

私はこのようなビジネスマンにはならなかった。企業家精神が足りなかったのだ。乗り換え頻度は地元の感覚では低く、マイカーに金をかけて入れ込んでしまう。売るときには反対に簡単に値段を下げてしまう。売り手と買い手、闇商人とそのカモの駆け引きは、心理学の概論書を書かねばならないほどの大きなテーマだ。ずるがしこいディーラーたちのごまかしの技術は相手をノックアウトすべく長年にわたり研ぎ澄まされた言葉の定式となっており、ショーロホフの小説に登場するジプシーが痩せ馬を売るために馬の尻からストローで息を吹き込んで膨らませたという豪快さの域に達している。

「この組立車〔高関税を回避するために解体された部品として通関され、その後、車両登録前に組み立てられた自動車〕は本当に二〇〇〇年の製造ですか？」とシベリアから来た疑い深い買い手が尋ねる。

「もちろん。これが書類だ。活きのいい自動車ですよ。見てください」と中古車市場の住人は瞬きもせずに応える。

「でもなぜシートベルトに九八と書いてあるのですか？」

「ベルトは倉庫で寝かされていたからですよ」

「日産は足回りが弱いと聞いたのですが」

「足回りも理想的です。まったく理想的な足回りです。日本人はさすがだ！　でも、燃料タンクが裂けているので試乗はできませんけどね」

「何でここのボルトは錆びているんですか？」とカーペットの下を見る。日本で水没したかあるいは輸送中になぜか海水浴をする羽目になった水死体あるいは水の妖怪《ルサールカ》と呼ばれる自動車ではないかと疑っているのだ。水関係は最も問題視されるポイントのひとつである。

「前の日本人の持ち主が夏に窓を閉めるのを嫌って、開けたまま走っていたのです。何しろ日本には海やら霧やらありますからね！」

「何で窓を開けて走っていたんですか？　エアコンが壊れているんですか？」

「大丈夫、動きますよ！　ガソリンさえ入れればすぐにつきます」

「本当にオークションで買った車ですか？　オークションの書類を見てもいいですか？」

「オークションの車です。ですが書類はどこかへ行ってしまいました。紙なんて必要ないでしょ、ほら、これが車です！」

「ここの塗装は日が当たるとおかしな光り方をしますね。もしかして事故車ですか？」

「お前さん、何がしたいんですか？　日本の車は全部、事故車に決まってるじゃないの。うまくやったのもあるってだけの話だよ」

地元の金言によれば、「うまくやった」車は事故車とは見なされない。

自動車の選択に関しては明文化された規則や暗黙の規則が無数にある。どこを見るべきか、何に注意すべきか、事故車や水死体、横転車や死にかけのAT、沸騰したエンジンはどのように見分けるか。穏健派は液漏れがないかエンジンを目視し、エンジンオイルと不凍液の量を確認し、車体をゆすってショックアブソーバーの損傷度合いを調べ、エンジンをかけて少し走り、そこから足回りの状態や自動車の生命力全般に関する結論を引き出すに留まる。穴（地下ピット）や色々な設備がある整備工場に持っていくのは時間の無駄であるとこの一派の有力者たちは口をそろえる。隠された欠陥は穴で調べても分からないし、そうでないものはその場で見つけられるというのだ。

偏執狂の一派はディーラーのごまかしを暴き立てるために次々と新たな技《わざ》を編み出すことに精を出す。排気管にこびりついた澱《おり》の味を見たり、エンジンをかけたままオイルの注入口を開けたり、電気系統を故障診断にかけたりする。ボディの表面すべてに磁石を這わせて塗装にむらがないか調べ（事故車は修理するとむらができる）、ドアの内張りをはがして錆やヘドロ、海草や魚の残滓がないか確認する。闇業者式の荒っぽいAT作動テストを行い、下手な修理工が触ったおかげでエンジンの気密漏れが起きていないか、懐中電灯で照らして調べまわる……。試乗を断るような愛想の悪いディーラー（「俺があんたとガソリンを燃やしている間に、客が来ちまうかもしれないだろうが！　ほら、これが車でこれが鍵だ。ここで見てくれ」）に客が文句を言いたくなるのも理解できる。しかし、あまりにうるさい買い手はディーラーを逆上させてしまうこともある。

買った後に様々な問題に気づく可能性もある。フレームがふやけていたり、ボディが歪んでいたり、エンジン内部が煤まみれだったりと、何があってもおかしくない。しかし、こうした個別の事例を大げさに捉えて根本的な法則であるとみるには及ばない。通常、本当の問題が発生するのは買った持ち主の落ち度によるものであり、いい加減な運転で事故を起こしたり、さもなくばオイルや不凍液のケアを怠ってエンジンを詰まらせたりするのだ。確かに中古車を買うことはギャンブルだが、リスクを最小限に抑えることは可能であり、中古車市場を訪れた客の大半は自分の買い物に満足しているのである。

中古車市場は無走行車、つまり日本から搬入して間もない自動車の販売に特化している。持ち主から走行済みの自動車を直接買うこともでき、安いのであえてそうした自動車を選ぶ人もいる。大抵の場合、彼らは余計な資金も野心もないが、確かな腕は持つような男たちである。こうした直買いもやはりギャンブルであり、負ける可能性はむしろ高い。エンジンやサスペンションにロシア人の下手な手が触れた後だったり、いかがわしいガソリン（いかがわしくないガソリンは極東にはないという意見もあるが）や船舶用の盗品燃料でエンジンが汚れていたり、日本的に繊細な下面部がロシアの道路の穴ぼこや縁石で無慈悲に歪められていたり、といった様々なリスクが大きい。

大部分の人は（大部分ということは無視できまい）無走行で活きのよい、くたびれていない自動車を欲しがる。野蛮なロシア人たちの大地で何が彼女を待つのか、まだ知らない自動車である。あるいは、ここには心理的な要素もあるのかもしれない。自動車が無走行であることは、花嫁が純潔であることに相当するというわけだ。その車は日本で何年も走らされてきたということは誰もが分かっているが（それに我々の時代に純潔といっても胡散《うさん》臭い自己愛以外に何をもたらしてくれるというのか）、それでも少しでも新しい方が嬉しいものだ。こうして、走行歴をめぐるハムレット的な苦悩を味わうことになる。日本海の対岸での走行距離も積算した全体の走行距離を示すオドメーター（速度を示すスピードメーターと混同する人がいるが別のものだ）を見るべきか見ざるべきか。言い訳のしようもないほどに長い走行距離を目にして不安になるか、あるいは現在のコンディションだけを見て踊るか。一般的な「大人」の見方をするならば、重要なのは走行歴ではなく現在の状態であり、きちんと手入れがされていることである（ついでに言うとこれは人間に関しても同様で、パスポートのデータよりも目の前のコンディションの方が重要であることが多い）。状態とは変化するものであり、必ずしもオドメーターの数値に左右されるわけではない。昨日走ったからといって今日も快調とは限らないのだ。状態は使用環境に左右される部分が大きく、五万キロで乗り潰してしまうこともあれば、十五万キロ走ってもほぼ理想的な状態であることもある。現代の日本のエンジンは、それが大型であればなおさら、良い道路で適度な環境で使用されていたのなら十五万キロ程度は一息で走れる。だから走行距離は巻き戻さなくてもいい、分かる人ならばそのままでも買うだろうというわけだ。

ところがそれでも巻き戻している。なぜこのようなこと（曖昧に「スピードメーターの修正」と呼ばれているが、これは「主権民主主義」や「和平の強制」にも劣らない見事な婉曲表現である）をするのかと聞かれれば、市場原理だと答えるのが手っ取り早い。買い手には走行距離が短いほうがよい。よい、それならやってみよう！　プラシーボ効果と同じで、そうすることで人が安らぎを得るのならば、その行為は正当化される。オドメーターは今後も巻き戻され続けるだろう。ナイーブな客たちが熟年を迎えてから巻き戻されたメーターがゼロに等しいほどの走行距離しか示していないのを見て驚き、「日本ではこの車には年金暮らしのお爺さんが乗っていて、日曜日にパンを買いに行く時にしか使っていなかった」というディーラーの古典的な作り話を信じている間は。このエキセントリックな日本のお爺さんはご丁寧に半年ごとに良質なエンジンオイルをさらに良質なものに交換するなど、アフターケアを完璧に行っていた。彼はまもなく死んでしまったが、車は温度管理と空調が完備されたガレージで数年間使用されずに保管された。息子の若いやくざが車を管理してきちんと目を光らせていたが、自分の車があったので乗ることはなかった。そして新たにシャケンに出さねばならなくなったとき、彼はこの車をロシアに送ったのだった。国内走行歴のある自動車の場合は、年老いたサムライの伝説の代わりに、ウラジオストクの船員の物語になった。この船員は遠洋航海のクルーであり、彼の自動車はガレージで眠っていた。当然ながら、温かく、よく換気されたガレージである。彼がそもそもなぜ自動車を買ったのかだけが不明だが、ディーラーはあなたに「だからこうして売っているのです」と教えてくれるだろう。

最も疑り深い買い手たちは、本当の走行距離を知るための一連の調査法を考案した。ある者はアクセルやブレーキのペダルを覆うゴムカバーの磨耗度を見るよう勧め、別の者はブレーキディスクの損耗具合と車内の内張りの状態が目印だという。ダッシュボードの小さなネジのネジ山の塗装具合を見ればいじったかどうか分かると指摘する者もいる。

中古車市場の繁栄によって生み出されたサブカルチャーのひとつに自動車の徹底的なチューニングがある。ウラジオストクには様々な外国ブランド車に続いてチューニング熱が到来した。海外ですでに産業化されているような本格的なものから、ソヴィエト時代にジグリのギアのシフトレバーをバラの入ったアクリル樹脂の取っ手に取り替えて遊んでいたアマチュアのようなジョーク的なものまで、チューニングは疫病のように広まった。

本格的なチューニングは科学であり芸術である。ある者は音響システムの「構築」に熱中し、またある者はスカイラインやスープラのようなスポーツカー、半スポーツカーをドラッグレースのファイアボールに変身させ、さらに別の者はストック版（つまりメーカー標準装備）の都市用ジープから本物の「ごろつき」をつくり出す。興味深いのは、こうした「ごろつき」の持ち主のうち、実際にタイガでのハンティングや市外でのマニア向けクロスカントリーに出て気の済むまで泥をかき回し、軍用トラックが作った液状になりかけた轍《わだち》にはめて腹這いにし、沼から同志を引っ張り出してやろう（「いいジープほど引っ張り上げるトラクターを遠くまで探しに行かねばならない」という格言もある）という輩はそれほど多くはない。多くの者は、ジープ（それがだめならSUV）をもっぱら都市部での使用のために買う。これは穴ぼこを気にせず運転し、どんな縁石にも車を寄せられるようになるからというだけではない。一部の心理学者によれば、ジープを所有することは持ち主の自己評価を引き上げる。そのためにこそ世界のトップメーカーはこれらの車を製造しているというのだ。何しろ海外の道路はきれいで、泥遊びそのものの愛好者はさほど多くはないのだ。

　本格的な自動車いじりに手を出す余裕や意欲がない者向けには、「スニカ・チューニング」がある。これは沿海地方に隣接する中国の町・綏芬河《スイフェンヘ》――庶民の呼び名ではスニカ――で行うチューニング指す。スニカではわずかな元《げん》を出せば、まめまめしい親友からマフラー重低音化のインナーバッフルや追加の方向指示器や不恰好なスポイラーを買うことができる。ロシアの西側ではこうしたチューニングは悪ガキたちがボロボロの8番や9番〔旧式の国産車の車種〕に施しているが、極東ではそれに劣らずボロボロで古くなったカローラやマークⅡに用いられている。乗っている非行少年たちの顔はどちらも同じで、区別することはできない。天井から紐でCDを吊るすことは（レーダーを持った交通警察を追い払うお守りとされていた）今ではもう流行らなくなった。しかし「Super Mega GTT」だの「Street Racer」だのといった類のステッカーを貼ることはいつの時代でもなくならない。また、ペダルにピカピカした軽合金を貼り付けると、エンジンが五〇馬力ほど強化されるという噂もあった。「アメリカ娘」と呼ばれる中国製フィルムで窓は不透過にされ（丸見えの水槽を走らせるのは頭のおめでたい者だけだ）、青い電球が付けていい所にもダメな所にも取り付けられる。このような「悪ガキチューニング」の一部は、いろんなタイプの軽薄娘《ブロンド》からダーチャ暮らしの老人に至るまで、様々なカテゴリーのドライバーたちの間でも取り入れられた。

　中古車市場《ゼリョンカ》は自らの言語とフォークロアをつくり出した（テーマごとに小話のシリーズが生ま

れた。例えば日本人がフジヤマの麓で動かなくなった車にエンジンをかけようと最後の力を振り絞りながら「かからなかったらシベリア送りだぞ！」と車を脅し続ける話など）。平均的な極東の自動車乗りがどのような世界観を持つか分かるような独自の価値体系や神話もつくり出された。あらゆる神話と同様に、そのような神話はあまり現実に即していない部分もあるが、それでも極めて興味深いものである。ある公理によれば、妻はロシア人でなければならないが自動車は日本人でなければならない。最良の自動車はトヨタである。トヨタは壊れないからだ。トヨタを上回るのは別のトヨタでしかありえない。日産はエンジンと車室においてはトヨタを超えることもあるが、日産は錆びるしサスペンションが弱い。日産のもうひとつの欠点は、日産はトヨタではないことである。このように無欠のトヨタだが、トヨタは味気ない。トヨタは「何の意味も持たない」車であるがホンダやスバルは違うと少なからぬ勢力を持つ異端派は言う。「だがお前たちのスバルはシリンダーの配置が水平じゃないか。ホンダに至ってはクランクシャフトが逆向きに回っている」と正統派は反論する。別の神話によれば、昔の自動車は鋼鉄でできた恒久的なものだったが今の自動車はプラスチック製の使い捨てだ。最良の自動車とは日本で日本人により日本人のために組み立てられた自動車である。ウラジオストク市民はみな闇商人である。ウスリースクとハバロフスクの市民はみなゆすり屋である。日本の道路にはひとつも穴が開いておらず、ひとつまみの埃さえ落ちていない。

特に互いを知らない男性の集まりの場合、自動車は尽きることのない格好の話題となる。天気の話などしている場合ではない！　男たちが自動車について偏執狂的な歓喜を込めて語り続けるさまは、若い母親たちがいつまでも自分の子供の話ばかりしているさまに匹敵する。ブランドや車種から始め、ディーゼルエンジンとガソリンエンジン、オートマ車とマニュアル車、各種駆動装置の特徴の比較論へと展開する。燃費を自慢し（あるいは嘆き）、信号待ちの時にギアをニュートラルにすべきか、朝は暖機運転すべきか（私は暖機運転する派である。私にとって暖機運転はセックスの前戯だ）という永遠の問題を議論する。オーバードライブボタンは何のためにあるのか、不凍液とクーラントの違いは何かと新入りが尋ねる。老人たちはフルタイムとリアルタイムの違いを論じ、北国（つまり北海道）の日本娘と南国の日本娘の装備の違いを語る。日本人が車内に残していく置き土産のパーツをどう分類するかという議論は文化研究に関する書かれることのない学位論文のテーマである。

　ウラジオストクにおける自動車売買の決済は、長い間、現金のドル払いで行われていた。ドルの方が安定した通貨だったからか、それとも五千ルーブリ紙幣の発行までは我々の手に入る最も額面の大きな紙幣が百ドル札だったからかは分からないが、ともかく使用されていたのはドルであり、ドル紙幣は「バクーのカネ《バキンスキイ》」、「キロバクス」（「バック」は米俗語でドル紙幣を指す）、「死んだアライグマ《ウビートゥイ・エノート》」、あるいはその略号の「ウーエー」（「ウーエー」は通貨レートの不安定だった九〇年代に一ドルに相当する単位として使用されていた「条件付通貨単位」の略号で「死んだアライグマ」は語呂合わせ）と呼ばれていた。金額が大きくなった場合は、単位は言わなくてもドルであり、ルーブリに直すとあまりにゼロがたくさんついてわけが分からなくなるので、ルーブリは外国の通貨のように馴染みにくく感じられた。我々は最近になってやっとルーブリに移行し、さかんにローンを組むようになったのだ。私は今でも大金はルーブリで考えることができず、「草」に切り替えることが癖になっている。

それにしても、国が我々に本格的に目をつけるようになるまでは、何という価格が並んでいたことか！　無走行車を二、三千ドル（送料、通関費用込み）で手に入れることができたのだ。現在の沿海地方にかつて存在した女真族の黄金帝国〔金朝〕は二十世紀の末に転生した。今度は自動車の黄金帝国である。たちまちのうちに様々な車種の宗派が誕生した。大型高級セダンのクラウンはソヴィエト・ロシア人の心の中でヴォルガとメルセデスの位置を占めた。特徴的な丸型ブレーキランプをつけて疾駆する後輪または四輪駆動のスカイラインはドラッグレースが広まるよりはるか以前にスピード狂たちを虜《とりこ》にした。戦車のようにタイガや荒野を征服する車軸懸架式のサファリは釣り人やハンターたちの夢の車になった。そして当然ながら、カローラ婆さんはロシアの僻地でトリヤッチ製のクラシックシリーズ車が占めた位置、すなわち国民車の位置を占めた。これが我々の世界観だった。ジグリの代わりにカローラとサニー、モルドバ人の代わりに北朝鮮人、ローチの代わりにキュウリウオ、黒海の代わりに日本海、エジプトとトルコの代わりに綏芬河《スイフェンヘ》と大連である。

日本娘たちはウラジオストクで咲き乱れ溢れ出し、市内の通りを詰まらせただけでは満足しなかった。早くも二十世紀末には市の救助当局は興味深い現象を記録することになった。アマチュアの釣り人がチャイカ駅付近（アカデムゴロドク地区、つまり市外までは出ていない場所である）でアムール湾に張った氷の下にカローラが沈んだので助けてほしいと言ってきたのだ。救助隊は哀れな釣り人の動産を海底から引き上げてやることにした。ところが海中に潜った潜水夫は、問題の箇所で三菱デリカを発見した。隣接する二つの凍結地点に潜ったが、軽トラックが二台見つかっただけだった。四回目でようやくカローラが見つかり引き上げられたが、別の持ち主のものだった。毎年冬になり氷が張るや否や何千人もの市民が繰り出し、キュウリウオやコマイの氷上釣りを始める湾の底には自動車の一大駐車場が形成されていたのだった。我らのアトランティス、ロシア民話の約束の水底都市キテジだった。

二〇〇五年、ロシアはシンガポール、ニュージーランド、アラブ首長国連邦を抜き、日本の中古車の最大の輸入国になった。その後も二位以下との差は開く一方だった。今日ではもはや日本車がどれほどの極東住民に日々の糧を与えているのか正確に知る者は誰もいない。いみじくも誰かが言った通り、ウラジオストクは「極東のデトロイト」であり、自動車商人や自動車整備工、そして自動車愛好者の町となった。時空間上のまさにこの地点において「安くて良質な自動車は贅沢品であることをやめ、大衆の移動手段になる」というレーニンの予言が実現した。レーニンは政治家だったので、欲しい物を実在する物であるかのごとく言った（今日、ジャグジーを「汚泥洗浄具」と呼ぶのと同じである）。彼の時代には自動車は贅沢品だったのだ。

私はソヴィエト連邦に生まれた。私の祖国はもうない。遺産として金券をもらったが、折よく「ロシア・セリング会」〔九〇年代の有名なネズミ講〕に預けてふいにしてしまった。だから現在の私の民族的帰属は、自動車人である。

四

極東自動車業界が黄金時代を迎えるためには複雑な化学反応の場合と同様にいくつかのパラメータがそろう必要があった。そのうちの一つは九〇年代のリベラルな中古車輸入政策である。二つ目は日本国内の市況であり、自動車は老朽化するどころか、ろくに走りもしないうちから大幅に安くなっていた。三つ目は日本と沿海地方の港湾の近さである。重要な四つ目の条件は「永久機関」や壊れない自動車をつくろうという当時の日本のメーカーが進めていた路線だ。この地理、経済、政治、技術のパラメータがそろったところに中古車市場ゼリョンカが誕生したのだった。

一九九〇年前後は自動車はプラスチックではなく鉄でできていた。外見も今とは異なっていた。当時のエンジンの名前を呼んで分かる人の耳を喜ばせてみるといい、彼は嬉しそうに悲しみのため息をつくことだろう。「永久機関」、それはエネルギー源を必要としないエンジンのことではない。それは気まぐれを起こさず、軽はずみな主人が物理法則に対する侮辱のような蛮行を働いたときも耐えられるようなエンジンのことである。その音楽は永久であり、時おりエンジンオイルさえ替えておけば十分なのだ。当時は「百万エンジン」という言葉が使われていたが、これは本格修理をせずとも、つまりシリンダーブロックを修理サイズに中ぐりせずとも（今日の修理工は忘れてしまったソヴィエト時代の技術だ）、百万キロは走行できるエンジンという意味だ。現在では、厳密な意味での本格修理は誰も行っていない。その必要がないからだ。日本から新たなエンジンを（といっても無論、新品ではないが、それでもロシアの燃料で動いたことはないものだ）取り寄せる方が簡単なのだ。退役するエンジンのまだ使える部分は解体屋に売って新たなエンジンの購入資金の足しになる。こうして新旧の安いパーツが大量に出てくるので、我らの職人たちはすっかり堕落してしまった。少し調子が悪くなると修理せずに簡単にユニットごと交換してしまうのだ。ソヴィエト時代には自動車が少なかったので、本格修理やバネの引き伸ばしのような今日では忘れ去られた外科手術を時おり受けながら、自動車は何十年もの間、問題なく使用されていた。我々にしても、かつてはボールペンの芯を買って交換していたが、今ではろくに残量を見もせずペンごと捨ててしまっている。

オスタップ・ベンデル（ソヴィエト時代の人気諷刺小説『十二の椅子』、『金の仔牛』の主人公の詐欺師）が永久に使える石油コンロの針なんかいらないと考えたように、高度消費時代のメーカー、マーケッター、ディーラーたちは、現代の客に永久機関は必要ないと結論付けた。世紀の変わり目ごろには（我々は日本の流行から三、四年遅れている）沿海地方の自動車乗りたちの間で日本の自動車は世代が下るごとに次第に「ひ弱く」なっていくという認識が定着し始めた。気まぐれがなく信頼のできる修理しやすい車は過去のものになるということがいよいよ明白になってきた。メーカーを理解することはできる。日本人は何十年も同じ車に乗りたくないのだ。技術や美的感覚や環境技術の進歩に合わせて数年ごとに乗り換えたいのだ。超現代的と思われたモデルも五ヵ年計画が終わってみればまだ十分乗れるけれども救いようもなく古びてしまう。代わりに現れるのは、さらにスタイリッシュな外見で内部はさらに新型の装置を詰め込まれた次世代のモデルである。メーカーにとってはこのような状況で寿命の長い頑丈なエンジンや錆びないボディに金を注ぎ込む意味などあるはずもない。

日本人が新モデルや新技術を投入するスピードはあまりにも速く（東洋的な全体性と西洋的な市場性）、私などが新モデルの形を覚えるまもなくそれらのモデルの生産は終了していった。壊れやすいプラスチックや簡単に膝の上で直せないような電子部品がどんどん増えていった。日本人にとっては瑣末なことかもしれないが、我々にとってはどうか？　エンジンは複雑化し（メカニズムが複雑になるほど、故障のリスクは増大する）同時に「使い捨て化」されていった。かつてネジの一本まで熟知していたエンジンはＤ４やＧＤＩといった燃料の品質にうるさいガソリン直噴射式の新型エンジンになった（我々のガソリンの品質については改めていうまでもない）。おなじみの自動変速機や手動変速機に代わり謎めいた「無段変速機」が現れた。ＡＢＳ、ＳＲＳ、ＴＲＣといった各種の支援装置は当たり前のものとなり、一段上のサービスが必要になった。だが、新車を買って保証サービスを利用するのは日本人である。我々はまだ闇業者のガレージで修理することも多いのだ。

ボディはどんどん軽く柔らかいものになっていった（ボンネットやトランクは衝撃で歪みやすければやすいほどショックをより多く吸収するので車内の人間が助かる可能性は大きくなる）。ラダーフレーム式の自動車はそれほど変わらなかったが、数は減っていった。かつての妥協なきオフロードの覇者は今や装飾的なＳＵＶに似ていく一方だった。ジープの代名詞と言えるランドクルーザーでさえ、１００系以降は車軸懸架からアスファルト向けの独立懸架に変わってしまった。バネの利いたステーションワゴン、ダーチャや農村で人気の粗野で頑丈な野菜運搬車たちが次第に姿を消していった。代わって現れたのは、もはや小屋と呼ぶのは憚《はばか》られるようなきれいに磨き上げられたグラマラスな乗り物たちだった。頑固なこだわりのある買い手たちは今でも「ラスト・モヒカン」を掘り出そうと中古車市場の巡回を欠かさないが、進歩を止められるものでもない。売場を占拠したのはキラキラと光るブリキの箱たちだ。滑らかで見目麗しく、しかし文化の次元は持たない、いまだ伝説のオーラをまとうには至っていないものたち。生まれたての赤子のように清潔で、互いによく似たものたちである。

日本人がやっていることは十分理解できる。だが我々は別の価値体系の中にいるのだ。厳密な意味での自動車の信頼性はエコ性能やその他の優れた性能も含め常に向上し続けている。新たな日本車はどれも素晴らしい。だが我々に必要なのはきれいな雑誌の試乗レビューで論じられているような信頼性ではない。必要なのはロシアに亡命する前に五万キロ、十万キロ、十五万キロ走ってもなお壮健であるような車である。一番よかったのは、八〇年代九〇年代生まれの中世の騎士のような鉄製のシンプルで超絶的な信頼性を持つ車であって、長寿を想定されていない新時代の柔弱な子供ではない。後述する組立車《コンストルクトル》が人気を博したのは、比較的安いということだけではなく、この信頼性ゆえでもあった。

ここでは保証サービスやよい道路、まともな燃料のことなど誰も聞いたことがない。その意味で我々にとっては日本自動車産業の黄金時代は九〇年代の中旬か後半あたりで終わってしまった。もし私が当時の日本に行くことができたら、永久機関の製造を続けるよう日本人を説得したことだろう。トヨタ・チェイサーの最終版のボディを見てほしい。どうしたらこれを生産終了にできるというのか？　人類に対する犯罪と言えないだろうか？

私は日本に行ったことがないので、日本の自動車産業の進歩を邪魔することができなかった。かつてのような車はもう生産されていない。いまだ健在で陳腐化もしていなかったとしても（ロシアの純国産の自動車産業は、まだ日本の九〇年代どころか八〇年代の水準にすら達していないのだ）自然法則や人災により物理的に老朽化していくのを止めることはできない。彼女たちは去っていく。

ひょっとすると私は余計な保守主義や怠け者の言葉を口にしているのかもしれない。かつては平凡な自動変速機すら怖がっていた時代もあったのだ。今では自動変速機が壊れかけていてもだましだまし乗っているし、必要とあれば代わりを取り寄せて交換している。電子制御燃料噴射装置（ＥＦＩ）にしても同様で、慣れ親しんだキャブレターにいつしか取って代わった。私は個人的な経験により自動車修理工たちの技能を素直に認めることが難しいが、それでも進歩していることは明白である。彼らは小賢しい無段変速機やハイブリッドエンジンとも分かり合える言葉をだんだんと見つけていっている。

道路とガソリンだけが、天候のごとく、我々には手の負えないままだ。

五

朝、私はいつものように車で通勤していた。「ＶＩＰ運搬車」の隊列が音と光を撒き散らしながら市内から空港へと伸びる道路を飛び去っていき、「来賓用ルート」沿いには残忍な風貌をした屈強な交通警察官たちが並び、やがてお決まりの回転灯がやってくることを合図していた。しかも今回はモスクワからの高官である。というのも道路には警察がわずかばかり所有する、洗いたて、ワックス塗りたてのフォードが引っ張り出されてきていたからだ。「副首相より下ではないな」と朝の渋滞に息を抜きつつ予想した。政治的に正しい左ハンドルのフォードはこのような場合のために特別に購入されていたのだろう。わしらは草履でスープを啜《すす》っているわけじゃねえです、それにお上のいうことはちゃんと聞きますだ、というわけだ。こんなふうにオセアニアの原住民族もヨーロッパのスーツを購入するのだろう。それでも鼻から飛び出た野蛮な骨飾りを隠すことはできない。地元の交通警察官たちはいわば自家用のために慣れ親しんだ通常の右ハンドル車も買っているのだ。

ウラジオストクには左ハンドル車はない、国産車などなおさらだと言う地元の人間もいるが、私は正確でありたいと思うし、見れば分かるようなことまで否定するつもりはない。毎日、道路を走ればロシア製の自動車は目に付く。ただし国産車どころか左ハンドル車自体の数が圧倒的に少ないということは否定できない。乗用車に限っていえば、その割合は数パーセントという統計的誤差の範囲内だ。

第一に、少数派である左ハンドル車にはソヴィエト製のご長寿車が含まれている。ナンバーは「ｘｘ２５ＲＵＳ」や最近の「ｘｘ１２５ＲＵＳ」といったものではなく、「ｘｘПК」のような古いタイプのものもある。運転しているのは、同じように古いタイプのソヴィエトのご長寿ドライバーだ。数か月に一度ほどの割合だが、ジェートチキン〔映画『自動車に注意』の主人公で義賊〕の美しいヴォルガ、ガズ２１を目にすることもある。コペイカと呼ばれるジグリの大衆車はホメオパシー薬程度の量とはいえ毎日見かける。その外観は「私たちはどこに来てしまったんだ?」とと全身で問いかけているようにみえる。かつて我々も眼を覚ますと別の国いることに気づいたものだが、車と比べると人間はまだ適応能力が高いほうなのだ。その意味で人間はゴキブリに近いといえる。

第二に、時おりブリキっぽい外観のオカ（一度も乗ったことがないがいつか試してみたいものだ）やラーダがウラジオストクの中央広場で知事から退役軍人や傷痍軍人に贈られているのを見かける。哀れな軍人たち！　国はあなたたちを愛してはいないのだ。

第三に、治安当局や国家機関、大企業の保有車両の一部（一部だけだ）も左ハンドル仕様になっている。用途指定予算以外の資金で購入できるとなれば、これらの役人や金持ちたちもすぐさま皆と同じような中古の右ハンドル車を買い付ける。しかしながら私の知る限り公用車予算の一部は中央が管理しており、国内自動車産業の支援のために強制的に使用されるか資金の代わりに現物の自動車が支給される仕組みになっている。こうしてヴォルガ、ラーダ、ウアズ、ガゼリといった国産車が配備されることになるのだ。滑稽なことだが、地元の俗語で「菓子工場」と呼ばれるところの連邦保安庁の建物のそばに、目立たないようにしているつもりらしい平凡なナンバーのラーダ一〇番車が止まっていることがある。ところがこうした諜報機関の見えない戦士たちは、ラーダが珍しいウラジオストクでは、一キロ先からでも「菓子屋のエージェント」であることが丸出しになってしまっている。

また当然ながら軍隊では左ハンドルのウラルやガズが使用されている。ひょっとすると国防省は右ハンドルの公用車を持たない唯一の国家機関かもしれない。それ以外の公僕たちは隙《すき》あらばいつでも日本娘を買おうとしている。「国家事業『健康』の沿海地方における推進の枠内でガゼリブランドの救急車が配備されたが、坂道や峠道が多い当地での使用は気象条件の問題もあり頻繁に故障を引き起こす。〈……〉当地にはこれらの車両に保証サービスやメンテナンスを提供するサービスセンターがなく、結果として車両は休眠している」――これは連邦主任監査官に対する現地の医療当局の苦情だ。沿海地方の企業にはモスクワでも右ハンドル車と別れようとしないところもある。私は最近モスクワに行く機会があったが、夏のヴヌーコヴォ空港の野原にウラジオストク航空のエンブレムをつけた沿海地方ナンバーで右ハンドルのトヨタ・ノアを見つけて喜んだものだ。

第四に、ウラジオストク市や沿海地方の行政当局上層部などの社会の最富裕層では左ハンドルのメルセデス、BMW、アウディ、ポルシェ、レクサス、インフィニティなどに乗ることが流行している（ここには日本からの右ハンドルのメルセデスやBMWもそれなりにあるのだが）。ウラジオストク前市長のウラジーミル・ニコラエフ（本書執筆時点では国際指名手配中）は、ダリキン沿海地方知事と同様にクラシックな600を好んだ。ダリキンは他にも、キャデラック・エスカレードやGMCサバナ・スタークラフトのような米国の豪華なジープにも乗っている。ニコラエフの後を継いだイーゴリ・プシカリョフ現市長〔二〇一六年に汚職の容疑で逮捕〕はクルーザーを100番からディーラー店で買った新品の左ハンドル車である200番に乗り換えた。

個性の強いお偉方たちは一般的な600番や200番では満足しない。地元の海運会社リムスコのファジル・アリエフ社長はペテルブルクのドミートリイ・パルフョノフ設計事務所に注文し、ウラル以東では唯一となる「コンバットT98」、米国の部品を用いた国産装甲車を作らせた。出来上がったのは恐ろしげな外観のジープで、ハマーより幅も長さも大きく、ありとあらゆるものを装備していた（車内からの銃撃用に硝煙吸引装置まであった）。とはいえその他大勢の富裕な人々は悪目立ちを避けるため、これまで通り「仕立てのしっかりした」クラシックな右ハンドルのクルーザーに乗っていた。

第五に、近年ウラジオストクでは公式ディーラーの販売店が次第にオープンするようになってきた。まもなく右ハンドルが禁止されると見込んでのことだろう。さもなければ筋が通らない。最高価格帯のメルセデスの販売店ならば、少数とはいえ顧客は見つかるだろう。しかし、二〇〇〇年代後半にウラジオストクに進出したフォードやルノーが何を期待していたのか、理解するのは難しい。彼らは成金ではなく中間層をターゲットにした自動車メーカーである。中古車市場では同じセグメントの日本車が中古とはいえはるかに安い価格で売っている。ルノーの新車を買うくらいならば、同じ金でもっと面白い車を買える。要するに、まともなウラジオストク市民ならば、新車ディーラー店などには行かないのだ。そもそも新車を買う金なども持ち合わせていない。ディーラー店の開拓者たちの勇気は尊敬に値するといえよう。彼らを理解しようとして質問すると、法人顧客を開拓する計画だという答えが返ってくる。

ウラジオストクの自動車保有状況に関しては、左ハンドル車は何の影響力も持っていないといえる。市民の大半は国産の「棺桶」には特に愛着を持っていない。交通パトロール隊がクレスタやクラウン、カローラやレガシィＢ４に乗っていたとしても、驚く者は誰もいない。自動車教習所の車両が右ハンドル車ばかりなのも当然のこととして受け取られている。現実に対応できるドライバーを育てるのだから、正しいことである。

六

現実において意味のある現象はすべて遅かれ早かれ芸術においてもその反映を見出す。我々にとって最も重要な芸術のひとつは今でも映画である。右ハンドルについての最初の映画となったのは『契約なしのリスク』だった（アニメ『プロストクワシノ村の夏休み』〔原作はウスペンスキイ作『フョードルおじさんといぬとねこ』〕における右ハンドルの背中の丸まったザポロージェツのような明らかな珍品は除く）。これは一九九二年に製作された映画で、主役のワシーリイ・シルィコフは神話的な男らしさを持っており、本物のロシア版スタローンと呼んでも差し支えないキャラクターである。物語は彼がウラジオストクからモスクワに外国ブランド車を運転して運ぶというものだ。予算が少なかったためだろうが、撮影班はウラジオストクまで足を伸ばさなかった。私は動画を細部までチェックしたが、地元の印となるものは何ひとつ映っていなかったのでそのように結論付けられる。その代わり、シルィコフのパートナーとなったのはまがうことなき右ハンドルのトヨタ車、しかも極めて珍しい過渡期のモデル、セリカ・カムリだった。このモデルが製造されたのは一九八〇年から八二年の間だけで、私が物心ついてから町で見かけたのはほんの数回である。

他に右ハンドル車が登場した映画としては『縛られた男』（二〇〇二年）を挙げられる。ウラジーミル・ゴスチューヒン演じるエキセントリックな主人公は、右ハンドルのダットサンのピックアップトラックに乗って、常にどこかへと急いでいる。ラダーフレーム、ディーゼルエンジン、自動変速機――釣り人とタイガの民の夢の車だ。このような車は、アフガン負傷兵であり、発作が起きると自らを手錠でバッテリーに縛りつけ、車の鍵を遠くへ投げる主人公が実は「進んだ人間」であることを示すものであるらしかった。

特に一言説明が必要なのが、信号弾のように高く打ち上げられた星ともいうべきピョートル・ブスロフと彼の映画『ブーマー』だ。公式プロフィールやインタビューで明らかにされている通り、彼は一九七六年にハバロフスクで生まれ、九〇年代初めにウラジオストクへ引っ越して学校教育を終えた。ブスロフ青年はこの町で数年間過ごし、洗車屋や自動車修理屋で働いた。そこで自動変速機を交換する機会があったのだろう、出世作となった『ブーマー』第一作目（二〇〇三年）には何台かの日本車が登場する。主人公は表題となった純血のドイツ車、BMW七番だが（「ブーマー」はBMWを指すスラング）、パジェロや日産300ZXも出てくるのだ。ウラジオストクやハバロフスクでの経験がこの作品の自動車やならず者のテーマに影響した可能性がある。地元民も忘れられていない。「こんな運転をお前はどこで習ったんだ?」と一言の台詞だけのエキストラで出演しているのはダリキン沿海地方知事と海洋工学高等学校（ペレストロイカ後には流行に乗ってアカデミーに、その後、大学に改称された）で同学だったアナトーリイ・ゾブニンである。

『ブーマー』の第二作目（二〇〇六年）は、続編の避けられない宿命なのかもしれないが、第一作目よりは出来が悪いと思われる。とはいえこの作品でも監督は右ハンドルの沿海地方に対しわずかにカモフラージュされた程度の挨拶を送っている。ヒロインはどこからか突然、右ハンドルの赤い日産スカイライン――極東でカルト的な人気を持つモデルだ――を手に入れる。それまで左ハンドルの慎ましいホンダ車に乗っていた彼女は右ハンドルの「スカイ」の熱狂的なドライバーに変身し、狡猾な悪役たちが乗るメルセデスのマイクロバスに切り込んでいく。沿海地方の人々は以前から中央の役人たちによる対右ハンドルのネガティブキャンペーンにうんざりしていたが、地元出身の監督が待望の新作でこうした役人たちに芸術の形で論争を挑んでいると見て取った。しかし最も重要だったのは若いヒロインが乗る赤いスカイは沿海地方のナンバーをつけており、それがいくつものシーンに映り込んでいたことだ。舞台も撮影場所も、モスクワとモスクワ州とロストフ州だったのにだ。もちろん理論的には、モスクワ郊外に沿海地方ナンバーの自動車がありえないことはない。しかし詮索好きの沿海地方の観客たちはどこかで警察の内部データベースを購入し、C710yP25RUSのナンバーはウラジオストク近郊のウスリースク市で登録された日産パルサーのものであることを突き止めた。つまり、スクリーンに沿海地方のナンバーが登場したのは偶然ではなく、監督の意図的な演出だったのだ。

二〇〇四年には名高いテレビドラマ『スペッツ』のDVDが発売された。この作品のプロデューサーを務め自腹で撮影を行ったのはウスリースクの犯罪界の元ドンであるヴィターリイ・ジョーモチカだ。私がインターネットフォーラムでの反響やレビューを見た限りで判断するに、この作家性が極めて強く出た作品（ジョーモチカは自ら脚本を書き主役を演じた）を正しく評価した者はこれまでほぼ誰もいない。『スペッツ』は正真正銘の傑作である。その評価を妨げることになった要因は恐らく二つある。技術派の批評家たちは、時に聞き取れないほどに質の悪かった音響面などの不備を指摘した（アマチュアの機材と素人のスタッフに何を求めるというのだろう）。後光を背負った倫理派の批評家たちは、この作品に犯罪者の人生の美化とならず者のロマンの称揚を見た。

ある時代やテーマや場所に過分に年代記作者が集まることがある。その反対もあり、そうした場合には多種多様な生きた人生は砂塵へと帰していく。自分の、そして私たちの人生を語ろうとする極東人ジョーモチカの試みの偉大さと高潔さ（まさに偉大さと高潔さである）は誰にも理解されなかった。彼は「テーマの内側」に留まりながらも自らの主観性を越えた高みに立ち昇るという他の誰にもできないような語りを試みたのだった。

いくつかの技術的な欠陥に目をつぶるならば、このウスリースクの独学の映画監督はその試みを成功させた。ジョーモチカの自伝的主人公は恐れも欠点も持たない騎士ではなく、色彩と陰影豊かな生きた人間である。いくつもの前科を持つ元犯罪者のドラマトゥルギーは、プロフェッショナルとされているソープオペラの脚本家たちが書くものよりも強かった。単なる思いつきではない、しかし機知に富んだ掛け合い、事故、殴り合い、銃撃、碁盤目状に区画分けしていくつもの信号を突き立てられた静かな田舎町ウスリースク、そこで繰り広げられる狂ったようなカーレース。リテイクもスタントマンもCGエフェクトもない、すべて本物の撮影だ。演技をしたのはジョーモチカの同僚たち（と言っておこう）。ならず者が自分たちの映画など撮れるのかという偽善的な質問にはシンプルにこう答えよう――もっとうまく撮れるのならやってみたらどうですか。

主人公のヴィターリイはバンデラまたは専門家《スペツ》というあだ名で呼ばれている。彼はプロの当り屋である。西側へと送られる自動車を止めて、「ここの道路は有料だから」と何百ドルもの金をせびるような野蛮なネアンデルタール人的振る舞いは行わない。彼は不注意な運送屋が形式的に責任を負うよう見事に事故を仕掛け、修理代だけでなく精神的苦痛の賠償も受け取り、去り際には「ミラーをよく見るようにしてください」と教師のような口調で助言していく。同時にバンデラは地元のウォッカ成金の娘に恋して、自分の仲間たちに堅気《かたぎ》になるよう呼びかけるが、なかなかうまくいかない。そして彼は、もしもう一度捕まれば自分の恋は終わってしまうと分かっている。二人の一筋縄では行かない恋愛物語の舞台は精彩に富んだウスリースクの自動車犯罪業界である。自動車市場、ガレージ、修理屋、国道沿いのカフェ――もしかするとジョーモチカのこの映画の主人公は世紀の変わり目の極東の小さな町の生活そのものであって、型通りの恋愛物語の方（こちらも本物の劇的な魅力に満ちているが）ではないのかもしれない。

創造的な人間が持つ感覚器官がジョーモチカにも備わっていることは間違いない。技術の方は学べばよい。私は『スペッツ』を観て大きな喜びを覚えた。ついに現代の沿海地方が自分の声を上げることができたと思ったのだ。ジョーモチカはモスクワのプロデューサーたちの関心を呼び、モスクワ近郊のポドリスクで『スペッツ』をプロのリメイクで撮影する提案を受けた。その後、音沙汰は消えた。ヴィターリイは現在、モスクワで暮らしているらしい。モスクワの映画屋たちと馬が合わず、スリリングな自伝小説《ロマン》を書いているという。だが彼には長編映画との恋愛《ロマン》を成就させてほしい。我が国の映画には生命力という肉が不足しているのだ。

日本とはもはや何の関係もないが、右ハンドル自動車を高らかに歌い上げている映画をもう一つ（正確には二つ）挙げよう。『金の仔牛』だ。フランスのロレーヌ・ディートリッヒ製の「ヌー号」は、ミハイル・シヴェイツェル監督の一九六八年の映画でも、ウリヤーナ・シルキナ監督が早撮りした二〇〇五年の連続テレビドラマでも、右ハンドル車だった。私はイリフとペトロフによる同名の原作小説〔一九三一年刊〕を注意深く読んでみたが、伝説のヌー号のハンドルが右側にあったことを示す記述はどこにも見つけられなかった。それどころか、ロレーヌ・ディートリヒ製であることさえ事実としては明記されていなかった。持ち主である元泥棒のコズレーヴィチがそう主張しているだけで、作者ははっきりと「この自動車の素性は不明だった」と書いている。映画監督たちがヌー号が右ハンドル車であることにこだわるのを見て、最も正統派の右ハンドル擁護者たちは不安を抱いた（シルキナ版が放映されていたのはちょうど彼らがモスクワからの弾圧を英雄的に撥ね返していた時期だった）。彼らは誰の企みかは分からないがロシアではまもなく右ハンドル車に不愉快な未来が訪れることを、このような巧妙な形ではっきりと暗示していると見なしたのだ。ヌー号の運命は悲劇的である――「銅の内臓が月に照らされて輝いていた。ボディは壊れて側溝にずり落ち、目を覚ましたバラガノフのそばに横たわっていた。轍《わだち》には鎖がマムシのように這っていた」。気分が悪くなるのは、このような事故があったという事実というよりは、むしろ主人公である詐欺師ベンデルがコレイコから百万ルーブリを受け取っても、コズレーヴィチに新しい自動車ではなく中古のオイル用ホースしか与えなかったことだ。

これまで挙げた『契約なしのリスク』や『縛られた男』では右ハンドル車には多少とも何らかの意味が与えられていた。しかし最近では「俺たちの車」は無能な商業作品も含めた様々な映画の中に意味もなく映り込んでくるようになったことに気づく。思いつくままに挙げると、『個人』(二〇〇八年)ではなぜかモスクワでクラウンのタクシーが出てくる。『鉄道員』(二〇〇八年)では私も以前乗っていた角ばったエスクードが列車を追いかける。車種の選択には何のコンセプトらしいものも感じられない。どうやらこれは、いわゆる中央ロシアで、いまだ大した割合ではないとはいえ、右ハンドル車の数が増えてきていることを示しているようだ。右ハンドル車がフィルムに映り込む機会が、確率的に増えたのだ。

右ハンドル車という目覚しい現象は、映画監督以外の文化人の関心も引きつけた。風刺作家のミハイル・ザドルノフ(彼の父は極東を描いた小説『父なるアムール』の作者で、ハバロフスクの中心部に銅像まで立てられている)は、その鋭くも単調な筆で、右ハンドルの沿海地方で遭遇したらしいおぞましい出来事を色彩豊かに描いた。彼は沿海地方の外のオーディエンス（だが我々もそれをテレビで見た）に、沿海地方の人々は正しくないハンドルを握っているので脳みそも正しくない方向にずれているということを立証しようとした。当代随一の天才であるテレビ司会者ウラジーミル・ソロヴィヨフはさらに大胆な説を主張し、右ハンドル車を買うのは「フレスタコフ・コンプレックス」（フレスタコフはゴーゴリ『検察官』の主人公）に冒された人々である、つまり実際よりも裕福で素晴らしい生活をしていると見せたがっているのだと述べた。

二〇〇五年頃にはミュージシャンたちもこの焦眉の問題をめぐる論争の輪に加わった。彼らはウラジオストクにやってくると、最重要事項であるこの問題について何か意見することは避けられない義務だと見なした。ロックグループ「ダンス・マイナス」のヴャチェスラフ・ペトクーンは地元住民にリップサービスするようなことはせず、「お前たちのハンドルはどうにかする必要がある。乗っていて怖くなる！」と言った。ロックグループ「ノーチラス・ポンピリウス」の歌手ヴャチェスラフ・ブトゥーソフは沿海地方人の勘所を押さえ、より柔軟な対応を見せた。ウラジオストクの町並み、外観や通りの様子や建築物は年々変わってきているかという地元記者のお決まりの質問に対し、ロシア・ロックの生きた古典であるブトゥーソフはいつものように急がず少し考えてから、「俺が理解するに、問題は町の建築物ではなく、ハンドルはどちら側にあるべきかということだろう」と答えた。さらに彼は少し考えてから、「それはもはや何の意味もないことだ」とノーチラス的に謎めいた一言で締めくくった。

私に真の衝撃を与えたのは風刺作家ミハイル・ジヴァネツキイだった。以前は彼のことを特に何とも思っていなかったが、彼は自らが司会を務めるテレビ番組「国の当直」の二〇〇六年のある回で驚くべきことを言ってのけた――「我が国で最初の自由な人々はウラジオストクに現れた。それは彼らが自動車、品質がよく自由な日本車を手にした時のことだ。彼らはその自動車から自由に感染した」。

ジヴァネツキイ以前は右ハンドルコミュニティを守っていたのは主に一般の自動車愛好者だけだった。彼らの対論者となったのは、ミュージシャンやプロパガンダ風刺作家から禁止権限を持つ中央の政府高官に至るまでの重量級の戦士たちだった。中央の政治家たちによれば極東住民というのは頑迷さゆえに世界文明の恵み――例えば、現代的で新しいラーダ一〇番だ――に浴しようとしない、どこかの野蛮人のような存在だった。

ありがとう、ミハイル・ミハイルィチ。あなたはペレストロイカ後の極東住民にとって右ハンドルは哲学の範疇に属するものとなったことを見抜いた、ウラル山脈のバリケードの向こう側では数少ない人間の一人だ。ジヴァネツキイよりも以前に極東自動車界の擁護者となった名のある芸術家は恐らく俳優のレオニード・ヤルモーリニクだけだろう。民主的で極めて頭がよいということになっている司会者ポズネルの番組で彼は沿海地方人の真実を熱く語った。たぶん、それは自分が沿海地方の国境の町グロデコヴォで生まれたからなのだろう。

第4章　貴金属

偶然なのはこのコーヒーがインスタントであるということだけだ
アンドレイ・ビートフ、ウラジオストク（二〇〇一年）

一

「あんたはボンネットの中を見すぎだよ。みんなこういう車に汗ひとつかかず何年も乗っているんだ」

ヴャチェスラフは黒い口髭を生やし青いつなぎを着たがっちりした真面目な男で、テレビコマーシャルに出てもおかしくないような見事な自動車修理工だ。彼は叩きつけずに柔らかくボンネットを閉じると手を拭い始めた。

「いくら払えばいいですか？」

「いらないよ」

彼はヤブ医者のように不要な手術をしたり、手術の振りだけをしたりして私から金を巻き上げることもできただろう。私は感謝さえしただろう。虚構の治療をした結果気分が軽くなるのなら、多少のいんちきくらいは許せようものだ。だがヴャチェスラフはそうしなかった。育ちのよさか、あるいはたわ言に付き合うのが面倒だったのだろう。

彼はまったく正しかった。ある時から私は自分の車のコンディションに関して妄想的な不安を抱くようになっていた。サスペンションの具合を案じて注意深く耳を傾け、関係のない匂いを嗅ぎまわった。シリンダーヘッドのガスケットが焼けていないか、急にオーバーヒートが起きたりしないか、わけもなくエンジンオイルが地面に漏れたりしていないか、その結果エンジンが悪意を持って最悪のタイミングで私を陥れたりしないか、根拠のない疑いに取り憑かれた。ある時、いい加減に選んで買ったボロボロの車で痛い目にあって以来、私は理由のない不安から長い間逃れることができなかった。自律訓練法にまでも手を出すことになった。「何も起こったりはしない。車は完全な状態だ。前もって分かるのだから、急に壊れることなどない」と私は自分に言い聞かせた。

無論、問題は自動車ではなく、私の猜疑心にあったのだ。

だがひとつ事情があった。私はガソリンスタンドで燃料タンクの蓋を自分で開けるのが好きだった。給油口にノズルを入れ、給油量と金額が上がっていくのを見守り、最後の一滴まで丁寧に入れるのだ。このごく私的なプロセスを作業着を着た粗野な男などに任せるわけにはいかない。ボンネットを開け、エンジンオイルの量を確認し、エンジン部品に手で触れるとき（鉄の鎧の下の自動車はあまりにも無防備に見える）、私はこの自動車との触れ合いから喜びを得る。そういうわけだったのだ。

二

私が物心ついたときにはウラジオストクで自動車とマンションを交換する時代は過去のものとなっていた。かつて人々にマンションが無料で提供された時代があったことと同様に、今ではこうした話は伝説の類のように思われる。恐らくそれはすべて空飛ぶ絨毯や食事の出てくるテーブル掛け、変質者にキスされて元の姿に戻ったお姫様と同じような美しいお伽噺《とぎばなし》だったのだろう。

私は典型的なウラジオストク住民ではない。長い間、自動車には関心を持たなかった。また、ほとんど植物系男子と言える文系人間だったので、ドアロックをはじめとする現実的なものとは親しめず、理想的なものを好みがちだった。だから私は義務教育を終えると人文系の学部に進学し、その後はマスコミュニケーションやマスディスコミュニケーションの分野で働くようになった。「どんな車に乗っているのか」という質問に対しては「白い車」と女性のように答えたことだろう。ハンドルの位置をめぐる論争について聞いたことはあったが、本来はどちら側が正しいのかさえ急に訪ねられても答えられなかったし、それ以上に複雑な質問は完全にお手上げだった。セダンといわれても、大昔の中国人にちなんで名づけられたと伝えられている郊外の鉄道駅セダンカのことしか思い浮かばなかった。マルクス主義的にいえば、私は「環境」にも規定されていた。我が家にはマイカーがなかったのだ。十八歳に達しても、私は友人たちのように自動車教習所に行くことはなかった。

それから五年もの間、私にとって自動車の運転手は奇術師ハリー・フーディーニのような超能力の使い手と変わらなかった（自動車修理工に対しては、正直なところ今でもそのようイメージが残っている）。自分が自動車を運転したり自動車を買ったりするなどということは理論上でさえ想像することはできなかった。自分には無理だと思っていたし、その気もなかった。本当に乗りたいとも思わなかったのだ。自分は筋金入りの徒歩移動者であり、今後もそれは変わらないと思っていた。

革命が起こったのはまったく平凡な海へのドライブに行ったときのことだった。二〇〇三年の夏が終わろうとしていた。私は元同級生たちと連れ立って、海へ泳ぎに行くことにした。四人のうち三人は自動車を持っていた。そのうちの一台は時代を経て文字通り穴が開くまで磨り減ったホンダ・ビガー、もう一台はすでに当時でさえウラジオストクではほとんどありえない車、地層から発掘されたかのような一九七七年製の赤いコペイカ（小さなジグリ）で、友人に親の代から受け継がれたものだった。だがそうしたことはまったく問題ではなく、いずれも自分の足で動くことのできる本物の自動車だった。運転していたのは天国の住人ではなく、クラスメイトの悪ガキたちだ。私たちはエリートではなかったが、世間並みのエンジニアや学者や軍人の家の子供たちだった。この日、私は突然、すべては可能だということを悟り、自分の車がほしくてたまらなくなった。どうやらそれまで私の小さからぬ自己愛は他の捌《は》け口に向けられていたが、ついに堰《せき》が破れ、ダムは永久に決壊したのだった。

翌日、私は教習所に申し込んだ。一か月あまりの間に交通規則を暗記し、練習場に通い、くたびれたカローラやビスタで市中を二、三度走り（左側の助手席には教官が乗った）、免許証を取得した。そして翌日には自動車を買った。それは十一年の国内走行暦のある車で、地元紙ダリプレスの掲示欄に三千ドルで出されていたものだった。二千ドルかあるいはそれを下回る額で国内無走行の車やもっと若い車を日本から持ってこられた幸福な時代は、私が奇跡の開眼を果たす一年半前に国内自動車産業の守護者たるクレムリンの役人たちの手によって終わっていた。

私の前には新しい世界が開けた。二〇〇三年十月のあの日から私はこの歴史的時代における完全なウラジオストク市民になった。白いカラスであることを止めて風景に溶け込み、自分が町のモザイクをなす砂の一粒であることに満足を覚えるようになった。

三

この弾丸型（私は彼女をそのように呼ぶのが好きだった。彼女は駐車中でも飛んでいるように見え、私は気分が高揚した）の銀色の美女はまさに女性のようにマリノ、つまりマリーナという名前だった。形式上は「海の男」あるいは「海のもの」を意味していたし、直近の血縁は明らかに男性名風のトヨタ・スプリンターだったが、このスプリンター・マリノは間違いなく女の子だった。やや後にこのモデルは、最初の「右ハンドルの人質」たるアルタイ地方の鉄道員オレーグ・シチェルビンスキイが俳優でアルタイ地方知事だったミハイル・エヴドキモフの乗っていた公用車の道をふさいで、名を挙げることになる。違いは、私の車は銀色（中古車市場ではユーモアを込めて「通行止めの柵の色だ」と言うだろう）だったが、シチェルビンスキイの車は青みがかった緑色だったということだけだ。私は車体の色には関心ないし機微も分からないが、美しい色合いだったのだろう。

最初の頃、私はまったく運転することを恐れていた。教習所では教官がすべての責任を負っていたので簡単だった。「実戦」は「模擬戦」とは大きく異なっていた。私の労働生産性は急減し、寝つきも悪くなった。頭の中はどうやって家から職場までたどり着き、さらに夜には家までどう帰るかということでいっぱいになった。車の流れの中にいると、悪夢の幻影に苦しめられた。今にもブレーキが利かなくなり、恐ろしい衝突音が響き渡り、歪んでしまった高価なクルーザーの中から野球のバット（バットはヴォエンノエ街道の部品屋で売られており、もっとも自動車向けの商品である）を振り回す頭を剃った威勢の良いスポーツマンの一団が跳び出してくるように思われた。その後の数年、私はこのクルーザーの修理代を捻出するためだけに働くことになるのだ。

教習所に通っていたときには重要なのは免許証を取得することだと思っていた。その後、重要なのは自動車をうまく選び買うことだと気づいた。買って数分後には、重要なのはやはり運転を覚えることだと判明した。初心者マークは侮蔑的に思われて腹立たしかったし、つけると流れの中で目立ってよくないと無邪気に思い込んでいたのでつけなかった。何しろ私は座学の成績はよかったのだ（今では重要な規則以外の半分は忘れてしまったが）。しかし、教習所の例題では簡単に思えた交差点や曲がり角は実際上では別のものだった。ドライバーたちが従っていた明文化されていない規則は形式上の規則とは必ずしも一致していなかった。最初の頃、私はナイーブに一番右側（外側）の車線だけを走って、急がず誰にも迷惑をかけずに行こうとしていた。しかしそれは実際には不可能なことだった。私は、早く他の皆と同じように走れるようにならねばならないこと、文章の規則ではなく現実の実践や「流れの見えざる手」に従うようにならねばならないことを理解した。道路交通法は交通警察の神聖な牛であり、高官たちがもったいつけて言うところの「血で綴られた文書」（血という言葉で聞く者がショックを受け、心を正すようにというつもりなのだろう）であり、無論、必要なものだ。しかしあらゆる規則文書と同様、人生の複雑さのすべてをカバーすることも、その歩みに遅れずついていくこともできはしない。道路で毎分起こっていることはあまりにも具体的で、再現のしようもないことだ。交通規則を記した文字が読めるだけでは不十分である。いささか古臭い格言が伝える安全運転の精神を理解せねばならない――「やったら怯《おび》えるな、怯えるならやるな」、「馬鹿には道を譲れ」、「自信がないなら追い越すな」、「人の分まで考えろ」、「違反するなら邪魔になるな」。

だがそれはすべて後になってからのことだ。目下のところ私は、踏み込むペダルを間違えないように道路から目を放して足元を覗き込みつつ、「もとから道路には馬鹿がたくさんいたのに、これでもう一人増えてしまった」と悲しく繰り返すのだった。夜に駐車場につくと、私は駐車場番に運転してもらって駐車していた。彼らのハンドルさばきを見て賞賛の溜息をつきつつ、自分がいつかこれほどの職人芸を身につけられるのか疑わしく思うのだった。知らない道に出て行くことは、奈落への跳躍に等しかった。私は陰鬱な気分に包まれた。「急いで歩行者をやめることはなかったんじゃないか」という疑念が沸いてくるのだった。

運転への恐怖は、次第に別の種類の恐怖に置き換わっていった。日中の路上に停めた車が盗まれ、ランプを剥ぎ取られ、車輪を外されてしまうのではないか、あるいは単に上から空き瓶を放り投げられるのではないかというわけだ。運転すること自体は本物の喜びへと変わった。今となっては分かる以前のパニック症状は、それよりもさらに危険な油断の心に取って代わられ、最初の交通事故を起こすに至った。

自信がなかったのにもかかわらず、私はミラーの使い方をすぐに覚えた。左側のサイドミラーに死角があることを知っていたおかげで、危うくあまりにも高価な代償を支払いそうになったのを免れた。奇跡的に脇へとかわしてくれたジープにぶつからずにすんだ日から、私は三つのミラーをモニタリングするだけなく頭をめぐらせて三六〇度確認することを習慣づけた。

私は自動車を運転するようになってからようやく、我が国の道路にいかに穴やでこぼこ、水溜りや蓋のないマンホール、崩れ出したアスファルトや剃刀《かみそり》のように突き出した路面電車のレールといった素敵なものに溢れているのか知るようになった。「ひょっとしてこれは、頭のいかれたロシア人を教育するためのイレギュラーな張子の警官なのではなかろうか？」といつものように穴にはまった私は考える。「あるいはこれは国民の運転技能を高めるための、陰謀的な国家プロジェクトなのかもしれない。いい道路なら馬鹿だって走れるのだから」

やがて私はもうひとつ重要なことを発見した。暗闇では運転手には歩行者が見えないのだ。かつて私は道路で自動車のライトに照らされると、ドライバーから私はよく見えていると思い込み、「路面電車じゃないんだから迂回していくだろう」という軽薄な考えでいた。しかしドライバーは我々がよく着ているような灰色や黒系統の衣服の歩行者には最後の瞬間まで気づかない。私は怖くなった。市中では殺人的なスピードで一トン半から二トンもの鉄の塊が隕石《いん》のように飛び回っているのだ。私は長めに立ち止まり、車を先に通すようになった。むやみに長い間を空けてから、ようやく道路を横断するのである。

渋滞はそれほど恐ろしいものではないことが分かった。速度を出すことができないので、ドライバーたちはみな思いやり深くなり、私がウインカーをつけると喜んで先に行かせてくれた。渋滞の哲学は学位論文のテーマになってもおかしくない。渋滞とは鳥瞰《ちょうかん》視点では最短と思われるルートが消費される時間とガソリンと神経においては最長になるということを示す経験論的証拠である。反対に、距離で見れば長大なルートの方がリソースの消費ははるかに少ない。長い道のほうが短いという空間のねじれ、ルイス・キャロルのパラドックスである。それにできることの選択肢の多さといったら！　日曜日のすいた道路の方が平日ピーク時の道路よりも運転しにくいこともある。速度や車線や経路について常に考えながら走らなければならないからだ。渋滞にすっかりはまったときには選択することもなくなる。私は独立した主体から流れの論理に従う砂粒へと、集団理性の脈動に従う（そしてその理性を構成する）ニューロンのひとつへと変わる。私には左右することのできない共通の速度があり、それを越えることは不可能である。選択可能なルートはひとつしかない。つまり、少しでも前進できるような最も混んでいないルートだ。ゆっくりしか進めないが、その代わり自分で決定する必要性からは解放される。私のなすべきことは、前方や右側を這い進む車にぶつからないことだけというレベルまで縮小される。リベラルな理想主義者ならばここからいわゆる民主主義といわゆる全体主義に関する論を展開することもできるだろうが、私はやめておこう。

統計によれば、運転を始めた初心者は走行距離がおおよそ九千キロから一万キロの時に最初の事故に遭うらしい。それまでは極めて慎重に、保険をかけながら走っているが、この頃になると自分は本物のプロであると感じ（実際には素人に毛が生えた程度である）、背中に汗をかくほどの緊張感を見る間に失ってしまう。私などはこの統計的な平均値に達することすら待たず、すでに千キロ台で事故を起こすことに成功した。それは「悪意の町」ウスリースクでのことだった。私は交差点で距離と速度を見誤り、古ぼけたトヨタ・カリーナのタクシーを傷物にしてしまった。彼女のバンパーが取れて道路の上でとんぼ返りを打った。私は車を停めてハザードランプを点けたが、路上に三角表示板を置くまもなく、重量級のトヨタ・クレスタ――年配のドライバーが乗っていた一九八四年製の「スーツケース」だ――が私の車のトランクに突っ込んできた。

その時、私は初めて「交通警察の取調べ」の何たるかを知ることになった。私の懐は六〇〇ドルほど軽くなり、クレスタの爺さんからは全額の弁償をもらうことはできなかった。タクシー運転手にバンパーの代金を払い、貧しさを訴えるクレスタ乗りから小銭を受け取ると（もっと実践的でシニカルになった今の私ならば爺さんからへこんだクレスタを取り上げてしまえば済む話だったと分かる）、私は唾を吐いて自分の身体の世話に取りかかった。私の頭は後ろからの衝突の衝撃で仰向けになり、ヘッドレストに深く突っ込んだ。私は夜毎、頭と首の痛みで目を覚ますようになった。しかし沿海地方一と言われる首の整体師の価格表を検討し、結果として痛みは魔法のように消えた。

やがて私は定期的にエンジンルームを覗いて、不測の事態が起きる兆候がないか、オイルは十分あるかをチェックするようになった。当初はわけの分からないチューブやタンクや鉄片がぎっしりと詰め込まれたボンネットの下の神秘の森を見るのは恐ろしかった。だが私は次第に自動車が走るためにはガソリン以外の物質も必要であることを知るようになっていった。フィルタ、タイミングベルト、ランプ、タイヤ、バッテリー、自動車保険、車検といった消耗品の交換や定期メンテナンスの他に、動作異常を起こしたウインカー、未舗装のハイウェイで壊れたホイール、擦り切れた（あるいは誰かに切断されたのかもしれないが真相は不明だ）ブレーキホースの修理といった突発的なトラブルも起きた。ある時にはブレーキオイルがすべて道路に漏れ出し、ブレーキペダルが突如弾力を失って床に落ち込んだため、ギアやサイドブレーキ、それにロシア語の豊かな語彙までも動員して車を止める羽目になった。その時に私は実感のこもったアフォリズム「車のブレーキオイルが少なくなればなるほど、血中のアドレナリンは多くなる」を生み出した。これに交通違反の罰金——時には賄賂で代用される（「なあ、おっさん、あんたがレーダーを持ってここに隠れていたのは、そういうことなんだろ？」）——を加えてみれば、考え込まずにいられない。果たして仮初《かりそ》めの移動の自由の獲得はこれほどの費用やそれによる別の自由の喪失に見合うほどのものだろうか？

見合う。自動車を単なる功利的なメカニズムや支出項目のひとつではないと見なすのであれば。自動車は情動《エモーション》を与えてくれるものであり、私はその対価を支払ってもいいと考えている。同程度の金額を毎日タクシーに費やしたとしても、自動車を所有し、動かすことによる非物質的な利益を得ることはできまい。

私には自動車の中が居心地よくなった。彼女の外にいると不便で恐ろしくなった。彼女は夢に現れるようになった。私は自分の性的嗜好が後戻りのできない不可避の進化を遂げたことを悟った。町中で私の視線はもはや女性の凹凸《おうとつ》ではなく車体の曲線やランプの表情や鋳造アルミホイールの模様に奪われるようになった。

四

トヨタ・スプリンターマリノの次は、いかつい小型戦車、スズキ・エスクードだった。三ドアの鉄の小人、「四角くて実用的」〔ドイツのリッタースポーツチョコレートのCMコピー〕、小さいがもはやジープ、である。ソヴィエトのニーヴァに近いが、こちらはラダーフレーム型のパートタイム式四駆で、もちろんオートマ車だ。

私が乗った自動車はどれも、まるでそれぞれ受け持ちの教科があるかのように、私にそれぞれ重要なことを教えてくれた。マリノは故障して私を陥れるようなことはできようはずもなかった――それは初心者にはあまりの仕打ちというものだろう。彼女は私に運転の仕方を教え、最初の事故を経験させ、初めてハイスピードでの運転を味わわせ、冬季の運転のコツを教えてくれたが、私はボンネットの下を覗き込んだことは一度もなかった。彼女は自分の面倒は自分で見て、勝手にメンテナンスされていた。

「エスクージク」の使命は私の技術面での文盲を正すことだった。これは私が悪かった。日本車の頑丈さを妄信して、ろくに調べもせずに人から直接買ったのだった。ところがこのエスクードは、ロシアで何年もの間、一貫してダメージを受け続けてきた車だった。私が購入したときには、「すれっからしな奴《パスクージク》」というこのモデルのニックネームにふさわしい状態になっていた。私は運転よりも分解や修理に多くの時間を費やすことになった。直せるところをすべて直すと、今度は致命傷――シリンダーブロックのひび割れ――を発見した。エンジンを日本から取り寄せることになった。古いエンジンの使えるパーツは慌てずに売っていった。クランクシャフトはワニノ（ハバロフスク地方）に、発電機は確かウラル地域のエカテリンブルグに売った。点火装置《ディストリビュータ》とプラグコードは長い間会社のロッカーの中で埃をかぶっていたが、ある日釣りをしていたエスクード乗りにビールと交換であげてしまった。

確かな腕と頭を持つガレージ職人のヴォロージャが私のエスクードにどれほどの修理や交換を施したかは数え切れない。彼がウラジオストクを去って沿海地方の遠くの村に引っ込むことになったとき、私はこの先エスクージクの気まぐれに独力で付き合ってはいけないと分かった。そして私はこの車と別れた。エスクージクはあらゆる問題を起こしてくれたが、それでも私はこの車を心から愛し、所有することで大きな喜びを得ていた。

その次は最も有名で大衆的な日本車のひとつ、トヨタ・カローラだった。日本の国内市場向けに製造されたカローラは欧州にはない。この一五〇〇CCの高性能なステーションワゴンは私に健康的な宿命論を教え込んでくれた。未来に備えることは重要だが、どうにも対処しようのない不可抗力事態というものもあるということだ。この車を買うと、私は地元の慣習に従い、中庭に駐車してある車から何か外してちょろまかしてやろうという子供たちからマイカーを守るためにボルトでライトを補強することにした。しかしどうにも手が回らず放っておいているうちに、三ヵ月ほどして私は事故を起こした。環状線を抜けようとして呑気《のんき》にアクセルを踏み込んだところ、アクセルが戻らず、そのままずっしりしたトヨタ・ガイアの側面に突っ込んでしまったのだ。ガイアの運転手（当然のように「悪意の町」ウスリースク出身だった）は、なぜか私に気がつかなかった。私のカローラの前頭部は完全に潰れ、ボンネットは小屋のように突き立ち、エンジンはマウントから飛び出し、縦通材《ロンジロン》は外れた。ヘッドランプはすべて砕け散っていた。「なぜこれを補強しようなどと思ったのだろうか」と私は考えた。自動車を修理したが、売り払うまでの間、私はヘッドランプを補強せずに乗っていた。しかし手を出す者は誰もいなかった。

カローラの次はカムリ・グラシアだった。通常よりも車体を長くしてエンジンも大きくした、アメリカナイズされたカムリユーハ〔カムリの愛称〕である。カムリは私を教育することはなかった。ひたすら自分と私の喜びのために走ったのだった。彼女は私にとって初めての非小型車だった。素晴らしい5S系の鉄の心臓の排気量は二二〇〇CCで、私にはこれで十分だった。彼女は少しも力むことなく、シェフネル船長通りからクラソター大通りへと上がる道を、ゆっくり這う自動車たちを追い抜きながら飛翔した。ウラジオストクの住民はこれがどういうことなのか知っている。丘の上に広がる町ウラジオストクにとってさえ、この上り下り――一言でいえば「垂直」だ――はあまりに急勾配で、雪が降ると除雪しようとすらせずに、上と下をコンクリートブロックで封鎖してしまう。地元の伝説的な修理工セルゲイ・コルニエンコはこの上り坂でアクセルを全開に踏み込んで出る速度を測ることでエンジンの実際の力を調べるということもしていた。

二〇〇〇CC以上の自動車の持ち主のお決まりの会話、車の食欲に関する質問には、私は悲しい諦念ではなく満足を込めて答えるようにしていた――「元気だよ。文句も言わず、冬でも町中を走って一五リットルのロットでもすぐに食べて、お代わりも催促してくる」私は職場でも時々窓辺に行き、駐車場で休んでいる彼女を眺めるのだった。彼女の銀色の曲線はそのひとつひとつが飛翔する力を示していた。静止した女性の魅惑的な曲線が彼女の秘密の躍動の情報を含むのと同じで、私はそれに見惚れるのだった。

彼女は私がシートをつっかえるまで後ろにずらさなくても快適に運転できた最初の車だった。当初私にはグラシアは走っているのではなく車輪を地面に付けずに低く飛んでいるように思われた。大きくて力強く、優雅《グラツィア》な動物だ。熊のようにのっそりしているのではなく、ウスリー虎のようにすらりとしている。長い身体を覆う筋肉は、でこぼこのこぶもなく何かひもが出ているわけでもなく、「メタリックシルバー」の上品な毛皮の下でしなやかに脈動していた。十五インチの柔らかなタイヤに体重を預け、洗練と力強さを組み合わせつつ、あるいは静かに忍び寄り、あるいは迷いなく飛ぶ。一四〇頭の日本の馬からなる私だけの馬群だった。グラシアのおかげで私は、時速一〇〇－一二〇キロを速いと思わなくなった。道路状況が許しさえすれば、それが平常の巡航速度となった。彼女のフルネームであるトヨタ・カムリ・グラシア・ワゴンは、私にとっては長々とした称号に飾られた貴族の名前のように響いた。

私のグラシアは組立車《コンストルクトル》だった。書類上は別の車、すなわち伝説的な二〇〇〇CCの3Sエンジンを搭載した一九九一年製のセダン、日用車のカムリだった。彼女は英雄的な死を迎え、解体に出された後、生き残ったパーツが別の車の中で転生を遂げたのだ。そしてこの先も転生を繰り返すのだろう。彼女は日本でグラシアとなる定めを受けて書類を揃えられ、腹の中から心臓を抜き取られ、木製のパレットに乗って青い覆いに包まれた。車輪とサスペンションと排気集合管を外され、麻酔をかけられて意識を失った状態で日本海を渡り、見知らぬ国で目を覚ましたのだ。

私が彼女と暮らし始めて一年半になる。私はこの文章を彼女のために書いている。私と彼女以外には誰にも必要ないものだ。

五

長年の間、私は毎朝ほぼ同じ時間に家を出て、どこかへ出かけていた。はじめは学校へ、その後はバスに乗って大学や職場へと通っていた。私は毎日のように移動時間が重なる同じ知り合いや同じ他人の顔ぶれを目にしていた。今でも覚えているのは、きちんとした身なりの「老提督」。灰色の口髭を生やした海運学校の教師だ（長い空白期間をおいて再び彼を目にしたとき、彼が壮健であると知って嬉しかったものだ。その姿に変わりはなく、それ以上老いることを停止したかのようだった）。それから、恐ろしい「赤いおばさん」も覚えている。多分精神を病んでいたのだろう、いつも赤い上着を着ており、時々悪魔のような凍てつく笑みを浮かべていた。

今では私は、毎日同じ車たちを目にしており、その度に古い知人に会ったような喜びを感じている。まず目に付くのは、変わったチューニングや文字入れを施された車だ。例えば側面全体にわたって「Dum Spiro Spero」(「私が息をしている間は、私は希望を捨てない」)と書かれた赤いフォレスターだ。その他の車は、ナンバーや瑕《きず》、ドライバーやその他の言葉にしにくい目印で認識できる。町を走る自動車の数は私が思うよりも少ないのか、あるいはいつも同じ道を走っているからだろうか。

自動車の流れは一見すると無個性なものだと思われるかもしれないが、決してそのようなことはない。自動車に乗った人間は周りの他の者たちから隔離されてはいない。自動車は他人の不快な呼吸や小ずるい手や嬉しくない偶然の接触から守ってくれるが、私は毎朝の渋滞の中でいつもの隣人を見つけ、反対に彼らにも見つけられている。私たちは互いにお願いするように、あるいは聞き入れるようにライトやウインカーを点滅させて情報を交換し、警告し、コミュニケーションをとっている。こうしたコンタクトは私たちが目的地に無事辿り着くために不可欠なものであり、私たちはひとつの統一体、ひとつの川を構成する分子なのだ。

私の車が一年ばかり前から夜を過ごしていたある駐車場では、毎朝八時頃に家を出るといつも青みがかった灰色のセダン、トヨタ・ターセル(ナンバーは今でも覚えているが五七八だ)に乗った老人を目にした。彼は車を入れたダリザヴォードのガレージを押し開け、中に入ってエンジンをかけていた(「ダリザヴォード《ダリザヴォード》のガレージ」というのは、据付型の集合ガレージではなく移動式の金属製ガレージを指す。極東工場社はかつて極東の軍艦製造を担っていたがやがて経営破綻した造船工場のことで、ペレストロイカ後の経営難の時代にはガレージどころか自社名を冠した水餃子《ペリメニ》まで生産していた）。老人は開け放たれたガレージの戸に寄りかかり、落ち着き払った厳めしい様子でタバコを吸う。タバコ一本を吸う時間は暖機運転に必要な時間に相当していた。吸い終えたタバコを投げ捨てるとターセルを外に出し、ガレージの戸を閉め、車に乗り込んで出発するのだった。彼は時間に正確だったが、私は早かったり遅かったりとまちまちだった。そのため私は駐車場を出て彼のガレージのそばを通るときには、常にこの朝の工程のいずれかの段階――扉の開閉や喫煙や出発――にある彼を目にするのだった。彼は老いぼれたというにはいまだ程遠い老人で、すべてがきっちりとしていた。彼ならば適時にタイヤを交換するだろう――我々ものぐさな若者たちとは違い、ウラジオストクの予測できない初雪の日にも道路に夏タイヤの跡をつけることはないだろう。そしてエンジンは常にしっかりと温められている。そのためにわざわざ早めに出てきているのだ。現代のエンジンに暖機運転は不要だと言う者もいるだろう。だが彼はこれまでの人生でずっと暖機運転をしてきたし、したからといって車が痛むわけでもないことをよく心得ているのだ。

この九〇年代中頃のターセルは、彼よりも長生きすることも十分ありうる。

私より長生きするのはどの車だろうか。そのとき彼女は、駐車場で一人寂しく何をするのだろうか。

この老人は私に大切なことを教えてくれた。遅く出た朝、私は左側（内側）車線からさらに左側の車線へと移って道を急いでいたが、ターセル乗りの老人は悠々と己の右側車線を走っていた。そして特に急ぐ様子もないまま私を追い抜いていった。私は彼のこのノウハウを盗み、以後、ウラジオストク百周年大通りのこの区画で少なからぬ時間を節約できるようになった。

とはいえ私には気質的には左側車線、航空用語でいうところの高度計上段《アッパー・エシュロン》の方が性に合っている。アドレナリンの分泌を助けてくれるからだ。対向車線により近く、そこではハンドルを少し捻《ねじ》るだけで迎えられる潜在的な死が飛び交っている。

自動車は私にとって時間管理の教科書となった。私をより機敏に、より鋭角的にした。同時に、より責任を持たせ、目的に集中させ、用意周到な性格にした。「自動車に乗って悪路と怠惰を打倒しよう」という詐欺師オスタップ・ベンデルの有名なスローガンは嘘ではない。自動車は人を教化し、教育する。かつての私は大学や職場へと向かうバスの中で安らかな惰眠を貪《むさぼ》っていたが、今では車に乗ってハンドルを握ると、眠気はいっぺんに吹き飛ぶ。都市生活における自動車は良質な頭のトレーナーである。

自動車は私の足を地に着けた。以前の私は理想の世界、仮想的な情報の世界に生きることに慣れていた。私は物理的な世界の事物と触れ合うことや触れ合う能力が不足していると感じていた。自動車は私を現実の世界へ強制的に投げ込んだ。もしかすると自然との触れ合いが不足している現代人は、(「生きた」野菜の代わりに薬やサプリメントを服用するような歪《いびつ》な形ではあるが)自動車を通してそれを補給しているのかもしれない。言葉や電気信号が太陽や水や土に取って代わっている。私たちは手で物を作ることがどんどん少なくなってきているが、その欲求はなくならない。人間がいかに知性的で情報化された次元にいたとしても、生物学的存在であることをやめることはないからだ。

これこそが、私たちが洞窟時代の昔から釣りや天気予報のようなものに理性で説明できない関心を持ち続けていることの根本原因ではなかろうか。私は今でも海外のスポーツフィッシングにあるキャッチ・アンド・リリースというものが理解できない。我々野性人にとっては狩猟で捕獲した獲物を食べることは依然として欠かすことのできない儀式の一部である。同時に我々は比較的裕福な人間として、釣りの目的が魚の調達だけではないことも理解している。魚が欲しければ市場に買いに行けばよいのだ。

海の向こうへ自動車を手に入れに行くという極東特有の娯楽は現代の釣りの一種といってよい。スーパーの然るべき売場へ行けば、そこに並べられた魚の中から必要なものを選ぶことができる。背びれや内臓や頭を除去され、冷凍され、殺菌され、真空パックに詰められ、レジで代金を支払えば買うことができる安全なフィレ。ディーラーサロンにある車だ。それとはまったく違うのが、自分で道具を用意し、好きな場所で好きな仲間と釣る魚である。予期せぬほどに力強く、驚くほどに美味な生き物を捕まえるというプロセス自体（ぼうずで終わる可能性もあるが、保証がなければスリルは増すばかりである）、そしてそれを生きたまま捌《さば》き、食べること。これはブルジョア消費者ではなく、狩猟者たる男のやり方である。

現代の都市住民（比較的最近になって結晶化した種族だ。人類は長い間、別の生き方をしていた）、特に白いワイシャツと清潔な靴を履いたオフィスの知的労働者にとっては、自動車は地上的で感覚的な目に見える世界を象徴している。力強く器用な腕が評価される事物の世界である。私は空気清浄機や不凍液、あるいはランプやその他の小物を買う時、自分が何か特別な新しい位階にいるように感じる。訳知り顔で内面の誇らしさを隠しつつ、ボディやエンジンの型を思い出して店員に正確に告げる時も、買った物を手に店から出るときも、きびきびした動作で車に乗って出発するときも、この感覚が消えることはない。

初めて自分でタイヤを交換したとき、私は何と誇らしげだったことか！　ブレーキオイルの減少を警告するランプが点滅していることに気づき、自分で補充した。こんな下らないことさえもが私にとっては大事件であり、新たなエクスペリエンスだった。後に知り合いの初心者ドライバー全員（特に女性）の車のタンクを見て不凍液の水位を確認することに私はどれほどの大きな喜びを感じたことか。賢《さか》しげな顔で変速機のオイルレベルゲージの匂いを嗅いだり、オイルの定期的な交換や粘度、車輪のサイズについて語ったりした。診断し、助言し、バッテリーが上がった他の車に「火を貸し」、説明した。彼らが私を見る目は、最近まで私が「老人」たちを見ていたのと同じ目だった。

といっても、私は理論家の枠を出ることはなく、最も簡単な修理の仕方さえ覚えなかった。自動車に関しては私はいわば完璧主義を貫くことに決めた。エンジニア技能がない代わりに、車は常に手入れが行き届いた状態にし、トランクには空気入れ、パンク修理キット、ワイヤー、シャベル、工具セットといった必要な道具がそろっているようにしていた。いずれにせよ、いくらがんばったところで私は海辺で車が故障してもレンチとスパナを手に苦もなくタイミングベルトを交換してのけるような職人ではなかった。

自動車は他人と知り合いになることを助けてくれる。乗せてあげれば感謝されるし、さらにはこちらの意のままにすることもできる。自動車は日々の雑用のこなし方を変える。どこかへ行って何かを買うことが瞬時にできるようになる。徒歩圏内あるいはバス圏内という要因はかつては決定的だったが、今となっては何の意味も持たなくなった。

自動車のおかげで私はこれまでは考えもしなかったような場所に目的もなく、あるいは意図的に足を伸ばすようになり、自分の町を本当の意味で発見することになった。何かの用事で車を走らせ、予想外の渋滞を逃れて裏道を通ったり、退屈しのぎに大回りしてみたりするうちに、ひっそりしたベッドタウンを抜けると突如として丘の上に出て、知っているはずの海や住宅街を意外な角度から目にすることになる。魔法にかかったように立ち止まり、予想外の曲線を見せる道路や地形を理解しようと頭の中で目の前の光景と町の地図を結びつける。湾の上の沈む夕日は赤信号のランプとなって丘の稜線に近づいていく。丘の向こうは中国だ。

ウラジオストクは比較的小さな町だ。しかしそこには何と多くの聞いたことのない名前の荒地が、住宅街が、通りがあることか！　徒歩人は自宅と職場を結ぶ交通機関のルートに縛られすぎており、町の少なからぬ部分を切り捨てている。自動車に乗った私はウラジオストクの新しい地区を発見していった。チュルキン岬やチーハヤ湾、ダリヒムプロムやズメインカ、第七一地区といった場所である。これらは私がかつて考えたこともなかった伝統や環境を持った独自のミニタウンたちである。ここにも人は住んでいる。かつての工場建屋の中に「緑の島」という驚くべき名前の家具店があった。ここに生息する素晴らしい電気工たちは絶対に正常だと思われた私の車がなぜ動かなくなったのか、たやすく突き止めることができた。また、ここにはディオメデス、オデュッセウス、パトロクロスといったホメロス的に勇壮な名称の湾がきらめき、ゴルドビン岬にはMRS（小型漁船）の記念碑がある。こうしたものすべてを、かつての私はぼんやりとしか想像できなかった。チュルキン岬の裏通りにはこれまで数回しか行ったことがなく、それもおっかなびっくりだったが、いまやまったく別の顔を見せてくれるようになった。金属のウェルギリウスのおかげでウラジオストクのハーレム街であるこの地区も安全で近しいものになった。

自動車を通じてはじめて私は突如この町を愛していることに気づくことができた。この認識に至るには、この奇妙な鉄の塊だけが足りなかったのだった。

自動車は空間の圧縮と時間の節約のための素晴らしいツールである。お伽噺に出てくる俊足の長靴や動くペチカの夢を叶えるものだ。速度の魔力がある。急ぐ必要のないときでさえ、車ですぐに行けてしまうのは心地よいものだ。車が出す速度は、人間生来のものではない。人間の可能性を越えた、文字通り殺人的な速度である。蛋白質の柔らかい繊維とカルシウムの脆《もろ》い骨はこの速度での衝突に耐えられるようにはできていない。車道、風、追い越し車線――死はお前の一メートル隣り、一秒先にある。無論、死はいつでも隣りにあるが、ここではお前は死と見つめ合っているのだ。ハンドルを少し回せば、対抗車線にどんなエースドライバーがいようと反応できない。シートベルトをしていようと、世界一の日本製エアバッグを積んでいようと、倍加する速度から逃れるすべはない。なぜだかは分からないが、脳卒中や心筋梗塞で急死することを想像してみても私の神経はあまりくすぐられない。暗い気分になるだけだ。

アルコールや薬物のような化学的な向精神物質は脳を本来とは違う不自然な作動状態に変質させ、人間の受容感覚を変える。私はこうしたアルコールの多幸感と同じようなものを大きな速度で移動しているときに感じる。アインシュタインの理論の俗流解釈を信じるならば、高速度の中においては時間の流れそのものが変わる。自分にとっての時間は他人にとってよりもゆっくりと流れるという。

自動車は自由を結晶化させ、物質化させたものである。自分だけの、自分の望みにしたがってつくられた、守られた空間だ。いわゆるプライバシーというやつであり、マイカーとは私の城砦である。自走式の防弾チョッキであり、個人使用のための民用戦車である。平和な時代にはこのような形で、男性は武器やアクション映画や競争に本能的に惹きつけられるのだ。

同時に自動車は周囲の人々との融和を助ける。人を愛するのは少し離れた距離からの方が容易である。朝の通勤ラッシュ、市中心部へと向かうバスに襲いかかり、睡眠不足のオフィスワーカーたちの肉塊の一部と化し、ズボンの裾を誰かに踏みつけられ、噛み尽くされたガムのように吐き出される、そんな時に人を愛せるものではない。私ならばすべての人に一台ずつ無償で自動車を与え、道路を増やし、サービスセンターを無料にする。それだけで人は穏やかで善良になるだろう。あるいは中世のある種の共産主義的なセクトにおいて女性が公共化されたように、すべての自動車を公共化する。人々には手の届く合法的な快楽の自由が必要なのだ。生活の質の向上とはこのようなもののことであり、決してローンで買った最新式の湯沸しや掃除機のことではない。セクト的な乱婚制度は大多数の人々の灰色の生活に彩りを与えることだろう。我々の今日の道徳は自由なものとされているが、いつの日にか耐え難く偽善的な清教徒の道徳だという烙印を押されることになるだろう。

ドライバーの心理はいくつもの学術書を書かねば説明できない大きなテーマだ。路上で一秒ごとに起こる出来事は万華鏡の中のモザイクのように再現できない無二のものである（もちろん、類似性を語ることはできるが）。ドライバーは毎秒、意識的にも無意識的にも多数の要因を分析して数十もの決定を下している。経験が蓄積されるに従い、そうした決定の採択の場所はアクティブな思考領域からどこかの深い部分へと移っていくが、この場所を無意識と呼んでおこう。私がハンドルを握って休んでいる間に、携帯電話で会話している間に、音楽を聴いている間に、自動車は決められたルートに従って勝手に私を運んでいく。自動操縦と似たようなものである。実際には脳は毎瞬多数の指令を出し、末端器官は自動的に必要な動作を行っているのだ。

道路交通の総則は極めて単純だ——変化していく世界における変化していく人間である。あなた自身が動いているし、その他の人々や道路も動いていることを考えろということだ。正しい判断（時には唯一の正しい判断）を一瞬で下さねばならないという点で、自動車の運転はコンピュータゲームに近いといえる。しかしゲームには常時続いていく本物のドラマティズムはない。ハンドルを握っている間は毎秒が潜在的な交通事故状態である。完全に消え去ることはない脅威に自分や他人の健康と命が晒《さら》され続ける。軽量版の戦争であり、平和な都会生活に不足している心を波立たせるリスクだ。

非人間的な速度への慣れは自動車外での私の行動様式も規定する。私は徒歩であっても惰性的に可能な限り速く移動するようになった。事務所の階段をどうにかこうにか上っていっている同僚たちを「通路は歩くものではなく走るものだ」という海軍の格言で押しのけながら苛立《いらだ》たしげに追い抜いていくようになった。歩道でゆっくりと歩いている者、しかも左側を歩いている者がウインカーも出さずに右側に寄ることに耐えられなくなった。歩いているときも後ろを確認するために何度もバックミラーを見ようとする。曲がるときには頭の中でウインカーを点滅させる。ゆっくり歩くことに決めた場合には必ず右側に寄る。帰宅した際には自宅の扉を遠隔操作で開けようと思わず家の鍵のキーホルダーを押してしまう。

今では私は常に急いでいる。私のスピードメーターの針はいつでもレッドゾーンの近くで踊り続けており、その中に入ることもある。なぜ急がずにいることができるのか私には理解できない。

時間は人間の主たる価値、さらにいえば唯一の本物の価値だ。人間はこの憐れな五十万時間の他には何も持っていない。少ない時間で済むのに多くの時間を費やすことは狂気じみた浪費である。小話に出てくる成金の新ロシア人などには及びもつかない自殺的な贅沢だ。

山岳地帯の出身者は平面的な都市部に出ると抑圧を感じるといわれている。私はモスクワや西側の都市に来るたびに自動車の流れの中に「身内」の自動車――単なる日本車ではなく右ハンドルの日本車、つまり私たちの港から輸入された自動車だ――を目で探してしまう。言葉にし難いような微かなしるしを見分け、それが「身内」だと一瞬で間違いなく判別することができる。私は同郷者に出会ったかのように嬉しくなり、彼女たちも私に会えて喜んでいる。そばを通り過ぎるとき少し手で触れて撫でてみると、まるで自分が製造関係者であるかのように温かく誇らしくさえある感情が湧き上がってくる。ウラジオストクに帰ってきて、空港の建物から広い駐車場に出て、そこに正しい（右ハンドルの）自動車がずらりと並んでいるのを見ると、私はやはりそのような感情に包まれる。市内まではまだ五〇キロほど走らねばならないが、すでにはっきりと帰宅した感覚だ。故郷の風景、故郷の曇り空、故郷の自動車。腫れ上がった私の目はすぐさま安らぎを得る。

シートベルトを締める習慣の有無はドライバーが持つ危機感の段階を示す指標だと言える。その意味で自動車は人を自由と責任に関するいくつかの重要な問題に直面させると言うことができる。我々が規則を守るのは、その方が合理的だからなのか、それとも単にそれが規則だからなのか。つまらないことを言うようだが（あるいは私にはいわゆる遵法精神が欠けているのかもしれない）、生きることというのはいつでも、規則という後追いしてきたものよりも広いものである。ひょっとすると道路交通法の中には一字一句を遵守できる部分もあるのかもしれない。しかし個人的な経験では、「行ってしまうか、守るか」のジレンマが発生する機会はあまりに多い。だからすべてのドライバーは、道路交通法にシステマティックに、意識的に違反しているのだ。そうでないドライバーがいるなどとは信じられない。道路交通法（「血」ではなく人が書いたもの、しかも十分凡人といえる人々が書いたものだ）には実験室での理想的な条件下でしか当てはまらない条項があまりにも多い。

「道を譲れ」という文言を厳しく守ろうとすれば誰も目的地までたどり着けないだろう。だから誰かが非優先車線から流れを押しのけて出てきても他の者が強硬に抗うことはない。遅かれ早かれ自分も同じようなことをするのだから。交差点での通行規則も安全な車間距離に関する決まりも守れない。これは正しいけれども実行不可能な、つまり理想上の規則だとみなければならない。路面が乾いていて視界も良好な市外の滑らかな道路であれば、なぜ時速九〇キロの法定速度を越えてはならないのか、私には理解できない。素面《しらふ》の馬鹿者や、あるいは単に未熟なドライバーは二、三杯ひっかけた熟練ドライバーより百倍も危険であることは間違いない。

明文化されていない規則は教習所では教えてくれない。新米ドライバーは各自、戦場でそれを身につけなければならない。このような理論と実践の衝突については、かつて戦場で己の正しさを証明するまで長い間異端視されていた戦闘機パイロット、ポクルィシキンも書いていた。

今では私は自動車を単位として歳月を計っている。「今から三台前」というような具合だ。都市住民として季節の移り変わりも自動車で感じる。夏が終わるのはエンジンが温まるのに時間がかかるようになった頃である。ある朝私はフロントガラスに濡れた枯葉が落ちているのを見つける。その後、フロントガラスは一夜で霜や、あるいは氷の膜にさえ覆われ、掻き落とさなければならなくなる（特に腹立たしいのはガラスの車内側が凍った場合だ）。冬は暦よりも早く到来する――タイヤを冬用に交換した日だ。

ウラジオストクの冬は気温は比較的穏やかだが常に風が吹いているので（我が町では吹き飛ばされないよう横断幕広告にも穴が開けられているが、それでも時々吹き飛ばされている）、人間には寒く自動車には我慢できる気候である。それでも恐らく朝になって主人がやってくるまで凍った駐車場で眠るのは寂しいことだろう。主人がやってこなかったらどうなるのか？

自分では目を覚ますことさえできないのだ。

春が近づいてくるのは朝ハンドルを握っても手がかじかまなくなることで分かる。駐車場まで帽子をかぶらずに気分よく歩いていけるようになる。キーホルダーからの遠隔操作でエンジンをかけると、シートに座る頃には温度計の針が動き始めるようになる。前照灯を点《つ》けなくてもよいほどに明るくなる。しばらくすると冬の間働き続けたヒーターのスイッチを切り、心楽しく窓を少し開け、風と共に町の生活の音を車内に入れるようになるだろう。渋滞の中ではエンジン冷却を補完するために定期的にファンが回るのが聞こえるようになる。湾内にはまだ最後の足掻《あが》きを続けている氷上釣りの愛好者たちが座っているが、南国の風はすでに氷を砕き始めている。氷の下からは隠され忘れられていた海が予想外に鮮やかな青さを見せる。新しい夏が近づいている。どうやら生き延びたらしい！

一九九七年にお前が日本で工場のベルトコンベアから降りたとき、私はもう大学に入学していた。私が冴えない学生として講義を聞いていた間に、お前は最初の数百キロ、最初の数千キロのメーターを回していた。お前は若く、素晴らしく健康だった。それはどんな光景だっただろう。トヨタの工場、コンベアのワーカーたち。彼らは誰に似ていただろう。外も中もピカピカのエンジンに液体を注ぎ込む。名前も知らない自動車産科医がお前のエンジンをかけ、ギアをDに入れ、ブレーキペダルを放し、アクセルを少し踏み込む。排気管からほとんど気づかないほどのガスが出て、お前は呼吸を始める。驚いたように、あるいは歓喜して、お前は新たな感覚に耳を澄ませ、偉大な発見と達成を受け入れる準備を整える。エンジンを回転させて戯れ、車輪をひとつずつほぐしていく。

ディーラーサロンに連れてこられたお前は出来たてで光り輝いている。日本人が見合いにやってきた――お前の最初の所有者だ。どんな外見の人だろう。何の仕事をしているのか。我々はそれを知ることはない。時々自動車の中に点検手帳や何かの小物が落ちていて、所有者が男だったのか女だったのか分かることがある。グローブボックス〔助手席の前の引き出し〕にヘアピンやカフスボタン、音楽ディスクや未使用のコンドーム、穴の開いた硬貨、ガム、鉛筆、包み紙、お金、サングラスなどが入っているのを見つけることもある。他人の、日本人の生活の物質的な名残だ。ロシアのバンドの歌の一節ではないが「枕には二筋の黒髪が残っていた……」である。足元には必ず発炎筒の赤い筒が几帳面に突き出ていて、後で友人たちとの酒の席やバーベキューなどで燃やして楽しんだものである。ボンネットの中や機関部、ドアの間の支柱《ピラー》などにエンジンオイルや不凍液、タイミングベルトの交換記録のシールが貼ってあり、自動車がどんな道路を走り、誰を乗せ、何を見たのか、想像することができる。

彼女たちは自分の過去の生活を語るのを好まない。我々は彼女たちがコンベアやディーラーサロンに並んでいるのを目にすることは決してない。まっとうな沿海地方人ならば誰しもが「船員パスポート」を所持し、その特典により優遇制度を利用して自動車を輸入できたために何千もの人々が日本に巡礼し、輸入した自動車を転売する素人ビジネスが可能だった。だがそれはもはや過去のことだ。市場は肥大化し、商流が形成され、多かれ少なかれ文明的な装いを帯びることになった。溶岩流は次第に冷え、確固たる形式をとり始めた。オークション式の間接買い付けシステムが現れた。今となっては我々が最初に自動車を直接目にするのはウラジオストクに着いてから、港や税関でのことである。時おり私にはそもそも自動車をつくっているのは人間ではないように思われることがある。こんなものを手でつくれるものだろうか？　日本テクノロジーの海神さま――外見はトヨタの創業者に似ている――か何かの御業《みわざ》だろう。自動車たちはどこからともなく日本海の真ん中に沸き出し、それをロシアの密漁船が底引き網でさらい、高価な獲物として水揚げしているのだ。彼女たちは恐る恐る極東の港に這い上がり、主人を探すことになる。面倒見の良い、しっかりした主人が見つかると期待しながら。ある者たちは新たに作った登録書類を与えられ、別の者たちは夭折した姉妹たちの書類、知らない誕生日や氏名が記された書類を手にする。後者は「組立玩具《コンストルクトル》」（組立車）と呼ばれ、外国のスパイのように伝説に包まれた第二の人生を歩むことになる。

一夫多妻制における狩猟者たる男性はすべての自動車を所有することを望む。テストドライブ（試乗）という言葉には、「ドライブ」だけではなく「男性ホルモン《テストステロン》」も関わっているように思われる。本気で買うつもりのないものも含め、すべての車を試してみたくなる。新鮮な車というのは堅苦しかった往古の時代における「生娘《きむすめ》の花嫁」のようなものであり、売却は離婚を意味する。売り払う決心をつけても、やはり惜しいし心苦しい。自分を裏切り者のように感じ、車が途中で気づいて責め立ててくるのではないかと心配になる（実際に車は気づくのである）。だがそれもすべて新しい車に乗るまでの間のことである。売り払われた車には新しいナンバーと新しい乗り手が与えられる（女性の苗字が変わるのと同様だ）。その後、別れた彼女を町中で見つけると、今では他の手が彼女のハンドルを握り、他の足が彼女のペダルを踏んでいるのを想像して、不思議な感情を味わうのだ。

もし可能であったならば、私は一大ハーレムを築き上げ、毎日のように合法的な放蕩に耽ったことだろう。ハーレムにはカルト的な人気モデルはすべてそろっている。セリカやスカイラインからクラウンやセドリックまで。パジェロやダットサンから「クルーザー八〇」や四角いサファリまで。私にもう少し商売っ気があれば、多くの者がしているように私は二か月に一度車を乗り換えていただろう。車両登録すらせずに後部ガラスに太字で連絡先の電話番号を書いて走るのだ。ところが私は売るということができない。私は買うことしかできず、しかもその際に払い過ぎてしまう。なぜなら気に入った車を見つけて目の奥に火がともったとき、その火を消すことができないからだ。

まだ彼女たちは元気でやっているだろうか？　良い主人の手に渡るよう願いながら、私が売却した自動車たちは。

六

彼女たちは海からやってくる。皆この地で死ぬことを知っており、問題はすぐの死ぬのか、あるいは十年かそれ以上後に死ぬのかの違いだけだ。ここは煉《れん》獄である。彼女たちの命は引き伸ばされるが、重苦しいものとなる。

朝の出勤の道を行く。あたりは明るくなってきている。左側の特別車線を第一副知事のランドクルーザーが駆け抜けていく。私はこの車線を走れる車のナンバーをすべて諳《そら》んじている。ラジオが伝える。「では市内の交通情報をお伝えします。スポルチーヴナヤ広場からルゴヴァヤ広場まで渋滞（交通情報はいつもこのフレーズから始まることは誰でも知っており、わざわざ言う必要のない情報である）。ルゴヴァヤ広場からバリャエフ通りまでと第二レチカ地区から市中心部まで（ちょうど私がいるところだ）も詰まっています。ネクラーソフスキイ陸橋から第一レチカ地区までも渋滞。パルチザンスキイ大通りでは交通事故がおり……あり、交通に乱れが出ています」

ということは何分か余計に渋滞の時間が延びる。それほど急いでいなければ特に問題はない。渋滞の居心地は悪くない。温かいし静かだし音楽を聴ける。職場に着いてからの作業の順番を考える。渋滞は美しい時さえもある。右側には赤いルビーのような火が連なり、左側には白と黄色の光の列が伸びている。赤い火は消えたばかりの焚き火の炭のようだ。ドライバーがブレーキを踏むと息を吹きかけられたように燃える。都市労働者たちが踊らされているディスコが光で奏でる、舟曳き人足の毎日の労働歌だ。

右手には海がまどろんでいる。右手前方には建物の森に覆われた丘が連なっている。海軍兵舎地区のそばでアライアンス社のガソリンスタンドの価格掲示板に目をやり、値上がりしていないか確認する。注目するのは上の価格、オクタン価九二のガソリンである。よし、まだがんばっている。「安定的」だ。視線をハンドルの左下にあるカーエアコンの画面に移し、いつもの通り市内の気温は駐車場より一度高いことを確認する。寒い季節ならば気温に差が出るのはおかしくない。幅の広いネクラーソフスキイ陸橋を通り過ぎ、分かれ道を折れる。上った太陽のフラッシュがバックミラーを駆け抜ける。

暗闇では赤・白・黄、日中は多色に輝く渋滞の鞭が、市中心部に向かって伸びている。それは高圧送電線や蛇の尻尾にも似た無限の縄であり、一九四一年に西へと進んだ軍隊の隊列のようだ。丘の連なりに沿って様々な色に輝いている。産卵のため浅瀬へ向かって這い進むマスのように、日に焼けていない白い腹を石で擦りむきながら、アルミニウムの鱗に覆われた背中を水面から覗かせながら這って行く。町は喘息《ぜんそく》や痙攣、血栓に苦しみながら、朝には幾千もの生きた金属の軟体動物の群れを吸い込み、夜にはそれを吐き出す。それが私の町、私のウラジオストク、私の小さな世界の中心だ。ピーク時には町の心拍数は上がり、血圧が高まって血管が膨れ上がり、岸辺からはみ出しそうになる。しかしはみ出す余地はない。赤血球は向こうへ、白血球はこちらへと流れている。石の上に立って水面を覗き込んだときに見える小魚たちのように動き回り、踊り回り、身を寄せ合っている。蜂のように群がって飛び、羽音を立て、無軌道な隕石となって流れていく。夜の渋滞で完全に動かなくなったときには、場所によっては、枝分かれして遠くへと伸びていく本物のような「渋滞《コルク》の木」を見ることができる。この木は市の外《はず》れに群生している背の高いキハダのことであり、地元では「アムールのビロード」と呼ばれている。コルク質の外樹皮を剥ぎ取ると、信じがたいほどに鮮やかな黄色の内樹皮が現れる。

もし自動車が急に無色透明になったとしたら、渋滞の車列の代わりに座った姿勢で前方を見据え真面目な顔をして低く浮かんでいる幾千もの人々の図が見えてくるだろう。渋滞の中で彼らは瞑想しているが、これはかつて彼らが行列に並んで瞑想していた光景を思い出させる。私は急いでいる時には――といっても最近は馬力のある車に乗り換えたのでほとんど常に急いでいる――渋滞は止まったまま空回りしているような気分になり我慢できない。きれいに止まるよりも汚く進む方がはるかにましである。渋滞の行列から抜けて自由になるとき、何という多幸感に満たされることか！　まるでビンから飛び出すコルクのように渋滞《コルク》から飛び出す。火薬の爆発圧力でライフルから飛び出す銃弾である。狭いシャフトから、息苦しくて厚い大気圏から飛び出すロケット、待合室で待ちくたびれた精子である。

　私は渋滞にはまると、神経質にならないよう自分をコントロールするトレーニングを行う。全体の大きな不自由の中における部分的な自由（その気になれば車線を変更できる）の幻想のおかげということもあるが、渋滞の中で過ごす時間は無駄なものではないと私は自分に言い聞かせる。音楽を聴いたり休んだり電話をしたりできる。オフィスとは違い、望ましくない人に話を聞かれることもない。うっかりピーク時に公共交通機関に乗ろうものなら（自動車が修理中だったり、雪で駐車場から出せなかったり、飲酒していたりといった場合もないわけではない）、時間は無駄になるといってよい。トロリーバスが電線を離れることができないのと同様に、通常のバスも既定の路線から外れることはできない。ナメクジのようにノロノロと右側車線を這い、停留所があるたびに乗客を乗せ数分止まる。バスで通勤する人間は毎日始業前にかなりの量のストレスを溜め込んでいる。ありがたいことに私はそれほど頻繁にバスに乗るわけではないし、今後も世話にならないよう願いたいところである。バスに乗ると私は自分の価値が下がり気分が害されたように感じる。といっても、決して「民衆から遊離した」というわけではない。雑種の私が遊離することなどない。単にすべてがあまりにもゆっくりと不快に起こることに耐えられないだけだ。すべてが迅速に快適に起こるよう努めるのは当然のことである。時間を節約しポジティブな感情を強めることができる。まだ間に合ううちに必要な時間と感情を得る以外に人間が他に得られるものなどあるだろうか？

お偉いさんは自分でハンドルを握ることがない。彼らは小偉いさんたちとは違い、助手席に座ることすらない。彼らは上等なスーツに見合った威厳のために肉と脂を蓄え、後部座席に座るよう定められている。そんなお偉いさんにならずにすむのは何と幸せなことか！　夏の晩、車はいなくなってもまだ暗くなっていない道を、気楽にガソリンを燃やしながら走るのは何と楽しいことか。ブレーキペダルは使わず、アクセルだけで走る。横に流されないようギリギリでハンドルをさばき、右折から左折へとすばやくウインカーを切り替える。通称「寝転んだ警官」、すなわち何百台もの自動車の腹に擦《こす》られた減速用のアスファルトの瘤《こぶ》をしなやかな足取りで注意深く越えて進む。上り坂を駆け上がり、その後で急降下すると、飛行機に乗ったように耳の中が圧迫される。ハバロフスク－ウラジオストク線を、敵軍の高射砲さながらの警官のレーダーから逃れつつ、アクセルペダルに右足をつけたまま、市民権喪失者のような限界を超えた速度で飛ばす。新鮮な良質のオイルに満たされたエンジンの上機嫌な音。この世にこれを聞くに勝る喜びはない。

私はすべての器官を使ってそのトーンと音階の変化を感じ、日々新たな即興演奏として奏でられるこのポストモダニズム的音楽作品を堪能する（例えば「ヴィルトゥオーゾドライバーのペトロフ演奏による朝のウグロヴォエーウラジオストク線のホンダ・プレリュードのエンジン音」といった具合のCDを発売してもいいだろう。夜明け前のチベットの静寂のCDがあるくらいなのだから）。溜息のような自動変速機の位置の切り替わりに耳を傾け、右足の裏でアクセルペダルの筋肉の弾力の変化を感じる。男根のようにまっすぐと上を指すスピードメーターの針を見る。急坂で停止し、アクセルペダルひとつでこの一トン半の車を危ういバランスで保つのは何と素晴らしいことか。少し踏み込めば発車し、少し放せば後ろに落ちていく。前輪駆動車らしく十分な速度でのコーナリングを終えた後、道路の車線は何と力強く真っ直ぐに伸び直っていくことか！

きれいなエンジンの外貌は？　ペダルを叩かれた車がギアを落とし、嘶《いなな》きと共にエンジンに回転を与える時のキックダウンの攻撃的な音は？　でこぼこ道で揉まれてふやけた姿勢からの力強い立ち直りや「洗濯板道」での耳が聞こえなくなるような機関銃掃射の振動は？　ライト、バンパー、エンブレム付き装飾フロントグリルがつくる自動車の顔の表情は？　手入れの行き届いた大型ディーゼル車がアクセルをふかすときの腹いっぱい満ち足りた音や、排気ガスのパラフィンの繊細な花束は？　ガソリンエンジンのさらさらと囁く心を落ち着かせる音は？　熱くなったボンネットの金属の上に浮かぶ陽炎《かげろう》は？　ギアを切り替えた時にわずかに増すブレーキペダルの抵抗。オイルレベルゲージ、この明るい色のしなやかな線状金属は、鞘に収まっている先端が血で黒ずんだ剣のようだ。オイルを食べて青みがかった灰色になった排気ガス、もうそっとしてあげた方がよいほどにくたびれたメッサーシュミット機のような老兵のディーゼルが得体の知れない「俺たちの燃料」を食わされて上げる黒い雲……。エンジンが切られた瞬間に命の火花が一時的に消えた自動車（自動車はいつでもそれが一時的なものだと願っている）に走るかすかな痙攣。遠くで鳴る自動小銃の短い銃声のようなエンジンの起動音。生き返った計器たちの針の嬉しそうな小躍り。

病人の苦しげな咳のような、寒い朝に凍えたクランクシャフトの重たげな回転。まだ磨り減っていない分厚いタイヤの溝に挟まった小石が鳴らす音のリズム。凍った上り坂で空転するタイヤが上げる金切り声。タイミングベルトの不快な口笛音、使い切られた、あるいは単にできの悪いブレーキシューの金切り声。つけると車がひとつの車輪に寄りかかったかのようになる黄色いバナナのようなスペアタイヤ。インパネに突如点灯する血のように赤い警告ランプ。路上に散らばったオレンジ・白・赤の尖った細かい破片からなるプラスチックのライトの残骸。しばらく経っても嫌な感触が消えない、路肩や窪みの縁にマフラーを接触したときの擦れる音。デリケートな腹部が石に当たって軋みをあげた時には、まるで私自身の裸の身体が引っ搔かれ、皮を剝がれてアスファルトに血の筋をつけているように感じる。一番気持ちが悪いのは柔らかい金属とプラスチックが揉み潰される時のはじける音だ。私はこれを何度か聞いたことがある。

私の聴覚は鋭敏になった。嗅覚や触覚も同様である。視力もよくなったが、これは運転するようになって近眼の矯正が必要になったからというだけではない。とはいえ私は運転中には小さな眼鏡をかけるようになり、やがて車の外でも外さないことに慣れた。私には車が温まるのに従いエンジンの音が変わるのが分かる。事故に遭って修理された車のボンネットとフェンダーの間の隙間の幅の違いが見える。ガソリンスタンドでノズルを給油口に突っ込んで待つ間、ガソリンの匂いを堪能する。近くに国産車がいるかどうかは匂いでわかる。なぜなら、まともな車ならば排気ガスは無色で、匂いはしないからだ。

私は自動車を投資や儲けの対象として見たことは一度もない。食事や衣服と同様の純粋な支出である。常に買った値段よりも安く売ったが、自動車の状態は売るときの方がよくなっていた。メンテナンスに手間と愛情を惜しまず、期間もきちんと守っていたからだ。もしかするとそのせいかもしれない、私が知人たちのように副業としての闇売買稼業に手を出さなかったのは。私は自分や他人の車をあまりに愛しすぎていた。商売人が自分の商品を見るように冷静に距離をおいて見ることができないのだ。

未舗装で起伏のある開けた場所に金属やプラスチックやゴムやガラスからなる様々な色の生き物たちがまどろんでいる。ある者は言葉なく佇んでいる。またある者は事故の悪夢を追い払うように警笛の叫び声を上げたり、凍えたサスペンションを軋ませたり、オレンジ色の陽気な火のウインクを交し合ったりしている。すでに惑星は光と温もりに向けて頬を差し出しており、そこへようやく、それまで太平洋を沸騰させようと無駄な試みを続けていた太陽が地図上では赤色で塗られることが多いロシアまでやってくる。生き物たちは徐々に目を覚まし、色々な声で息を吐き出したり咳払いをしたり夜の間に凍りついた内臓を暖めたりする。身体をほぐし、元気を出し、少しずつ散開し始める。一匹狼で行く者や小川になってより大きな川に合流する者がいる。大きな川はブレーキランプの赤やライトの白や黄色で光っている。誰もが市の中心部へ、巨大な見えない磁石に吸い寄せられるように引かれていく。夜になると磁石はNとSを反転させ、自動車たちを反対に吐き出す。足を伸ばしたり縮めたりして遊ぶ蛸《たこ》のようなものである。

私は朝、駐車場を歩きながら、これらの自動車を目と耳で味わう。どこかで小さな排気量のガソリンエンジンが起動した。こちらでは今、ひとつくしゃみをして、ジープのディーゼルエンジンが鳴り始めた。私は通り過ぎざまに、彼女たちの眠たげで温かい、生きた身体に手を触れていく。

屍《しかばね》となった彼女たちを平静な気持ちで見ることはできない。かといって石油の血で血塗《まみ》れになり、すっかり捻じ曲がってしまった彼女たちの金属の身体から目を逸《そ》らすこともできない。ロシア製の自動車は生き延びることばかりを考えすぎだ。日本娘たちはサムライのごとく死ぬ。彼女たちは毎日死と向き合い、いかなる瞬間にも最後の一度きりの旗——エアバッグ旗——を掲げ、自らは生きながらえない覚悟を決めている。中にいる柔らかくて傷つきやすい、不完全で不定形な、頭のおかしな軟体動物の肉さえ無事ならば、自分はどうなってもよい。生涯の最後の数秒、彼女のピストンとバルブがどのように動いたか目に浮かぶようだ。他の自動車や柱とぶつかってこの自殺的な飛行が中断されるまでの間、狂ったような速度で車輪を回していたのだ。金属は引き裂かれ潰されながら、断末魔の悲鳴を上げていた。彼女は最後の一瞬で自らを殺すために身を蛇腹状に畳み、破壊の衝撃を最大限吸収し、車室カプセルの内部にいる人間を守ろうとする。

交通事故とは、組織化にたいするエントロピーの勝利である。無関心なアスファルトの上に投げ出された捻じ曲がった鉄板や靭《じん》帯、流れ出したオイルや血。私は交通事故の惨状を伝える追悼のニュースが好きである。本物の命を見せてくれるからだ。命の一面だけ、しかも裏返った部分ばかりを見せるものだとしても、それは本物の命であり、国営チャンネルが放映するラッカーを塗ってうわべを取りつくったニュースとはまったく違う。交通事故のニュースは、極限状態とその彼方における自動車と人間を見せてくれる。

自動車は私に自由と責任の感覚を与えた。飲酒から遠ざけ、鬱《うつ》を治す。私のサイズを大きくし、私を走るケンタウロスに変身させ、許されることとの境界を押し広げた。

彼女は、私を現実と折り合わせることのできる、ほぼ唯一の存在である。

第5章　もっとうまくやるつもりだったけど

社会の様々なプロセスのすべてを完全に合理的に説明することは不可能である

法学博士セルゲイ・クニャーゼフ
ウラジオストク（二〇〇七年）

一

「何をやらかしているのかな？」交通警察が息を弾ませながら尋ねてくる。彼は道路の反対側の繁みから飛び出してきたが、それほど若くはなく太ってもいたので息が切れたのだ。私は実際にやらかしていた。市内からシャーモラ地区の浜辺へと伸びるゴルノスタイ街道をスピードオーバーで車線も踏み越えながら気ままに走っていた。私は自分のしくじりを否定するつもりはなかったが、交通警察の詰め所に行って時間を取られたり、さらには免許を取り消されたりするのは嫌だった。

私は慎ましく森の中に隠された交通警察のもてなし好きな車に乗ると、婉曲的な短いやり取りをした後、グローブボックスに五百ルーブリ札を置いた（直接手渡しして余計な言葉のやり取りをするのを避けるためである)。そして書類を返してもらって外に出た。「もう違反はしないでくださいよ!」といい加減な汚職警官は恥知らずの贈賄者に餞別の言葉を送った。

私は恥も後悔の念も感じなかった。捕まったのが腹立たしいだけだった。

二

一九九三年はロシアでは議会が砲撃された年として記憶された。また、チェルノムィルジン首相は金釘流だがはっきりした金言を振りまいて記憶された。しかし右ハンドル年代記においては、一九九三年も首相も別の意味で記憶された。一九九三年の初めにチェルノムィルジンはその後の誰もがなしえなかったことをやってのけた。右ハンドルを禁止したのである。当然のごとく「道路交通の安全確保に関する施策について」と名づけられた政府決定文書において、一九九三年七月から右ハンドル車の車両登録が、一九九五年からはその使用が禁止されることが明記された。

極東の自動車ビジネスは拡大の一途をたどっていた。沿海地方の保有車両のうち日本車の割合はまだ(あるいはすでに)二一パーセントで、そろそろ中古車市場が開設されようという時代だ。エリツィン大統領やチェルノムィルジン首相、ハズブラトフ上院議長に宛てて沿海地方にすぐさま出現した組織委員会から電報が送られた。「政府の無思慮な決定は憲法が保障する市民の権利を侵害し、情勢の不安定化と労働大衆の更なる貧困化を引き起こす」と最初の電報は訴え、それ以降こうした類の文書は幾度となく作成されることになった。言い伝えによれば、この最初の電文が送られたときに、「もし右ハンドルを禁止すれば、極東共和国が生まれます」という冗談半分の有名な脅しが生まれたという。

現在では驚くべきことに思われるが、エリツィンは嘆願を受け入れ、この「反民主的な政府決定」を廃止した。極東における右ハンドル車の割合がほぼ全部となった十年後になると、大統領が大衆の不満にこのようにリベラルな反応を示すことはありえなくなった。

これは最初の試し撃ちだった。本当の戦いが始まったのは後のことだ。後になって政府は「ライオンは跳躍した」〔大規模な組織犯罪を告発したペレストロイカ期の有名な新聞記事の見出し〕こと、ジンはすでにビンからこぼれている〔社会の混乱を表した言葉でペレストロイカ期に蓄財した富豪タラソフの自伝小説の一節〕こと、〔銃口を相手の〕「額にあてて」禁止するわけには行かなくなったことを理解した。そのため、チェーホフの奴隷根性を治療する話のように、政府は右ハンドルの膿《うみ》を一滴ずつ搾り出していくことに決めた。しかしライオンはあちこち飛び跳ねるのだった。中古の日本娘たちはロシアを満たし、瞬く間に新たな支持者を増やしていった。右ハンドルのペストは東方からモスクワに向かってしつこく進んでいった。その猛攻に抗うのは刻一刻と難しくなっていった。右ハンドルを止めるのは至難の業《わざ》に思われた。しかし世紀の変わり目頃には無秩序な国家主権の侵略はネジの締め直しに取って代わられた。

まもなく精神科医らは極東で、「右ハンドル禁止恐怖症」という新たな疾病の出現を記録することになる。ロシアの下院や上院の馬鹿者たちの定期的な発言のおかげで、この恐怖症のウイルスは毎年いくつもの形態に変異しつつ、極東の民衆の間に広まり、彼らをより過激な行動へと駆り立てた。その噂のおかげで儲かった者がいたとすれば、それは自動車商人たちだった。禁止が予告されるたびに、その直前に彼らの売上は跳ね上がった。「始まってしまう前に」と皆が競って長持ちするようないい車を買い急いだ。

その後、噂は次第に現実になり始めた。やりたい放題の時代は二〇〇二年に終わった。クレバノフ産業科学技術相の積極的な関与の下、中古車の輸入関税が大幅に引き上げられ、まともに輸入できるのは車齢七年以下の車に限られるようになったのだ。同年の夏の終わりにクレバノフはAPEC関連会議に出席するためにウラジオストクにやってきた。彼は市内の客船ターミナル駅の遊歩甲板で記者たちの質問に答えることになっていた。当時の彼は沿海地方でナンバーワンの憎まれ役となっており、自動車関連の界隈ではチュバイスよりも頻繁に放送禁止用語で罵られていた。

八月末の穏やかなウラジオストクだった。まともな市民ならば誰もが海辺や海の中で日に当たっている頃である。レコーダーとメモ帳を手に我々はてかてかと顔を光らせ大臣を待っていた。その周りを沿海地方知事補佐官が汗だくになって走り回り、関税に関する質問はしないようお願いしていた。

当然ながら、我々は質問した。

「あなた方は知的な人たちであると期待しています」とクレバノフは話し始めた。彼の上唇は白っぽい色の口髭の下でアグレッシブに歪み、鼻は獰猛に鋭さを増した。彼は自分が敵陣の只中にいることを忘れたかのようにあけすけに言ってのけた。「私は自分がこのアイデアの主なロビイストの一人だと断言できます。車齢七年を越える自動車の輸入関税がなぜ大きく上がったのか詳細に説明することができます。それだけではなく、現在作成中の文書では右ハンドルのことについても触れる予定です……。一定期間は右ハンドルに法的根拠を与えておかねばならないでしょう。この一定期間というのは、ロシアが、国が、政府が、何か他のものを効果的に提示できるようになるまでの間のことです」

三

もちろんこれはまだビジネスの終わりを意味していたわけではなかった。クレバノフの「一定期間」は長い間はっきりと決められないままだった。車齢五年超や七年超の自動車の中から極めて興味深いものを見つけることはできたが、価格は相当に高くなった。七年の規制をくぐり抜けるために編み出されたのが我らの見事なノウハウであるところの組立車《コンストルクトル》だった。

組立車《コンストルクトル》の発明者が誰なのかは分からないが、潜在的な仏教徒か、あるいはヒンドゥー教徒だったのだろう。彼は組立車《コンストルクトル》を通じて新たな身体における輪廻の思想を表現した。自動車の場合は、輪廻は信じる信じないの問題ですらない。一目瞭然だからだ。

ドキュメンタリー番組「不誠実な探偵」では組立車《コンストルクトル》は日本で「友好」という商品名のチェーンソーによってバラバラに切断され、ロシアのガレージで溶接され、小さな窪みで揺すられただけでばらけてしまうような自動車のことだと報じられているが、これは信じないでいただきたい〔正しい番組名は「誠実な探偵」で組立車ビジネスをセンセーショナルに告発する特集を何度か放映した〕。すべてはもっと単純で散文的だ。クレバノフの策により車齢的に通関が難しくなった自動車から日本で丁寧にエンジンを取り出し、車輪とサスペンションもボディから外す。これらすべてを梱包し、パーツとしてロシアに搬入する。すると七年の壁は機能せず、通関費用は安く上がる。このスキームで搬入される自動車においては車齢はもはや意味を成さなくなる。一台あたり数千ドルを節約することができるため、「組立車ビジネス」が花開くことになった。本質的には、これは民衆による自然発生的な自動車生産である。お上の支援もセレモニーのテープカットもなしに、下からの運動により実現した「ノックダウン生産」である。そのために「優遇税制」が適用されていたということもできる。

組立車の搬入に際しての唯一の障害は、部品組立を伴う自動車（「その他の自己組立車」と呼ばれた）の車両登録を管轄する国家道路交通安全局だった。組立車がロシアの道路を合法的に走れるようになるためには同じモデルあるいは類縁のモデルの自動車に以前に発行された書類を用意しなければならなかった。実際はとうの昔からゴミ捨て場で腐っていてもかまわないが法律上はきちんと登記された古い自動車が必要だった。部品として輸入され、その後組み立てられた自動車にこの古い自動車のナンバープレートをつけると国家道路交通安全局では登録部品（ボディとエンジン）を交換した車両として何の憂いもなく車両登録することができた。こうして組立車は臨終を迎えた自動車のパスポートとナンバープレートを得てロシアでの人生を歩み始める。もちろん、登録部品が本当に交換されていたわけではなく、単に価格的に輸入できないはずの自動車を極めて有利な条件で輸入できるようになったということだった。納得のいかない役人たちはこのスキームはグレーだとしたが、法律の条文にはなんら違反していなかった。部品の輸入も登録部品の交換も許可されていたのだ。

組立車のスキームが発達すると、どうしようもないほどに古い自動車の持ち主たちは自分の車を安く買い替えることができるようになった。ＰＴＳ、つまり輸送機器パスポートの一大市場が形成された。これらのパスポートは千ドル単位の金額で取引され、新聞の掲示欄にそうした広告がいくつも現れるようになった。「鉄付きのＰＴＳを持ち主から買います」（つまり、当該車両の法的所有者から書類を買うという意味だ。「鉄」というのは自動車自体か、あるいは少なくともボディから外されたナンバープレートを指す。その車両が本当に死んでいること、どこかをまだ走っていたりしないことを保証するためのものだ。）「どんなＰＴＳでも高く」、「ジープのＰＴＳ買います」、「組立車のＮＡＭＩ〔検査証明書〕、ＳＫＴＳ〔適合証明書〕登録」……。商魂たくましいビジネスマンたちは蘇生させるよりも楽にしてやったほうがいいような老いぼれた鉄の馬を探しに遠くの農村まで出かけて行った。古い自動車は持ち主の元に残されたままか、あるいは解体屋に引き取られ、書類は新たな自動車の登録に使用された。今でもソヴィエト時代の旧式のナンバープレートを付けた車——しかし車両自体はそうしたナンバーの発行が終了した後に生産されたものである——が市中を走っているのを見かけるが、それは組立車だ。書類上は一九八二年製であっても、実際は十五歳は若い。ナンバーは昔のままだ。

当初、組立車は保守的な感情から警戒されていたが、これはかつてオートマ車が警戒されたのと同じだ。やがて慣れた。まずは極東、次にシベリアである。国は、組立車は合法だが、関税額を引き下げる許されざる方法だと気づき、どうすべきか長い間考えた。まずは部品の交換条件を厳しくした。何しろ古参の関係者の話ではこの構成主義《コンストルクチヴィズム》時代の初期には、トヨタＲＡＶ４を輸入してＲＡＦ〔リガ自動車工場〕のマイクロバスの書類で登録することすら可能だったというのだ。だから国家道路交通安全局はまず「部品交換」が適切な車種のもので行われるかをチェックするようになった。トヨタ・コロナとトヨタ・ビスタはまったく別のものだというわけだ。

もうすぐ右ハンドル車が禁止されるという噂はひっきりなしに出ていた。しかし二〇〇八年初めに予想外にリベラルな内容の交換可能部品リストが内務省の最奥から出てきた。私がリストを作成したとしても恐らくもっと厳しくなっただろうというほどのものだった。例えばトヨタ・カローラの項では、この車種の無数の枝モデルだけでなくカリーナやコロナやカルディナの全種類、さらにはイプサムやナディアのようなミニバンまでもが交換可能とされていた。ホンダ・ビガーのリストには、アコード、アスコット、インスパイア、ラファーガ、セイバー、トルネオ、オデッセイ、アヴァンシア等、十五にも及ぶ他のホンダの車種が挙がっていた。三菱車ではギャラン、ディアマンテ、レグナム、ミラージュ、リベロの間に区別が設けられていなかった。何より驚きだったのは、スポーツクーペのトヨタ・セリカの書類で町乗りジープのＲＡＶ４を登録可能だったことだ。「嫌な予感がする」と中古車市場の識者たちは言った。

音楽はまもなく鳴り止むことになった。二〇〇八年十月にはプーチン首相がボディの輸入関税を五千ユーロに引き上げる政府決定に署名した。これにより組立車の死が確定した。この禁止が導入される頃には極東税関を通じて輸入される自動車のすでに二〇から二五パーセントは組立車になっていた。

四

地元の新聞社で働いていた私が、右ハンドルの息の根を止めようというモスクワの試みと、それに対する「チェンバレンへの我々の回答」について報じて一体どれほどの原稿料を稼いだか。それは思い出さない方がよかろう。そんなことをすれば読者は私が今でも同じことをしていると思いかねない。それだけたくさんのことが起こったのだ。

クレバノフによる威力偵察の後、状況はやや落ち着いた。沿海地方の人々は新しい方法で自動車を通関することに慣れた。しかし国が自らへの非礼を放置しておくことはなかった。二〇〇四年、我々は再び標的になった。国家道路交通安全局長のキリヤノフが、「専門家」は「老朽化した自動車の使用制限の基準」を策定し、「右ハンドル操縦車の使用のパラメータ」を規定しなければならないと発表したのだ。国による探りは二〇〇五年にも続けられ、産業エネルギー省のソローキンが同省はすでに「ロシア領内における右ハンドル車の使用のロシアで施行されている技術要件への適合の観点からの効率性」の調査を開始したと述べた（この効率性に関しては沿海地方の人々はこの時点ですでに十五年にも及んでいた自らの経験で十分証明していた）。ロシア自動車生産者協会のレヴィチェフ議長はインドや中国、トルクメニスタンのように右ハンドル車の使用を禁止し、「極東には自動車工場を建設する必要がある」と述べた。

記念すべき日、あるいは最近の言い方をすれば「カルト的な日」となったのは二〇〇五年五月十九日である。この日、政府は国内自動車産業発展の三か年計画とそれに付随するあらゆることの検討を決定したのだ。「右ハンドルの禁止は不可能である。なぜならその代償は極東の喪失だからだ」と自動車乗りの守護者として知られる下院議員ポフメルキンは指摘した。首都の政治闘争から遠く離れたウラジオストクで、自動車は長い間待ち望まれていた市民社会誕生のための触媒になった。「正しい（右）ハンドルは左とは言わない」、「妻はロシア人でなければならない、自動車は日本人でなければならない」といったスローガンを掲げた自動車が沿海地方の道路をデモ走行していた間に（当時はまだ止められたり圧力をかけられたりはしなかった）、ソヴィエト時代から自動車製造の中心地だった沿ヴォルガ地域の自動車工場では正反対の気炎を上げる集会が行われていた。彼らの精神は、次のようなスローガンで表されていた。「日本娘を買って、ロシアを売った」、「左ハンドルのほうが心臓《こころ》に近い」、「今日右ハンドルを買ったら、明日は祖国を売るのだろう、富農野郎！」。

そしてこの五月十九日に自動車愛好者活動団体「選択の自由」が生まれた。抗議の波により、政府の二〇〇五－八年の国内自動車産業発展計画から車齢五年以上の自動車に輸入禁止レベルの関税を課す項目が削除された。だが政府はまだ計画を諦めなかった。

それを証明したのが「シチェルビンスキイ事件」である。シチェルビンスキイは右ハンドル車のドライバーで、アルタイ地方知事ミハイル・エヴドキモフの交通事故死事件に関する生贄《いけにえ》として利用されることになった。「シチェルビンスキイ事件」（これはすべての法律の教科書に載せるべき事例である）の展開については詳しく述べるが、まずは少し先回りをしよう。二〇〇五年九月二七日、事故から二か月が経過し、当事者であるオレーグ・シチェルビンスキイへの判決はまだ出されていなかったが、プーチン大統領は恒例の国民とのテレビ直接対話番組で、サハリンのダンサーであるマクシム・ボロフスキイの質問に答えて注目すべき発言を行った。「まず当面はこの点に関していかなる廃止の予定もありません」と極東住民たちを安心させつつ大統領は次のように述べた。「ただしそれでも安全性の問題は存在していると私は思いますが、あなたも同意してくれるでしょう。アルタイで知事が事故死した恐ろしい悲劇についてはあなたも知っているでしょう。ちなみに、この事故には右ハンドル車が関与していました。運転手は何が起こったのか気づく間もなかった。実際にはほとんど何も見ることさえなかったのです。右ハンドルでした。このような例は残念なことに非常に多い。しかし、繰り返しますが、この点ではいかなる廃止も当面は予定されていません。少なくとも私はそのような予定を何も知りません」

特に最後の一言が特徴的である。善い皇帝は悪い廷臣のたくらみを知らずにいることができる。大統領がこのような発言をした後で判決を出せねばならなくなった裁判官には、ご愁傷様というしかない。ちなみにこの大統領が大学で専攻したのは法律である。

ミハイル・エヴドキモフは、「風呂上りの赤ら顔で行ってみると」というフレーズで有名なモノローグ作品が人気の国民的な喜劇俳優であり、「お笑いは置いておいて」というスローガンを掲げて知事に当選した愛嬌のある髭面のおじさんである。その彼が自動車で死亡した二〇〇五年八月七日のアルタイ地方の自動車道路では一体何が起こったのだろうか？

知事の公用車であるメルセデスは、ビイスク－バルナウル自動車道路を相当なスピード（後の鑑定によれば時速二〇〇キロ）で走っていた。その日はアルタイ生まれの有名人で「宇宙飛行士ナンバー2」のゲルマン・チトフの生誕七十周年で、知事はこの重要な国家的行事を祝うため、チトフの故郷ポルコヴニコヴォ村へと急いでいた。そしてこの黒い流星の道を遮ることになったのがビイスクの転轍士オレーグ・シチェルビンスキイだった。彼は家族と一緒に自分のトヨタ・スプリンターマリノに乗ってウトクリ湖の湖畔で鉄道員記念日を祝うために知事と同じ方向へ向かって走っていた。後方から黒い去勢馬《メルセデス》が近づいてきたとき、シチェルビンスキイはプレシコヴォ村方面へと伸びる道へ下りるため左折しようとしていた。そして必要なウインカーを点滅させ速度を落とし、対向車線を注意深く確認し、右足をブレーキペダルからアクセルペダルに踏み変えて曲がり始めた。その瞬間に公用車の回転灯を点けることすらなく突っ込んできたメルセデスに彼は気づくことすらなかったか、あるいは気づいたときには手遅れだった。

左端の車線から左折しようとしていたシチェルビンスキイの車が邪魔になっているのを見たとき、知事の運転手は慌ててそれを左側から、つまり対向車線に出て追い越そうとした。これは交通規則にも常識にも反する振る舞いである。経験豊富な運転手でさえも極限のスピードにより判断を誤ったということなのかもしれないが、今回の誤りは致命的なものとなった。メルセデスの右舷はマリノの左側前輪を引っ掛け、その後、制御を失って側溝に飛び込んだ。名高いドイツの安全性でさえも知事を救えなかった。エヴドキモフ、運転手ズエフ、警護官ウスチノフの三人は歪んだ黒い缶詰の中で死んだ。知事夫人のガリーナは助かった。シチェルビンスキイは無傷だったが、彼の自動車はボディを修理しなければならなくなった。写真にはメルセデスがマリノのフェンダーを潰し、フロントライトの一部を割り、車輪を変形させた様子が写っている。

シチェルビンスキイは取調べに対し、左折を開始するよりもかなり前にウインカーを点け、開始直前には対向車線だけでなくバックミラーも見たと証言した。その際バックミラーには何も写っていなかったが、エヴドキモフの自動車の速度や地形から判断するとそれはおかしなことではない。追い越される自動車のハンドルの位置に何の意味があるのか、大統領は説明しなかった。おそらくそのことには疑問すら抱かず、大統領顧問が渡したメモ書きに従ったのだろう。しかし「事故には右ハンドル車が関与していた」ことが問題なのではなかった。その言い分でいけば、同じく黒いメルセデスを愛好している沿海地方の知事も右ハンドル車だらけの地元で毎日交通事故に遭わねばおかしい。エヴドキモフの運転手が道路交通法に乱暴に違反したことがいけなかったのだ。それが自己判断だったのか、あるいは上司の命令や同意の下で行われたことなのかは別の話だ。

プーチンの発言から二日後、内務省国家道路交通安全局のキリヤノフ局長は党政策の変化の兆しに迅速な反応を示すかのように「右ハンドル車はロシアの道路を走行するのに適していない。右ハンドル車が関与した交通事故の件数は増え続けている」と述べ、内務省が「ロシア領内への右ハンドル車の輸入禁止を立法機関に提案する」と約束した。

しかしながらキリヤノフは後ほど多少とも武官としての名誉を回復することに成功したようだ。二〇〇六年九月、彼はハバロフスクにやってきて、このほぼ右ハンドルに覆われ尽くした極東連邦管区における交通事故件数の統計数値を手に入れた（なぜモスクワで知ろうとしなかったのかは謎だ）。すると、極東の状況は左ハンドルの西部地域に比べて特段ひどくはなく、一部ではむしろ西部地域よりもよいことが判明した。極東において右ハンドル車は交通事故の件数にはいかなる影響も及ぼしていないとキリヤノフは正直に認めた。交通事故の主な原因は、とばしすぎ、飲酒、対向車線走行などの規則違反だと言明し、「ハバロフスクは道路の安全性において、ロシアで最も優秀な地域のひとつである」と述べた。私は彼の勇気に敬意を表するが、右ハンドルに関する政策の決定権を持つのは彼ではない。だからシチェルビンスキイ事件の話に戻るとしよう。

マスコミは当初、声をそろえて次のように報じた。「ミハイル・エヴドキモフが死亡した交通事故の原因は彼の運転手がひどい交通違反を犯したことだ。アルタイ地方ゾナリヌィ地区の国家道路交通安全局ではそのようにみなしている。ビイスク－バルナウル道路の問題の区間はカーブが多く、対向車線はきちんと分離されている。それにもかかわらず極めて大きなスピードを出して走っていた知事のメルセデスはトヨタ車を追い越そうとし、対向車線から自動車がやってくるのに気づき、接線を描くようにしてトヨタ車と衝突、側溝にそれて木に突っ込んだ」。シチェルビンスキイ事件が検察の手からゾナリヌィ地区裁判所に移ると、捜査当局は悪いのはシチェルビンスキイだと結論付けた。プーチンの言葉が作用したことは間違いない。

法廷審議の行方に沿海地方は注目していた。誰もが被告席に座っているのはシチェルビンスキイだけではなく、右ハンドルも一緒であることを理解していた。すぐにこの転轍士を守るための運動が始まった。極東とシベリアの自動車乗り（残りの地域も彼らに続いた）は、人気サイトauto.vl.ruを通じて弁護士を雇うための募金を始めた。このサイトはやがてdrom.ruに名前を変え、「プロパガンディストにしてアジテーターにしてオーガナイザー」〔レーニンの言葉〕となり集合的な電子の叡智圏、自動車乗りたちの自己認識のメカニズム、広範なコミュニケーションの舞台となった。「フォーラム民」となったのは普通の人間で、むしろ凡庸な人間でさえあった。私は彼らの果てしないバーチャルな論争の行方を魔法にかけられたように追いながら、情報が新たな質的段階に移行していく様を目の当たりにして、新たな可能性を持つコミュニケーション形式の誕生に身を慄かせていた。

二〇〇六年二月初めに懲役四年の刑に処されたシチェルビンスキイは同年三月に無罪となり、釈放された。翌年二月、有罪判決を下した裁判官シチェグロフスカヤが解職されたことが判明した。とはいえ、それは社会問題となったシチェルビンスキイ事件とは無関係の理由であると説明された。

これは勝利だった。しかし後腐《あとくさ》れがなかったわけではない。すでに二〇〇五年十月には右ハンドルの敵対者たちや擁護者たちが伝える新たな知らせは、前線からの戦況報告の様相を呈し始めた。極東税関は外国製中古車の税関申告価格（これにより極東税関が徴収する関税額が決まる）を見直すための「ミニカタログ」の作成を発表した。これはグレフ経済発展相によって極東税関長に任命された余所《よそ》者エルネスト・バフシェツヤンが打ち出した「グレー通関」との戦いの最初の施策のひとつだった。バフシェツヤンは、「輸入される日本車の約八〇パーセントは値上がりするだろう。なぜなら実際にはそれだけの値段だからだ」と認めた。

自動車ビジネス界隈は大騒ぎになった。業者たちは税関が作成する価格表は日本の自動車オークションの実勢価格を反映しないものになると考えた。ディーラーたちは受注を停止し、税関は日本車の通関業務をほとんど行わなくなった。発注者たちはショックを受けた。すでに購入したはずの自動車が税関規則の変更によりロシアに泳ぎ着くまでの間に大幅に値上がりしたからである。輸入業者たちは裁判所に大量の訴えを出すと言明した。沿海地方の人々はライトを点けてクラクションを鳴らしながら極東税関の建物を取り囲んだ（一九〇七年にウラジオストクで最初の交通事故が起きた、あの第一海通りにある建物だ）。沿海地方議会の一部の議員たちは抗議のために洒落たオレンジのネクタイを締めてピケを応援し、数台のパトカーさえもがこれに加わった。与党「統一ロシア」の沿海地方支部長で同地方副知事のユーリイ・ポポフは、連邦税関庁は「いかなる右ハンドルの弾圧も行わないと言った大統領に対し、要するに梯子を外そうとしているわけだ」と宣言した。税関当局は記者会見の開催に同意したが、会見は二一世紀初めのウクライナ議会のように大荒れに荒れた。

最終的には調停委員会が結成されることになった。通関価格カタログの作成には販売業者たち自身が参加した。その結果、驚くほどバランスの取れた文書ができあがった。極東税関の少将の階級を持つバフシェツヤンはまもなくウラジオストクの独房に収監され（越権行為、その他密輸を含む様々な容疑により刑事告訴された）、キャリアを終えることになった。

こうして攻撃は弾き返されたのだった。右ハンドルに手を出そうとする者はろくな死に方をしないという沿海地方の古い迷信の正しさがまたもや証明されたわけである。詩人で俳優のヴィソーツキイによる一九七〇年の歌の一節、「俺は正しくない右を、正しい左に替えたりはしない」

の原則を、沿海地方は守り続けた。

五

病的に疑り深い極東の人々はもはや政府が自動車に関して何か言ってくるたびに右ハンドルの領域が侵されようとしていると考えるようになった。政府は二〇〇五年末に連邦特別プログラム「二〇〇六－二〇一二年の交通安全の向上」を承認したが、このプログラムの土台を作成したのは戦略開発センター、つまり「グレフのブレーンチーム」だった。私はまもなく用事でモスクワへ行き、このセンターのオレーグ・フォミチョフ発展部長に右ハンドルの未来について質問する機会を得た。フォミチョフの答えは次のようなものだった。「そのような問いを立てることすらしなかった。国家道路交通安全局が議題にしようとしたが、右ハンドル車の方が危険性が高いことを示す統計データなど存在しないことを自ら認めていた。だからこそ内務省交通安全保障局はわざわざ二〇〇六年から七年にかけてこの件に関する調査を実施することにしたのだ。そういうことだから、沿海地方は二〇〇八年までは心配しなくてもよい」

後になってフォミチョフの言葉は正しかったことが実証された。とはいえ彼は当時、「私の個人的な考えを言わせてもらうなら、ひとつの国の中で左ハンドル車も右ハンドル車も走れるなんて、世界中を見てもそんな国はない」と付け加えたため、私は彼の見識を疑わざるを得なかった。

日本でも左ハンドルを禁止する者は誰もいない。フォミチョフの例は特殊なケースといえるのかもしれないが、これは右ハンドルをしつこく潰そうとする人々の水準を分かりやすく物語っている。

右ハンドルの砦に次なる襲撃が企てられたのは二〇〇六年のことだった。まずは情報による砲撃が始まった。「そろそろ中古車の輸入を厳しく制限して、安くて競争力のある国産自動車に乗るべきではないですか？」と国産自動車メーカー・カマズの従業員ウラジーミル・カラプツェフが恒例のテレビ直接対話番組でプーチン大統領に質問した。大統領はアンビバレントな回答を口にしたが、これはいつものごとく煙に巻こうというものだった。彼はまず「我が国には、自動車、特に中古車の輸入を制限する措置を導入しようとすると、反対する人々が大勢います。完全に禁止するのは正しくないと思います」と指摘して相手を落ち着かせ、しかし次の瞬間には、「今後は関税を引き上げていくことが決定済みです」と付け加えたのだった。

この二〇〇六年の十月に、最も華々しい右ハンドルの敵の一人として、白樺の国カレリア共和国代表の上院議員で元道路交通安全局局長のウラジーミル・フョードロフが登場した。彼はロシア全土に向かって、自分も作成に参加している交通規則に関する法案は「ロシアの道路での右ハンドル車の走行許可の問題について厳しく規定することになるだろう」と恐れ気もなく言い放った。「右ハンドルを禁止する」ではなく「問題について厳しく規定する」。この役人言葉の意図的な分かりにくさには賞賛を禁じえない。言いたいことは明瞭だし、逃げ道もしっかりある。「ロシアは日本のごみ溜めであってはならないと私は思う。右ハンドル車は左側走行の道路だけを走る自動車であるはずだ」とフョードロフは説明した。極東の人々にとってこのような言い草は、雄牛に赤い布を見せることに等しい。

右ハンドルは政治カテゴリーに属しており、従って自己PRに適したテーマであるということを誰もが理解していた。二〇〇六年初めには下院の「祖国党」のリーダーであるロゴージンがカムチャツカの右ハンドル派を安心させる発言を行った。沿海地方では地元の立法議会議員ニコライ・モロゾフが同名の「統一ロシア」党員で下院副議長、かつタタルスタンの自動車産業の代表者であるオレーグ・モロゾフに対し猛烈な批判を浴びせた。ニコライ・モロゾフの広報が出したプレスリリースには、「モロゾフ対モロゾフ」というストレートなタイトルが付けられていた。沿海地方で立法議会の議員選挙が行われた二〇〇六年秋には右ハンドルの擁護は選挙戦を勝ち抜くための格好のツールとなった。政治の右派と左派が目まぐるしく入れ替わることに疲れた沿海地方の人々にとって唯一無条件の価値といえば、それは右ハンドルのことだった。地元の政治家は選挙演説の際にダイナミックな経済発展や効果的な社会保障といったお決まりのメニューに加えて、必ずといっていいほど、モスクワとの困難な闘いにおいて我らの自動車の利害をガソリンの最後の一滴まで守り抜くことを誓った。ハンドル権闘争のために設立された社会団体のリーダーたちは様々な権力機関の役職に立候補して首尾よく収まっていったが、そのことによって自動車は沿海地方の政治を動かす要因になっていったのだった。

それどころかこの沿海地方立法議会選挙の前夜には全国レベルの政治家たちまで右ハンドル問

題に関わり始めた。「ロシアの愛国者党」のリーダーであるセミーギンがウラジオストクにやって来て、沿海地方住民のために中古日本娘たちの輸入関税そのものを撤廃すべく全力を尽くすと請け合った。「自由民主党」の党首ジリノフスキイは、自分でウラジオストクで自動車を通関してハバロフスクまで乗って帰ると約束した。モスクワでの予算案作成に忙殺されてこのドライブは中止されたが、そのバトンを引き継いだ「民衆の意思党」の党首バブーリンはどうにかウラジオストク税関の迷宮を攻略しおおせた。「ヤブロコ党」沿海地方支部のサイトには、党首ヤブリンスキイの「我らは右ハンドルの味方だ！」という宣言が掲げられていた。右派の人々に左への支持を呼びかけても仕方ないので当然である。

予想外の振る舞いを見せたのは共産党のしぶとい党首ジュガーノフだった。彼はウラジオストクにやってくると不意に右ハンドルは禁止すべきだと宣言した。恐らくこれは彼が九時間も飛行機に乗っていたせいで口を滑らせただけであり、この件でも左翼思想を守り通したかったからではないだろう。政治家にとって沿海地方でこのような発言をすることは向かい風に唾を吐くよりも愚かな行いである。

これが理性的な人間の政治行動の特徴だ。さらにここでひとつ、一見すると驚くべき進化を遂げたようにみえるミハイル「二パーセント」カシヤノフ〔国家予算の配分で二パーセントの賄賂を取っていたという噂に起因するあだ名〕の言動について寄り道しておく必要がある。二〇〇二年、ロシアの首相だった彼は外国車の輸入関税引き上げを主張した。当時の報道を引用してみよう。

「カシヤノフは次のように指摘した。『現在いくつかの計画があるが、投資環境に関する報告を読んだ今となっては、新車及び中古車の輸入に禁止レベルの関税障壁を設ける件に言及しておく必要がある』」「首相によれば、交通事故の大半は車齢十‐十二年の古い外国車が起こしている。『中古外国車の輸入関税を引き上げて、鉄くずが道路に溢れないようにしなければならない』と首相は述べた。関税の引き上げはカシヤノフが一か月前に政府決定により承認した、自動車産業発展構想に組み込まれている」。

だが二〇〇八年物のカシヤノフ、すでに首相ではなく妥協を知らない反体制政治家、「もうひとつのロシア党」の共同議長である彼は次のように述べた。「元首相で、市民団体『人民民主主義同盟』のリーダーであるミハイル・カシヤノフは、外国車の輸入関税の引き上げは不合理であるとした。彼はラジオ『モスクワのこだま』のインタビューで、関税に反対する市民の要求は合法的なものであり、これを全面的に支持すると述べた。関税は不要なものであると見なしているという」。

カシヤノフの進化から明白なのは現代の政治家とは何らかの役柄を演じる役者であるということだ。時代や場所や役柄そのものが変わると、それに応じて台詞《せりふ》も変わる。彼個人の信条や好みを語ることはほとんど無意味である。役者個人の考えは観衆には関係ない。彼のすべきことは与えられた役柄をしっかりと演じきることなのだ。

右ハンドルの命運は同じ二〇〇六年の十二月には最終的に決するとの噂が広まった。これにより沿海地方やその他の地域では抗議運動の頻度が急速に高まった。「この抗議はまだ警告的なものだ。我々の声が聞き届けられないというのなら極東すべてに火をつけてやろう！」と自動車ディーラーで活動家のドミートリイ・ペニャージは広場の集会で約束して煽り立てた。

ひょっとするとこれはエリツィン時代の民主主義の最後の遺物だったのかもしれないが、こうしたことも当時はまだ許されていた。右ハンドル擁護に立ち上がった者は野党「公正ロシア」や「チェレプコフ派」（元ウラジオストク市長で伝説的な海軍指揮官、超能力者、発明家のヴィクトル・チェレプコフを支持する一派）だけでなく、与党「統一ロシア」の者たちもいた。「党沿海地方支部は幾千ものウラジオストク市民たちと合流することで右ハンドル車の使用を求める彼らとの団結を表明した」と当時の「統一ロシア」沿海地方支部のプレスリリースは伝えた。右ハンドルの擁護には連邦上院議会の主席であり、いくらか野党的な位置を占める政権第二党「公正ロシア」のリーダーであるセルゲイ・ミローノフまでもが立ち上がった。「人々を安心させなければならない。右ハンドル車は、価格と品質のバランスが最適な商品である」。

十二月、政府は結局、正しくない右ハンドルに関していかなる決定も採択しなかった。ところが年末の最後の最後でカザフスタンのナザルバエフ大統領に一杯食わされた。カザフスタン政府が右ハンドル車の輸入を禁止したのだ。これはカザフスタン向け右ハンドル車のトランジット基地でもあった沿海地方に直接の悪影響を及ぼすことになった。第一に、地元ディーラーたちの受注が減った。カザフスタンは大口の顧客だったのだ。第二に、沿海地方の港には行き場をなくした自動車が何百台も滞留することになった。カザフスタン人たちが発注をキャンセルしたが、それを沿海地方で売りさばくのは大抵は無理だったからだ。というのも、カザフスタンは税関規則が違うので、同国向けの自動車として通関されずに取引されていたのはロシアでは売れない車齢のものだったのだ。カザフスタンには持ち込めなくなったが、かといってロシアで通関すると損が出る。第三には、右ハンドル規制を恐れる地元の預言者たちが、カザフスタンの前例はロシア政府がしかけた予行演習であるというもっともらしい説を唱えだした。もしもカザフスタンでの禁止が政治の不安定化を呼び起こさないのならば、ロシアでも同様のことを容易に実行に移せるというわけだ。カザフスタン政府に密かに禁止を提案したのはロシア政府であるという可能性さえもあった。というのも、当時、プーチン大統領がカジノビジネスを合法的に行える場所を四つに絞る法案を下院に提出したところ、ナザルバエフ大統領も同様の法案を作成してカジノを二ヶ所に絞るよう指示を出したが、その実施時期はロシアより先になるよう設定されていたのだ。

各方面が声をそろえて右ハンドルの危機を叫んだ結果、極東の税関では前代未聞の貨物渋滞が発生し、国の関税収入が激増した。ディーラーと税関職員たちはスタハノフ式の超人的労働態勢に移行した。その結果、次のようなパラドキシカルな説も生まれた。すなわち、上院議員フョードロフを首領とする右ハンドルの批判者たちは（沿海地方住民たちはこれまでにも、大臣のフリステンコやグレフ、税関庁のジェリホフ、下院議員のプリーギンやモロゾフその他大勢を、反右ハンドル派のリストに加えてきた）、実は深い陰謀を張り巡らせた右ハンドルのロビイストなのだという説だ。

六

　同じく騒乱の二〇〇六年秋にキャンペーン「正しい大統領に正しい自動車を！」が始まった。前記のウェブサイトdrom.ruに集まっていた自動車乗りたちがプーチン大統領のために金を出して本物の「日本娘」、快適で丈夫で現代的な、自動変速機を備えた庶民向けモデルの自動車を購入しようと決めたのである。資金は少し前に例のシチェルビンスキイを助けるために開設されたバルナウルの口座に集められた。

　目標金額は約二五万ルーブリ、国産の新車価格と同程度に設定された。運動が熱気に包まれていた当初、募金は驚くほど好調に集まった。勝訴した後に不幸なトヨタ・スプリンターマリノから トヨタ・カローラ（当然ながら右ハンドル）に乗り換えたオレーグ・シチェルビンスキイも自ら五〇〇ルーブリを納めた。

　どのような自動車を買うか、どうやってウラジオストクからモスクワまで運ぶか、プーチンが空気を読まずプレゼントを断ったらどうするか――こうした問題をめぐって議論が始まった。明確な答えが決まったのは三番目の疑問についてのみだった。この政治的含意のあるプレゼントが断られた場合には、自動車またはその売却代金は慈善事業に寄付することに決められた。

二〇〇七年春には購入は時期尚早であることが明らかになった。まずタイミングを逸してしまった。熱気は冷めたようにみえた。中央は当面、直接的な禁止措置導入の試みを放棄し、間接的な手段、つまり西側への有蓋の車運車による輸送の禁止および無蓋の車運車の運賃引き上げといった手段を講じるようになった。さらに、募金は四月中旬になってもまだ十万六千ルーブリしか集まっていなかった。入金のペースは落ちてしまった。この金額、つまり四千から四千五百ドルでウラジオストクで国内走行歴のない自動車を探すとなれば、見つかるのは慎ましい自動車、あまりにも慎ましい日産サニー程度しかなかった。そのため、当面はのんびりと募金を続けつつ、右ハンドルに新たな危機が迫った時に「投入する」ことに決められた。その時がまもなくやってくることに疑問を差し挟む者はいなかった。選挙年である二〇〇八年が近づくと、キャンペーンの公式サイトをプーチンカー putincar.ru からメドヴェージェフカー medvedevcar.ru に、あるいはイワノフカー ivanovcar.ru に移そうという意見も出たが、結論は出なかった。

大統領も、次の大統領も、結局ウラジオストクから自動車を贈られることはなかった。二〇〇七年十月、集められた十一万ルーブリの資金はヴァーチャルコミュニティの決定により、チェリャビンスクの八歳の女の子ポリーナ・サーノチキナの高額な脊髄手術のために寄付された。

しかし、右ハンドルの戦いは続いていた。政府はあの手この手で忌々しい障害を作り出していたが、決定的な措置はまだ講じていなかった。私はモスクワの中心部、保安庁本部があるルビャンカからすぐ近くのミャスニツカヤ通りでも抗議のプラカードと黄色いリボンをつけた沿海地方ナンバーの「身内」の車を目にした。極東からモスクワへと怒りの手紙が舞い込んでいた。それに対する回答が出されることさえもあった。右ハンドル陣営は、ささやかながら勝利を収めることもあった。例えば二〇〇七年十一月、サハリン州検察局は州道路交通安全局による地元自動車教習所での右ハンドル車使用禁止の措置を違法であるとして撤廃した。

しかし、何よりも我々を喜ばせたのはフラトコフ首相だった。二〇〇七年、日本訪問の帰りにウラジオストクに立ち寄った彼は地元メディアの恒例の右ハンドルに関する質問に答えて、思いがけず次のように述べた。「私は個人的にはこの件に関して特に心配はしていない。この質問に関しては、これまで何度も言った通りだ。いかなる革命も行う必要はないと思う。便利で安全だというのなら乗ればいい」フラトコフは訪問してきたばかりの日本では誰も左ハンドルのメルセデスを禁止していないと語った。「だが日本の道路では何と規則正しく走っていることか！　清潔で、運転手は誰も酔っ払っていない。これこそ見習わなければならない」と首相は結論づけたのだった。

お飾り首相に過ぎない彼に権限がないことは分かっていた。しかしそれでも、彼の言葉は軟膏のように傷を癒したのだった。

第6章　切れっぱし、あるいは統計誤差内のこと

ウラジオストクは我らの町だ。だが遠い。
無名の作者（二十世紀末）

一

そろそろやっかいな問題に取りかかるとしよう。右ハンドルは本当に右側走行の道路では危険なのか？　そしてなぜ極東の人々はこれほど熱狂的に右ハンドルのためにがんばるのか？

中古日本娘たちは価格と品質の総合バランスでは低価格車では最も優れていると無条件に認める人々でさえも、右ハンドルの危険性に関する公式プロパガンダは相当に誇張されたものだとみなしつつも、それでもやはり右ハンドル車は危険度が高いと考えていることが少なくない。右側走行の国なのだから、やはり左ハンドル車に乗るのが筋であろうというわけだ。私はいわゆる社会通念に常日頃から疑惑の目を向けてきた人間として、また右ハンドル運動の古株の理論家及び実践家として、そのような考えは神話以上の何物でもないと言い切れる。右ハンドルを偽りの不便さと危険性で批判するのは、それを握ったことがない者だけだ。ハンドルがどちらについているかよりもドライバーにきちんと働く頭がついていることの方がはるかに重要である。

私の論拠は長い時間をかけて至る所で経験的に証明されてきたという重みを持っている。極東では右ハンドル車が「正しい」車であり、「(助手席の) 引き出しからハンドルがおっ立ってる」車とはわけが違うと誇らしげに語られるのも故なきことではない。ハンドルの位置は操作性や危険性にはまったく影響しない。それどころか現代の都市環境においては右側通行道路における右ハンドル車こそがむしろ便利なことさえもあるのだ。

ドライバーは自分に近い側をセンチメートル単位でコントロールできる。したがって正しい(右の) 車ならば縁石に正確に容易に寄せることができる。ドライバーは車道側に降りて車にはねられたり泥を引っかけられたりする恐れもなく、安心して歩道側に降りることができる。交通パトロール官も危険な側に回ることなく安全な路肩側から運転手とやり取りできる。もし歩道を美しい女性や知り合いが歩いていたとしても、正しい車に乗っていれば何の造作もなく会話できる。両替やタバコの購入も窓から手を出すだけで事足りる。正しい車ならば狭い空間ですれ違うのも楽だ。それぞれのドライバーがぎりぎりまで路肩に寄せればよいのだ。

最も怖い衝突は正面衝突である。ドライバーは最後の瞬間にも避けようとするため、正面衝突ではしばしば衝撃は自動車前部の左側に寄りがちになる。右側に座っていれば衝突箇所から離れているので助かる可能性も高くなる。左側の助手席に座っている人にとってはありがたくない話だが、運転席と違って助手席にはいつも人がいるわけではない。

こうした論拠は道路交通安全局がウェブサイトで公表している事故統計でも裏付けられる。ロシア全体の中で極東は比較的優秀なのだ。右ハンドルが本当に危険だというのなら、極東は事故件数や被害の度合いにおいて最悪の地域となっているはずである。二〇〇八年、道路交通安全局沿海地方支部の情報分析課長を務めていたアレクサンドル・シャクーロ大佐はインタビューで次のように語った。「数年前、首都の役人が特にうるさく右ハンドルにちょっかいをかけていた頃、右ハンドル率が九〇パーセントに達しているウラジオストクでは自動車はどれほど危険か、我々は調査を行ったことがありました。この調査にはかなりの時間がかかりましたが、結果としてウラジオストクは国内で最も自動車事故の被害が軽微な都市であることが判明しました」。同様に、組立車《コンストルクトル》が危険であるという説も裏付けを得られなかった。

右ハンドル車は価格が手頃でオプションが充実しており日本製なので品質もよい、だから極東の人々はハンドルが右側でも「妥協」していると考えるならば、それは誤りである。妥協などはとんでもない。反対に地元の正統派にとってはハンドルが右にあることは中古日本娘たちの価値を一層高める追加的な長所でさえある。ハンドルを右から左に付け替える者もいて、一部のお利口さんがこの処置を義務化しようと提案しているが、浮世離れしていると言わざるをえない。第一に、付け替え作業の費用が高すぎる。右ハンドル車は品質だけではなく価格においても魅力的であるべきなのだ。第二に、すべての車で付け替えができるわけではない。左ハンドル版がない車もあるのだ。第三に、付け替えで安全性が低下する可能性がある。足回りからダッシュボードまで、重要な基幹部分に手を入れなければならないからだ。

左ハンドルから右ハンドルへと切り替える場合、乗り方を学ぶのには数時間から数日を要する。まずは左手でギアを切り替えることになれ、次に道のちょうど真ん中にあいたマンホールの穴をよけられるようになり、最後にはウインカーやワイパーのレバー位置を間違えなくなること。

議論の客観性のために私は右ハンドルがあるひとつのケース、すなわち対向車線側に出て追い越しをする場合には、若干不便であることを認めよう。だがその不便さはひどく誇張して理解されている。ドライバーたちは幾世代も経験的にごく簡単に解決しおおせている。追い越す車に寄せすぎるな、ということである。これは左ハンドル車に乗る場合でも同様だ。トラック相手には無理をするな、顔を覗かせるときには慎重に。対向車線に誰もいなければ、よし踏み込め。少し強く踏めば自動変速機は切り替わり、エンジンが吼《ほ》え、そして追い越しは無事完了だ。右ハンドル車には多少のコツは必要だが、それが実質的なリスクを高めていると考えるのは正しくない。それよりも比較にならないほど危険なのは例外なくすべてのドライバーが犯していること、すなわちスピード違反である。安全性に影響しているのはタイヤの状態や道路の明るさ、ドライバーの反応なのである。右ハンドル車用の特別な装置として対向車線をよく見えるようにするための追い越し用カメラを推奨する者もいる。しかし、右ハンドル車勢力の温床である極東ではカメラは定着しなかったのだから事態は明白である。また、極東では大部分の自動車が右ハンドルだからといって、極東の道路を左側走行にしようという提案が出ることもなかった。それを時おり口にしたのはモスクワの役人たちだった。右ハンドルを禁止できないのならば道路の方を逆にした方がよいのではないか、それが論理的だし安全だろうというわけである。ところが極東では他よりも先に皆が右ハンドルを試し、何も恐れることはないと理解していた。恐れは無知により生み出されるのだ。

同じく論理の客観性のために右ハンドル車にはもうひとつ、追い越しよりも重大な欠点があることを認めておこう。前照灯の向きである。日本車の視線は日本の道路の路肩である左側に流れているが、これはロシアでは対向車線側になる。対向車の目を眩ませないための調整を施さねばならない。簡単な作業だが、中にはこれを面倒がる者もいる。とはいえ、こうした細かいことは交通安全にとって本質的な意味を持つほどのものではない。

かつてソヴィエト時代、特に優れた商品には小さな五角形の「良質認証」が付けられていた。そのような品質保証マークが右ハンドルなのである。右ハンドルであるということは自分が乗っているのは日本で日本人のために作られた自動車であるということを証明している。こうした車は中古の状態でさえ、ロシアの新車よりも現代的で安全で環境に優しい。さらに、すでに述べたように、カルト的人気を誇る一部のモデルには左ハンドル版がない。日本では国内市場向けに最高のオプションをつけたバージョンを販売することが多いことについては、わざわざ説明するまでもないだろう。

「右ハンドルの最大の長所は左寄り《にせもの》ではないということだ」という極東生まれの格言がある。この格言はすでにだいぶ前から我々の血肉となっている。スラングでは国産の自動車は半分軽蔑を込めてたらい《タズ》〔トリヤッチ自動車工場の頭文字と同じ〕、その消費者はたらい乗りと呼ばれている。沿海地方の自動車乗りはたらいに乗り換えることはないだろうが、それはスペックだけではなくメンタリティの問題でもあるのだ。このことに加え、パーツの供給体制やサービスセンター網のカバーエリアを考えれば、極東住民には他に選択肢がないということを理解していただけるだろう。我々は日本から右ハンドル車を買うことを運命づけられているのだ。選択肢が出てくるのはもっと西の方、ウラル山脈の向こう側辺りからである。

二

もし自由経済主義者の悪童ガイダールたちが夢想したユートピア、つまり市場を動かす神の見えざる手のメカニズムが実現した場所があったとすれば、それは消失した雇用が自動車ビジネスに置き換わったウラジオストクにおいてだった。やがて国は自由市場は必要ないことを理解した。それが必要だったのは国有資産の再分配が急速に進められた一時期のことだけだった。その後、振り子は反対側に振れた。最もうまみのある切れっぱしにありついた者たちは手に入れた資産を可能な限り堅固にして守ることを望んだ。国の政治経済の様相は変容し始め、形式においては擬似ソヴィエト的で内容においては反ソヴィエト的な、奇妙な構造物になっていった。

モスクワが多数の国家官僚たちの口を通してロシアにおける二ハンドル制の存在、正確には右ハンドルの使用に定期的に反対しようとするのはなぜか。この疑問に答えるのは簡単ではない。まず、形式的な動機となったのは交通安全の向上である。ドライバーたちは狭い道路で前の車を追い抜こうとして対向車線に飛び出すことばかりにかまけており、右ハンドル車の場合には対向車にぶつからずにこれをやることが不可能だというわけだ。当初はこのような妄言に納得する者もいたが、やがて統計データの蓄積が進むと、右ハンドルの極東では交通事故件数とその被害の大きさがロシア平均と変わらないどころか、むしろ若干優良であることが明らかになった。

すると次に自国の自動車産業をその殺人的な競合相手である日本車から守るのが国の使命であるという話になった。ひょっとすると、ある時期にはこれはその通りだったのかもしれない。

その後、ヴォルガやラーダといった自動車を作ってきたロシアの自前の自動車産業は、中古日本車との競争などなくても立ち上がりそうにないことが分かった。すると、「中国ロビイング論」が現れた。中国陰謀論の支持者たちはすべての右ハンドル禁止措置は拡大していた中国製造業の利益にかなうものだと説いた。

新世紀の初めになると、ロシアでノックダウン生産（将来的には現地調達率を引き上げていく）を行う米国や欧州や日本の外国ブランドメーカーが次々と工場を開設し始めた。「民族的に純潔なロシア自動車産業を再生させる希望を捨てグローバリゼーションに国境を開放したロシア政府にとっては外国メーカーの誘致は意識的な選択だった。「国産自動車に競争力があれば応援したいが……。乗用車に関しては有望な雛形はないようだ」と正直に新機軸を説明したのは二〇〇七年にハバロフスクを訪問した第一副首相セルゲイ・イワノフである。同年、外国ブランド車（ロシア製も含む）の新車販売台数が初めて国産ブランド車を上回ったことが判明した。特によい結果を出したのは、「ロシア生まれの外国人」であるフォード・フォーカスとルノー・ロガンで、韓国とウズベキスタンの混血児である大宇ネクシアや純血の日本人である三菱ランサーを追い抜いた。

それ以降は、「ロシアの自動車産業」という場合にはロシア国内で組み立てられるハーフたち、ルノー車やフォード車を指し、後にはトヨタ車も含まれることになった。戦線は移動し、右ハンドル車はこれらの車やそのディーラー店のオーナーたちと競合することになった。

もはや自動車をロシア製と外国製に明瞭に分けることは困難になった（そもそもヴォルガ自動車工場製の「コペイカ」でさえ、忘れられがちだが出自はイタリアだ）。これは経済のグローバル化による全世界的な傾向であり、「国産自動車産業」という表現は至る所で意味を失い始めた。メーカーは瞬く間に株式を交換して互いのオーナーになり、国際コンツェルンをつくり、中国やその他の国にしかるべき生産拠点を設けた。自動車はいよいよ「軍隊育ちの子供」らしくなり、民族的帰属が不明確なコスモポリタンになっていった。従来は米国の企業とされていたメーカーが欧州のブランドを所有し物理的な工場はアジアにあるという事態が当たり前になった。一九九七年から九八年のアジア通貨危機の後、米国のゼネラルモーターズは韓国の大宇を買収し、その工場で欧州市場向けにシボレー車を生産することになった。フォードはマツダと結婚し、ルノーと日産、三菱とダイムラー・クライスラー、ゼネラルモーターズとスズキ等がそれぞれ結ばれた。グローバル自動車産業の時代がやってきた。

しかし、依然として「国内メーカーの支援」は右ハンドルと戦う際によく引き合いに出される論拠となっており、その戦いはもはや宗教的な内戦の様相を呈し始めていた。冷静にみれば、この戦いの呼びかけはやや狂ったものだと分かる。ロシア国内で外国メーカーが生産している場合、我々は彼を「純血」のロシアメーカーと同程度に支援しなければならないのか、あるいは同程度以下か。なぜ私は四万ドルという普通の人には手の出ない価格のカムリをペテルブルクで生産しているトヨタを支援しなければならないのか。なぜ私は中古であるということを除けば同じカムリを中古車市場で一万ドルで買う権利を持ってはならないのか。

もちろん私には分かる――雇用、税収、GDP云々だ。しかし倫理的に、あるいは経済効果の点から見て、なぜ輸入はスクリュードライバー生産（ノックダウン生産）より劣るというのか。中古車市場で中古日本車を買う場合には、私はその価格の約半分を国庫に支払うことになる。言い換えれば、国は国産車に劣らない額を輸入車から受け取っている。そして雇用も税収もGRPも極東ではすべて日本娘たちが保障しており、エンドユーザーは良質で安価な自動車を手に入れているのである。八〇年代から九〇年代に権力を手にした者たちは、きちんと機能していた企業を解体し、雇用を消滅させることに精を出した。それらがどうにか中古車市場で再生された今、彼らは今度はこの選択肢も焼き払おうとしている。代わりとなるものを提示することもなく。

だがこうした経済関係の話はうんざりする。そもそも私にとって経済は二次的でつまらないものに思える。人間や人類の活動にとって経済が決定的な役割を果たしていると考えるのはマルクス主義やその他現代の西側市場主義の一部が説く惰性的な見方である。市場主義は信仰のひとつである。すべてがカネで測られるわけではない。この現代宗教のドグマを信じないでほしい。愛や権力、虚栄心や性欲等、他にもたくさんの情熱がある。悪名高いプーチンの優遇特典換金策でさえも文化に関わる施策だった。老人たちは非金銭的な形で表された敬意に浴する権利を持つ——彼らはこのようなソヴィエト的メンタリティの残滓が根絶やしにされることに対して抗議したのだ。

安全性でも神話上の国内自動車産業の保護でもなく、二一世紀初めの時代における異端思想との戦いこそがクレムリンの右ハンドル撲滅構想の隠された主な動機だった。この動機は誰もが認識していたわけではないかもしれない。右ハンドルはその異端性により体制にうまく収まることができなかった。二本の指で十字を切った古儀式派のような異端者たちが現代に甦ったかたちになった。そして古儀式派と同じように宗教的熱狂による弾圧を受けることになった。いつの時代にも凡庸さこそが規範となる人々がいて、彼らは天才や発明家や改革者たちを迫害した。上院議員フョードロフは聖バルテルミの夜にユグノーを虐殺したカトリック教徒のように誠実な信徒として右ハンドルに襲いかかった。右ハンドルは贖《しょく》罪の山羊となった。国内自動車産業のすべての罪を背負う生贄として選ばれ、殺害後にはロシア自動車産業の神が我々に慈悲を垂れることになっていた。

我が国は帝政時代から今に至るまで垂直型権力の国であり、自由思想を許容しない。右ハンドルは首都と見捨てられた辺境である極東との文化的な分断線となった。モスクワに近い田舎の一円は決して追いつくことはできないにもかかわらずモスクワに向かざるをえなかったが、バルト海と日本海との致命的な距離の隔たりは帝国の首都と東部（正確には南東部）の砦を結ぶ糸を断ち切った。我々は独自の指針、独自の基準、独自の価値体系を持つことになった。それが最も鮮やかに現れたのが右ハンドルだった。右ハンドルはウラジオストクを哲学の範疇で理解するためには欠かせない神経の結節点となった。ソヴィエト連邦の崩壊も、文字通り犯罪的な国有資産の私有化も、チェチェンでの血みどろの戦争も、右ハンドルの禁止ほどに沿海地方の人々を揺り動かしはしなかった。極東住民にとっては右ハンドルこそが急所であり、太陽神経叢《そう》（神経中枢）であり、最後の一線であった。我々はあらゆることを耐え忍ぶ覚悟があったが、これだけは譲れなかった。

白髪頭を振りたてる憂い顔の人権活動家の先生方は一国の民主主義の状態を評価する指標の一覧に右ハンドル弾圧の項目も加えるべきだろう。自由の象徴としての右ハンドルの弾圧は彼らが言う民主主義に問題があるところで発生しているのだから。すなわちウズベキスタン、カザフスタン、トルクメニスタン、ベラルーシである。コンゴと北朝鮮もそうだ。北朝鮮は二〇〇七年に左翼病に感染し、偉大なる指導者・金正日が走行中に右ハンドル車に押しのけられたため、市民からすべての日本車を没収することを命じた。

私は自動車ビジネス、つまり「中古車市場《ゼリョンカ》の闇商人」を守り、その見返りに金銭を受け取っていると言う者もいるかもしれない。もし金をもらえるのならば、むしろありがたいくらいだ。だがそもそも、そのようなことはどうでもよい。私が守ろうとしているのは彼らではなく、私たちの自由なのだ。私はビジネスエリートについてではなく一般庶民についての話をしている。極東における日本車は金持ちが持つ特権とは無縁のものだ。裕福ではない大衆の消費者がまともな自動車を手にすることが出来るようになったこと。これこそが重要なのだ。良質な自動車はエリートの証しではなくなった。極東から右ハンドルを奪うことは明らかな経済的損失をもたらすだけでなく、そもそも倫理にもとることなのだ。子供からおもちゃを取り上げるのと同じである。

我々は日本から到着したばかりの車を「中古の鉄くず」や「車輪のついたゴミ」とは決して呼ばない。実は我々は品質にかなりうるさいのだ。我々は最近国内西部で増えてきている中国車が気に食わないだけなく、欧州車にもダメ出しする。地元に初めてルノー・ロガン〔二〇〇五年からモスクワで生産されている低価格車〕がやってきたとき、沿海地方の人々はこれに唾を吐いた――内装のプラスチックの安っぽさは何だ、それにサスペンションは腰掛けみたいにガタガタじゃないか！ 我々は実際に甘やかされすぎていた。しかしそれでも我々を「肥え太った極東民」と呼ぶのは正しくない。我々はしばしば新品のラーダを買うのにも足りないような金で自動車を買っているのだ。暗く沈んだ極東においては住民の大部分は新車を買えるほどの金を手にすることは決してない。沿海地方に自動車工場ができるという統一ロシアの役人たちの約束に騙される者など誰もいない。大いに疑わしいことだが、仮にそれが実現したとしても、今よりも自動車が手に入れやすくなることはない。我々が四つの車輪の上で多少とも人間的な生活を送れるようにしてくれたのは時間と場所と経済的状況の幸運な組み合わせだけだった。ロシアはそもそも貧しい国だ。そのロシアの中でも極東は特に貧しい。私の沿海地方、特にウラジオストクは極東北部と比べればまだましな方である。極東北部は神に忘れられた地方だ。港も道路もない。ほぼ何もない。

九〇年代には右ハンドルとの戦いは緩慢に進められた。チェルノムィルジンが行ったような正面攻撃は簡単に撃退された。新世紀になると、右ハンドル帝国は初めて手痛い損失を被《こうむ》るようになった。それには少なくとも二つの原因があった。第一はプーチン一派の登場とそれによる政治と経済の締めつけが始まったことである。第二はモスクワとペテルブルクを含むロシア全域に、誰の目にも明らかなほどに右ハンドル車が広まったことだ。以前には政府はどこかの田舎で何かが起きていても見て見ぬ振りをできたが、今や敵は門前まで来ていることが判明してしまった。右ハンドル車の勢力は数から質に変わろうとしていた。

私は一九九九年頃から定期的にモスクワを訪れるようになったが、これは現代の極東民にとっては例外的なことである（私の知り合いの多くは一度もモスクワに行ったことがない）。私はモスクワの他にもペテルブルク、ウラジーミル、ニジニ・ノヴゴロド等に行く機会があったが、これらの都市で「俺たちの」車が年々増えていっていることに気づいた。これは私だけの評価ではない。モスクワ州在住のネットユーザー「スレッド」は次のように述べている。「二年前には私は市内（人口は約十三万人だ）の右ハンドル乗り、または少なくとも彼らの自動車を、すべて名指しで言うことができた。私の直接の知り合いでなかったとしても、私の友人で古株の右ハンドル乗りならば知っていた。ところが今では右ハンドル車の数はあまりに多くなり、交差点で同時に何台も目にすることさえある。店の駐車場に行けば、常に二、三台はいる」。極東からの輸送費は馬鹿にならない額だったが、それでもモスクワは右ハンドルを試してみたのだ。正しい（右ハンドルの）ドライバーたちは、かつてのようにすれ違いざまにライトで挨拶することはしなくなった。二〇〇八年には調査会社アフトスタットがロシアの自動車保有台数に占める右ハンドル車の割合はすでに二〇パーセントを超えたと伝えた。絶対数に直すと約二三〇万台である。地域別トップはもちろん極東（八四パーセント）で、シベリア（七一パーセント）やウラル（二二パーセント）がこれに続く。右ハンドル拡大の規模はそれほど大きなものではなかったが、然るべき役人たちに不安を与えずにはおかなかった。中央権力は保有するすべての駒を動かし、対右ハンドルの計画的な軍事行動を開始した。

三

「我々は自分たちが住んでいる国を知らない」。ユーリイ・アンドロポフは眼鏡をかけた謎めいた人間で文官であり医師ではなかったが、自らが死ぬ前に決定的に正確な診断を我々に下した。いまだに信じがたく気が狂うほどに広大な我々の国は、ひびだらけになっており、ばらばらに砕け散る。小さな島々に解体され、大昔の大陸のように互いから離れていく。「主権国家たちのパレード」の見世物を止めても、この化粧で覆い隠された解体が緩慢に進むのを妨げることはできなかった。形式的には我々は単一の国であり続けている。我々は同じポップスを聴き、まったく驚くべきことに同じ言語で話をしている（方言による多少の違いは除く。何しろ中国では省が違うと言葉が通じなくなることもあるのだ）。しかし我々は互いのことについて恐ろしいほどに何も知らない。あらゆるロシアの田舎は未知の大地《テラ・インゴグニタ》であり、プルジェワーリスキイやアルセーニエフのような探検家を必要としている。

沿海地方の人々は愛国精神が足りないと責められることがある。外国ブランド車を買って他国の経済を助けているというのだ。こうした非難にはもちろん一理あるが、大抵の場合のように実態ははるかに複雑なものである。

私は自由貿易やその他のたわ言を支持しようとするリベラル派ではない。私はメイドインＵＳＳＲの人間である。あらゆるソヴィエト的なものを否定するペレストロイカの瘴《しょう》気の中で育ったが、後に完全に自覚的にソヴィエト人間に変身した。反ソヴィエト・ポストソヴィエト的な経験を経て、対極からの転身だった。帝国がなくなって久しくなってから、私は突然、自分の故郷はあそこにあり、真の祖国はソヴィエト連邦であると理解したのだった。

ソヴィエト連邦は殺された。しかもそのことに私は直接的にも間接的にも関与していない（私の年齢が議論の余地なき免罪符だ）。鉄のカーテン――あまり美的なものではなかったが、それでも免疫のない我々を外界の感染症から守ってくれていた――は取り去られ、ジンは酒瓶の外に出た。私は自分を取り巻く現実に同意しないことはできる。現実を変えようと努力することはできる。しかし誰も我々にソヴィエト連邦を返してはくれない。一直線に流れ去っていくただひとつの人生しか持たない人間にとっては適応できる現実とはそのようなものなのだ。偉大な国家とその生活保障システムを消滅させたことを悪とみるのならば、変化していく条件の中で右ハンドルが現れたことは大きな恵みだった。右ハンドルは今でも極東をロシアに繋ぎ止めておくために一役買っている、生活の質を向上させる数少ない要因のひとつであり、その意味で我々にとって国家公務員の代わりとなっている。言うまでもないことだが、ウラジオストクで販売される自動車の価格の半分は税金として連邦予算に納められ、その後、「補助金頼みの地方」を救うためのクレムリンの施しとして返ってくる。ちょうど同じ時期（二〇〇四年）に国内自動車産業を積極的に支援しているプーチン大統領はハバロフスクのそばにある島を中国に譲渡する。極東住民はこの領土割譲に反対した。ところが彼らが右ハンドル車に乗っているというだけで、忠誠心や愛国精神が足りない、さらには分離独立を欲しているなどと非難されるのである。中国に島を渡したプーチン大統領はこのような非難を受けることはない。一体何が愛国精神なのか教えてほしいものである。

私は我が国の製造業を支持する。ロシアが二十世紀にソヴィエトの姿で見せた飛翔には敬意を表する。確かに我々はトヨタを生み出しはしなかった（とはいえ自動変速機やさらにはハイブリッドエンジンでさえロシア人が発明したものらしいが）。我々はそれどころではなかった。国を養い、人々に住居を与え、軍隊に武器を持たせることにすべての力を費やしていた。我々は他の国ならば決して勝てなかっただろう戦争に勝った。それから十五年もする頃には世界で初めて人間を宇宙に送り出した。このことは誰も、アメリカのシェパード宇宙飛行士だろうと決して取り消せない。宇宙服の後光を背負った我らのガガーリン、スモレンスクからやってきた鉤鼻の青年こそが宇宙の破瓜《はか》を行ったのである。散々に罵られた我が国民が成し遂げた精神的・物質的達成に私は賞賛を惜しまない。それどころか、現在のレースチーム「カマズ・マスター」のチャーギンとカビーロフの戦績に異論を挟まないし、彼らの勝利に拍手を送る。私は我が国の製造業を誇りたい。我々は何でもできるし何でも以上のことさえもやりおおせると知っている。だが私はなぜ自分の美的感覚を侮辱する車に乗らなければならないのか理解できない。自分の周りには美しいものを集めるべきであるはずだ。高価でなくてもいい、だが美しいものだ。海やタイガ、あるいは木の幹や水晶、カラシニコフ銃のようなものだ。我が国の自動車産業が生み出したものを見ていると、これを設計したのは退屈そうな太ったおばさんたちであり、組み立てたのは同じように濁った目をした腹の出たおっさんたちであると思わずにはいられなくなる。『トヨタのタオ』という有名な本〔原著はJ・ライカー『トヨタウェイ』〕があるが、『ジグリのタオ』と言ったら罵倒にしかならないだろう。

歴史上の多くの偉大な民族が消えたように、ソヴィエト国民もいなくなった。いなくなってポストソヴィエト空間を生きる多数の住民たちに分裂したが、その空間はすぐさまひびだらけになり、悪意や貧困といった破壊的な物質で満たされた。ロシア人はまだ何とか大陸をつなぎとめており、帝国の地位さえも狙えるほどの領土を維持しているが、それでも磁力は喪失し、実質的には存在を停止した。ロシア人は人間を高める目的を失った不定形な多数へと変貌した。領土や言語や文化（それも段々と衰弱しつつあるが）、そして私が憎む政治権力、すなわち多頭の怪物たる官僚制度という腐った縄で束ねられた無益なエゴイスト消費者の群となった。もし我々がポストソヴィエト空間に散らばる破片を集め、新たなロシア帝国、第二のソヴィエト連邦、あるいは第四のローマをつくろうというのならば、話は別である。大きなもののために小さなものを犠牲にして、比喩的に言えば右ハンドルを禁止しなければならなくなる。だが、もし我々が「世界市場へのインテグレーション」を果たし、WTO（世界貿易機関）に加盟し、「正常な民主主義国家」になると決めたのならば、輸入車の関税を引き上げるのはやめよう。もし政府が「自由競争」の原理を守るというのなら、そして世界においてロシアは文字通り競争力を持たないということを理解しないのならば、トリヤッチやニジニ・ノヴゴロドで見事な自動車をつくってみるがいい。消費者はきっと自分のハンドルで一票を投じてくれるだろう。あるいは国境を封鎖し、自国の自動車産業を発展させるがいい。富豪《オリガルヒ》も海外口座も役人が乗るメルセデスも抜きにして。やるならせめて筋を通そう。政府が土地を中国人に渡すのならば、外国車の輸入は無税にすべきだろう。自動車の輸入を禁止するというのならば、我が国の領土が丘の向こうに行ってしまうのはおかしい。

私が国内メーカーの車に乗り換えてもいいと思うとしたら、それはプーチンとメドヴェージェフが乗り換え、その価格が平均的なロシア国民にも手が届くようになったときである。理解に苦しむことだが、なぜか我が国の統治者たちはメルセデスのリムジンで移動することを好む。この自動車をつくったのはプーチンの愛する町ペテルブルクを包囲したファシストの孫たちなのに。ロシアの大統領がファシストの車で移動しているというのは、こじつけではない。素晴らしいメルセデスを生み出したのはファシズムである。ヒトラーが乗り、その宣伝に力を入れたからというだけではない。この会社がナチス党の政策を支持し、その結果ヒトラーが最後までスリーポインテッド・スターを信頼し続けたからでもない。実は一九二〇年代、若きヒトラー、アドルフ・シックルグルーバーは自動車デザイナーとして働いていたことがあり、「メルセデスの素晴らしい曲線に私も貢献できたことを誇りに思う」という言葉さえ残しているのだ。

話が逸れるが、統治者たちはどうやら退化してしまったようだ。スターリンは若い頃に詩を書き、その作品はグルジアの詩人で政治活動家のイリヤ・チャフチャワーゼにも高く評価され、革命前には印刷物に掲載もされていた。ヒトラーは才能ある画家であり建築士だった。過去の偉大な統治者たちの中には疑いようのない創造力の脈動があり、そこから彼らの「クリエイティブ」な所業が生まれていた。メドヴェージェフ大統領が作曲をしている姿など想像することができるだろうか？

国内外でのプロパガンダにより悪魔の化身となっていたスターリンは何も気にせず国産車に乗っていた。彼は人間を飾るのは自動車ではないことを理解していた。今日の統治者たちは「国際社会」の流行に従いメルセデスを選ぶ。特注でもいいからプーチンのためにソヴィエト時代のチャイカのような美しい車をつくれないものだろうか。ウアズ・パトリオットに乗るのでもよい。警護目的で装甲を施してもかまわない。だがなぜ気の遠くなるほど高価なメルセデス・プルマンに乗り、その後に国産車を守るために戦い、極東やシベリアの半ば貧しい人々から大切な右ハンドル車を取り上げるようなことをするのか。何かを禁止したいというのなら、まずはメルセデスから始めるべきであって、「大衆車」からではないだろう。

メルセデスやBMWを禁止しても意味がない、ロシアではその代替となるものは生産していないのだからと言われるかもしれない。無論、そのような反論は屁理屈である。重要なのは政府が国民に「我々は快適さや見栄にも切り込むことにした。まずは自分たちから始める」というシグナルを発信することなのだ。役人は自分たちを厳しく「国家の僕《しもべ》」と呼ぶことを好むが、それならば外国ブランド車で移動することは禁止すべきだろう。大統領や首相から始まり、権力ピラミッドの下に至るまですべてだ。

私は右ハンドルの怒れる支持者であり、それどころか熱狂的信者でさえあるが、自国の自動車産業を否定し軽蔑するに至ったのがいかに悪いことであるか理解している。ソヴィエト連邦の解体をのちにプーチンは偽善的にも「最大級の地政学的カタストロフ」と呼んだが、その解体の結果、国家は極東を捨てた。我々が出口を見つけられたのは幸運だった。我々は自分自身と国全体のために右ハンドルを発見した。我々はロシアの野良職人であり、飢餓と戦争に打ちのめされた世代の末裔であり、拾い食いで命をつないでいたが、日本の車と中国の服でどうにか生き残ることができたのだ。自動車は贅沢ではなく生存の手段だった。沿海地方の人間ならば誰もが隣の綏《スイ》芬河《フェンヘ》や東寧《ドンニン》に行ったことがあるがウラルの向こうへは足が伸びないという新たな座標系が形成された。チェチェンでは平和を知らない世代が生まれたとすると、我々のところではモスクワに行ったことのない世代が生まれた。ウクライナやベラルーシは我々にとって「近い外国」ではなく、まさに遠い外国である。近い外国は中国や韓国や日本である。外国ブランド車はラーダである。

誠実で女性にも人気のVVP、ウラジーミル・ウラジーミロヴィチ・プーチンは聴衆に応じて意見を一八〇度変えるので、我々は分かりやすい偽善の例を見ることができる。彼は極東にやってくると、我々がこれほど遠い地で不便に耐えながら生活しているので、その「離島症候群」を癒すために何らかの「特典」を用意すると約束した。だが後に国の西端部に戻ると、そこでは彼は「極東に行って声を聞いてみてほしい。極東では多くの者が極東に住んでいるというだけで金をもらえるべきだと考えている」と言った。唯一の「特典」は、これまで通りの右ハンドルだった。クレムリンがやるべき仕事を日本人やパキスタン人、そして我々沿海地方の「闇商人」たちがしていた。仮に政府の姿勢が柔軟であったならば、例えばウラル以東、個人利用目的に限り、右ハンドル車を優遇税制で輸入するといったことを許可することもできただろう。それならば本物の特典である。現在のところ、我々の特典は中国と日本に近いということだけである。隣人は親戚よりも近いのである。

田舎《プロヴィンツィヤ》。侮蔑的なニュアンスのある奇妙な言葉である。過ち《プロヴィンノスチ》、プロヴァンスのワイン《ヴィノー》の一オンス《ウンツィヤ》、ヴェネツィヤといった言葉が聞こえるようである。実際にはウラジオストクはあまりにも首都から離れているので、もはや田舎ではなくなっている。穴ではあっても田舎ではない。これは単に別のロシアなのだ。飛行機での九時間の移動は別の次元への沈潜のように思われる。単に私の物理的身体をＶ地点からＭ地点に移動させるのではなく、時間と空間の構成が異なった次元へと移るのである。ウラジオストクは独自の恒星や惑星を持つ宇宙であり、他の多くの小宇宙群と共により大きな宇宙であるロシアの一部を成している。惑星ウラジオストクはモスクワの周囲を回っているが、自らも重力を有し、小さな惑星系を形成している。我々にはトルコやエジプトの海岸は要らない。我々には自前のトルコ、少なくとも金角湾やボスフォラス海峡はある。自前の海、黒海よりもはるかに塩辛く（黒海に行ったことがないので知らないが、そのように言われている）、生命に満ちた海がある。クリミアの保養地と同じ名前のリヴァジヤがある。自前の新モスクワさえある——パルチザンスクへの道路沿いにある村だ〔新モスクワは二〇一一年にモスクワ州からモスクワ市に編入された南西部の新市域の呼称〕。

君主制、社会主義、主権民主主義——これらはすべて空虚な言葉だ。ロシアではすでに何世紀にもわたり特別な社会構造、あるいは公式宗教とさえ呼べるものが機能している。その宗教の名はモスクワ中心主義だ。これは創造的であり破壊的でもある。

プーチン大統領のお気に入りの歌手という非公式の称号を持ちながら、かつて大胆にも「ちっぽけなアラスカ」の返還を米国に求めたこともあるニコライ・ラストルグエフという歌手がいる。彼が「ヴォルガからエニセイまでのラセヤ」〔ラセヤはロシアの田舎者風の呼称〕について歌ったとき、私はすべてを理解した。このような歌を歌う者には刑事責任を追及すべきである。悔い改めるべきである。バム鉄道の建設に従事させ、ウランを採掘させ、国境を警備させるべきである。コルィマー川で地元民の前で愛国歌の「我が祖国は広い」を歌わせるべきである。大統領お気に入りの歌手だというのなら歌う内容に気をつけねばならない。大統領だというのなら、お気に入りの歌手、少なくとも公の場でのお気に入りの歌手に関しては、それがどのような人物なのか気をつけるべきである。「エニセイまでラセヤ」がそれほどに好きだというのなら、家でヘッドフォンでも着けてこっそり聴けばよい。ある時私は二人が並んでいるのをテレビで見て衝撃を受けた。大男だと思っていたラストルグエフが小柄なプーチンよりもさらに小さかったのである。もしラストルグエフがのっぽだったら、プーチンは彼のロックグループ「リュベー」を好きになったか興味深いところである。

その後、極東の大統領全権代表が、就任後半年ほどしてからウラジオストクにやってきたとき（極東連邦管区の全権代表部はハバロフスクにある）、私は再びすべてを理解した。路上で住民たちと話をしていたとき、この「ペテルブルクの治安警察《チェキスト》」あがりの全権代表は地元の役人たちに小声で「ウラジオストクにはガスはあるのか？」と聞いたのだ（私は彼のすぐ後ろに立っていたのですべて聞こえていた）。

二〇〇〇年代のロシアの役人にとって最も重要なことは、自分の職務を知悉《しっ》していることではなく上司に忠実であることだ。我が町には地下鉄などあった試しがないのと同様に、ガスなどなかったし、これからもない。その代わりここには海があり、独自の世界がある。それを知らないのはまだ獲りたてのホタテを直接貝殻からはがして食べたことのない者、綏芬河《スニカ》に行ったことのない者、正しい自動車に乗ったことのない者である。大陸中に好き勝手に散らばったロシア人たちは互いにずいぶん違った生活を送るようになった。仮初《かりそ》めとはいえ、なぜこれほど大きなロシアという国がいまだに統一を保っていられるのか、私にはどうにも理解できない。帝国の分断された空間、砕け散った頭蓋骨は、お伽話のように蘇りの水を振りかけられるのを待っているというのだろうか？　そのような状態でまだもっているのは、今の政治体制のおかげだというのか？

私はさらに何度もすべてを理解した。インフレ、油価、経済危機——こうしたことは重要ではない。我が国では中央と地方の不均衡があまりにも大きい。遠心力は求心力によって殺され、致命的な偏りが生じた。バランスがない。今は共産少年団員《ピオネール》の建設隊も地方への徴集もコルィマーの採金や白海運河建設のような囚人労働的な国家事業さえもない。これではこの国に新たな町や生産拠点は生まれない。創造力の残りかすは、かつてソヴィエトのアトラスたちが建設したものをかろうじて維持できるほどの力しかない。国民はどこへも向かおうとしていないが、それは今や国民が個人の集まりに取って代わられたからである。この集まりは次第に小さくなってきている（人口の減少は皮肉にも「自然減」と呼ばれている）。どこかへ進もうとしている一部の者たちは出世を夢見ている。呆けた主任マネージャーになってモスクワで暮らし、ローンで家や外国ブランドの新車を買い、どこかの国の海で休暇を過ごして人生を謳歌するのだ。ああ、何と貧しいことか。ＶＩＰの出身地を「彼はウラジオストク（あるいは他の田舎町）生まれだ」と我々田舎者たちに説明してくれることはあっても、ウラジオストクで「彼はモスクワ生まれだ」と紹介しようとすると該当する者がいない。そんな馬鹿はいないのだ。

私は長い間、自分がモスクワをどう考えているのか、きちんと整理することができなかった。首都は私を惹きつけるが、同時に突き放しもする。ロシアの中心、神聖な町であり理念上の町であるモスクワに私は惹かれる。私はモスクワを理性だけではなく（金と人が集まるロシア最大の都市であり、行政の中心地だ）非理性的な神秘の感覚で受け入れようとする。大地のへそのように少し膨らんだ赤の広場に足を運び、ウラジオストクの方角に目を向けると、近くをうろついている軽薄な外国人旅行者やモスクワの厳しいおまわりには決して理解できない神秘的な慄《おのの》きを感じる。赤の広場がかくも遠くにあるのは正しいことだ。聖地は簡単に行けるようであってはならない。それでは観光名所になってしまうからだ。到達困難であれば、その聖性は強く感じられる。だから距離を置く必要がある。

汚れ切ってしまった現在の実在のモスクワには私は行きたくない。とても生活を営める場所には思えない。モスクワは聖性を奪われ、メッカからソドムに、金と盗みと権力の都に変じてしまった。田舎の方が空気はきれいだ。

人の大半は田舎の人間だが、意思決定が行われる中心地は首都である。大多数としての田舎は少数である首都が定めた規則を守って生活している。それが規範とされている。ロシアでは流れは一方通行だ。首都から地方に指令が送られてくるが、反対方向のシグナルに対しては、コンクリートブロックで補強された進入禁止の標識が立ちはだかっている。人々の移動も一方通行だが、こちらは反対向きだ。皆が首都に向かうが、田舎へは誰も来ない。

首都やそれに近い大都市は、程度の差はあれ皆大きな声を出すことができる。極東は声を持たず、私の沿海地方は口を利けずに身をもがいている。ロシアの「大陸部」に届く断片的な情報といえば、我が地方の町には虎が歩いているとか、いや虎ではなく中国人だとか、ロシア人も少し住んでいて中国人と一緒に歩いているとかいったようなことだ。住民は皆ごろつきで闇商人で密輸業者で、建設的な仕事をする気はない。日本で自動車を切断しては税関で脱税している。その錆びだらけの日本のバケツをまたいい加減につなぎ合わせて信じやすいシベリアやウラルの人々に押しつけている。極東民の目を開けてやらねばならない。宣教師を派遣して現代の自動車とはどのようなものなのか見せてやらねばならない。

モスクワは我々の声を聞かないが、我々ももうモスクワの声を聞きたくない。我々は自分の世界に住んでいる。ロシアが二〇一四年の五輪をソチに誘致しようとがんばっていたとき、我々は韓国を応援していた。韓国の方が近いし、恐らく開催前にはロシアの代表選手たちが調整のために我々の町にやってくるからだ。ソチは神話上の町であり別の惑星である。遠いカレリアの町コンドポーガでロシア人とチェチェン人が喧嘩して、その結果ウラジオストクの市場で中国人が働くことが禁止された。この深遠な決定の論理を理解できる者は、沿海地方では誰ひとりいなかった。

　私は子供の頃からこのような奇妙な感覚を味わってきた。絵本の中では共産少年団員《ピオネール》が魚釣りに出かけ、カワスズキやコイやローチを釣る。私はこのローチという謎の魚を一度も見たことがなかった。ピオネールが我々の知るカレイやキュウリウオやコマイを釣っている本もなかった。地域ごとに異なる絵本を作るわけにもいかないだろうが、私は子供の頃から現実が二重であることを感じ続ける羽目になった。ひとつ目の現実は本の中に書いてあるもので、二つ目は我々が生きる現実である。どちらが本物で正しいのかは分からなかった。本の中のピオネールはガスを使い、クレムリンやチーストゥイエ・プルドゥイに散歩に行くのが好きで、地下鉄に乗ったり、黒海で夏休みを過ごすのだった。これは私を取り囲んでいるのとはまったく違う現実だった。子供の常識では、なぜ中近東が西にあるのか理解できなかった。シベリアでさえ西にあるというのに。なぜクリミアは南で、我々は東、しかも「遠い東」（極東）なのか。ウラジオストクの緯度はソチやウラジカフカスやアルマトイと同じなのに。地理的な方角の基点となるのは常にモスクワだった。だが、たとえそうだとしても、この場合クリミアは南西、ウラジオストクは南東とすべきだろう。極論すれば、東西などというものは存在せず、日付変更線のように便宜的に設定されたフィクションであり、存在するのは緯度に対応した南北だけだ。それなのに国土の三分の一にも相当する部分を「極東」と名づけ、その命名によりこの地域が下級の辺境であることを規定した。「太平洋ロシア」ならばまだしも、「極東」や「極北」とはずいぶんなごあいさつである。それにいまさらいうまでもないが、首都は巨大な国土の西端に位置し、そのせいで国のバランスは不安定になっているのである。

モスクワ中心主義という世俗宗教は滑稽な形で細部にも現れる。モスクワ企業のウラジオストク支部の社員らが言うには、夜中になるとモスクワから電話がかかってきて、ウラジオストクから二〇〇〇キロ以上離れたマガダンやカムチャツカまでバスか電車で行ってきてくれと頼まれるという。役人の執務室には決まって大統領や首相の肖像写真がまめまめしく飾られているが、代わりにロシアの地図でも掲げるべきだろう。ソヴィエト連邦の地図ならばなお良い。私の子供の頃にはそうした地図はたくさんあったものだ。自国の地図を眺めることはプーチンを真似て身づくろいすることなどよりもはるかに有益である。

以前に友人と釣り用のゴムボートを購入したことがあった。ボートは一回使用したら糊しろがはがれてバラバラになってしまったのだが、ウファ〔沿ヴォルガ連邦管区バシコルトスタン共和国〕のメーカーが製造したこのボートの説明書をよく読んでみると、「塩水では使用しないこと」と書いてあった。これをウラジオストクで売ろうなどとよく思いついたものである。椅子の説明書に「座らないこと」と書くのと同じだ。我々の塩水では通用しない社会常識がある。「左ハンドルの新車をローンを組んで買いなさい」という言葉は有名な「それならケーキを食べればいいでしょう」を思わせる。

イルクーツク州〔シベリア連邦管区〕の紋章に描かれている動物が何だかご存知だろうか？　私は以前この問題に興味を持ったことがあり、調べたところ、かつて虎は沿海地方だけではなくシベリアにもいたことが分かった。シベリアではこれをバーブルと呼び、州の紋章を決めようということになったとき、この動物をシンボルにすることになった。その後、シベリアからの電報を受け取った首都の役人は、バーブルというおかしな言葉を見つけ、これはボーブル（ビーバー）のことだと考えた。結果として紋章には今でも水掻きのついた手と太くて黒い尻尾とブルガーコフの小説に出てくる猫のベゲモートのような顔を持つ空想上のハイブリッド生物が描かれることになったのだった。

少し楽しい地理と政治経済の話をしよう。周知の通り国土の三分の一を占める極東には六百万人の人間しか住んでいない。極東で最大の町であるわれらがウラジオストクの人口は六十万人にも満たない。極東の人口は減り続けている。人々は死んだり他の地域へ引っ越したりしている。「モスクワは物価が高い」というステレオタイプを信じないでほしい。極東に来てみれば、ガソリンや公共料金だけでなく水産物さえもがモスクワより高いことに気づくだろう。通りを歩いているのは虎ではなく人間であることが分かるだろう。といっても、私がこうしてキーボードを叩いている間に、沿海地方キーロフスキイ地区ではフヴィシチャンカ村の犬を食い尽くした虎を猟師が退治しようとしている。また最近では、ウラジオストクのルースキイ島の海岸に鯨が打ちあげられた。住民はこれにすぐさま反応し、物好きな学者たちが到着するよりも先に鯨を食べてしまった。

すべては違っていたかもしれなかったのだ。例えば極東の住民とヴォルガ川の住民を入れ替えてみれば、すべては逆になっていただろう。私は国産の「九番」か何かに乗っていたことだろう(あるいは歩行者のままだったかもしれない。人に自動車を押しつけてくるウラジオストクのような町でなければ、不器用な文系人間である私は車などに乗らなかっただろう)。ヴォルガの人々は右ハンドル車に乗り、「たらい」のおかげで国の支援を受けている極東住民をけなしたことだろう。

極東とはあまりにも誇張されてわけが分からなくなったエクストリームなロシアである。はっきりとしない領土であり切れっぱしである。ロシアという国の持つ傾向を論理的に最後まで推し進めるための実験場である。人口密度の高い西側では目に止まらない人口減少は、ここでは過疎化の様相を呈する。領土も少しずつ千切り取られていっている。人口動態と地理というロシアの二つの急所が、ここではっきりと露出する。

ヨーロッパとアジアの境界線はウラル山脈のどこかではなくウラジオストクを通っている。ここで鉄道もロシア語もロシアの地理も終わる。我々は自然と文化の境界で生きている。我々は国境を守る辺境民であり、半島の民であり、日本車に乗るロシア人である。境界線は隔てるだけでなく衝突させもする。他の帝国各地の辺境民と同様に、我々はモスクワが好きではないが、だからといってアジア人でもスキタイ人でもない。地元の人々が自分たちはアジア人だといっても、彼らを信じないでほしい。媚《こ》びているのだ。我々はもちろんフランス人やドイツ人からは程遠い。だが、隣人として慣れたとはいえ、中国人や日本人からはもっと遠い。我々はヨーロッパの町ウラジオストクでロシア・ソヴィエト文化の中で育った、ロシアのヨーロッパ人である（ヨーロッパは恥知らずにもアジアの奥まで入り込んだものである。今は反対のプロセスが始まったようにもみえるが）。ローチではなくカレイ、ロブスターではなくホタテ、白樺ではなく蔓草かもしれないが、我々はまだロシア人である。極東を脱出する者たちの主な流れは、モスクワへ向かっている。戦争の作戦地図のような太い矢印が目に見えるようだ。

数年前に自動車は市外に出たら日中でも前照灯を点けることを義務づけられたが、沿海地方でこの決まりを理解できた者はいなかった。ひょっとしたら我が町では空気がきれいなのかもしれない。あるいは「権利意識」が低いのかもしれないが、よく分からない。だが大部分の自動車乗りは今でもこの規則を無視しており、交通警察も暗黙の了解で見逃している。視界が良好なのになぜライトを点けなければならないのか、私も理解できない。昔は車列や子供の送迎バス、バイクなどがライトを点けることになっていたが、今ではこうしたカテゴリーの者たちは区別されなくなった。

インターネットのフォーラムでは、昼間に灯りを点けて走る必要があるのかをめぐり、哲学者のように激しい議論が始まった。西側地域は沿海地方住民を理解せず、これは気が違ったのか、あるいはカミカゼかといぶかしがった。我々が正しいのかどうか、新たな規則が適切なものかどうか、それはどうでもよい。興味深いのは我々が外から押しつけられたのではない、自分たちの見方を失っていなかったということだ。それを教えてくれたのは右ハンドルなのかもしれない。いわゆる世間の常識（あるいは、現時点で支配的な社会集団の常識）は必ずしも確かなものではないことを右ハンドルは証明した。集団的錯誤に陥らないことを教えてくれた。常識は我々に右ハンドル車は左ハンドル車よりも決して危険ではないと告げる。我々は自由に選択し、左ハンドル車から右ハンドル車に乗り換え、危険でないことを自らの経験によって確信した。今度はこの常識は我々に視界が良好なのにライトを点けるのは余計だと教えているのだ。

右ハンドルには強い脱詐術作用があった。有名な心理テストがある。十人中九人が苦いものを甘いと言えば、十人目も世論に釣られて甘いと答えてしまうというものだ。何よりも興味深いのは彼は本当に甘いと感じるようになってしまうということである。右ハンドル批判者たちは「乗ったことはないが非難する」者であり〔作家パステルナークが告発を受けた際に「読んだことはないが非難する」と言われた〕、同様のゾンビ的な図式に則っている。誰かが言い出して「世間の常識」となった言説を従順に受け入れたのだ。このような民衆は権力にとって都合が良い。権力はあらゆるオルタナティブなもの、小旗やブイの向こうへ出て行くもの、唯一の正しい理念を食い破っていこうとするものを好まないように、右ハンドルを好まない。オルタナティブは反乱分子であり、根絶せねばならない。今日は右ハンドルは安全だと言っているが、明日になれば何を言い出すか分からない。急に主権民主主義は最も優れた国家制度ではなく、プーチン（あるいはメドヴェージェフ）は理想的な指導者ではないと決めつけるかもしれない。

右ハンドルは、二十世紀半ばの一部のソヴィエトの若者たち、スチリャーギと呼ばれた挑発的な髪形やファッションの人々に似ていると言える。それは精神的独立性のシンボルであり、馴れ合いや体制に逆らうものである。右ハンドルは自らのうちに、反体制思想の危険な火花を秘めている。治安維持機関《シロヴィキ》が全国から集められて北カフカスの紛争地帯にせっせと送り込まれていたが、我々のところはまだ穏やかだった。毎日爆発や銃声が聞こえることも、自動車にペレナ〔無線操作式の爆弾の起動を妨げるジャミング機器〕を付けたり毎朝自動車に何か仕掛けられていないかチェックする必要もない。だが耳を澄ませば、どうにかくっついている有様のユーラシア大陸が、そのつなぎ目から音を立てているのが聞こえたはずだ。

ラジオから聞こえる「こちらモスクワ」。今日も明日もモスクワは発信する。気が狂うほどに広大な極東にはロシアの人口のわずか四・五パーセントしか住んでいない。我々はほとんど統計誤差レベルの危うい存在といってもよい。大多数の利害を前にしては、このような数字は無視することも可能である。私がクレムリンの指導者であれば、まさにそのように考えるかもしれない。あらゆる人を満足させることなどできない。誰かの利害を踏みつけなければならない。それならば少数を踏みつけるしかない。

だが私はクレムリンではなく、ウラジオストクの第二レチカ地区に住んでいるので、そうは考えない。私は大多数としての田舎を代表する者であり、同時に極東という辺境の少数を代表している。私はここで生きたい。私たちの言い分は右は正しいだ。しかしいずれにせよ、我々は敗北する。

第7章　もうひとつの命

すべてはすべてと連関している。
ウラジオストクの道教思想家アレクサンドル・カルタショフ
（二〇〇八年）

一

道は濡れていたが、私はいつものように急いでいた。第二レチカ地区の人気のない陸橋。スズキ・エスクードのスピードメーターは八〇キロ。私はまだシートベルトを締めていなかった。すべては数秒の間に起こった。道路の右側に停車してハザードランプを点けていた大きなトラック後部が見る間に迫ってくる（事故を知らせる三角表示板は立てられていなかった）。私は反射的にブレーキを踏み、同時に左側のミラーに視線を投げる――左側車線に跳び出せるだろうか。だめだ。左の少し後方からカムリが追い越してこようとしている。一九九一年か九三年製あたりのカバ型ボディだと私は機械的に判断した。濡れた路面で車輪は一瞬でブロックされ、私の車は速度を落とさないまま真っ直ぐ滑走していった。止まった車輪に乗ってサーフボードのように滑っていく。私はこれがハイドロプレーニング現象と呼ばれるものであり、止まるのは不可能であることを知っていた。ハンドルを切らなかっただけでもましだった。左側車線によけられないことも分かっていた。しかし近づいてどんどん大きくなるトラック後部を見ているのは耐えられなかった。ぎりぎりのところで私はブレーキを放してハンドルを左に切った。それは理性の判断ではなかった。左側車線に飛び出し、衝撃に備えて身構える。横からだろうか？　後ろからだろうか？　衝撃は来なかった。カムリは私がどうにもならない状態に陥ったことに気づき、私とほぼ同時に、さらに左側の対向車線に飛び出したのだった。幸運なことに、このとき対向車線に車はいなかった。カムリは私を追い越すと元の車線に戻り、私の前方に納まった。助かった、と私は理解した。

次の瞬間、カムリの右側の窓が開き、私に停車するよう指示した。私は路肩に止まり、ハザードランプを点けた。「きっと殴られるな」とぼんやり考えたが、それも当然のことだと思った。抵抗するつもりもなかった。せめて眼鏡をはずしておけば目も眼鏡も守れるだろう。カムリから警察の制服を着た男が出てきた。ひどく興奮気味であることが見て取れる。だが彼はこらえた。一通り怒鳴り、私が酔っ払いでもヤク中でもないと分かると自分の車に戻っていった。

自動車は事故の直前に何を感じるのだろうか。その瞬間に人間の神経に走る電気信号が伝わるだろうか。

お前の仲間たちは回想録を残さない。生きているだけだ。自らは気づくことすらないまま定められた実利的な役目を果たしている。しかし私には時として、お前が感じていることが分かる。

私はお前で移動し、お前は私で感じている。だから私たちには互いが必要なのだ。

二

自動車の路上での振舞いは、乗っている運転手について多くを物語る。

ウラジオストクに生息するドライバーたちは比較的礼儀正しい。この意見に同意しない同郷人も多くいるだろう。多少とも大きな町の人間ならば、自分の町のドライバーこそが最も頭のネジの飛んだ連中だと思っているからだ。私は他の町に行ったこともあり、また他の町から来た人間の印象を聞いたこともあるが、そうした意見は単なるローカルな神話以上のものではないと断定できる。

いろいろなことがある。例えば私はウインカーを点《つ》けずに車線を変えたり停車したりする車を我慢できない。だがすべては相対的だ。首都やシベリアの都会からやってきた客たちは必ずウラジオストクのドライバーは並外れて善良だと指摘する。側道から出てきた車や対向車線で左折しようとする車を必ず先に通そうとするというのである。このウラジオストクの驚くべき特徴は交通事故防止の理論家・実践家であり、その筋の権威とされているエルンスト・ツィガンコフ教授も認めている。「あなた方の町の知的なドライバーたちには驚かされる！　必ず相手を先に通し、無茶をしない。穏やかで善良な人々、落ち着いた運転。これ以上ほかに望むことがあるだろうか？」二〇〇八年に新たな警察署長が送り込まれてくると（当然、プーチン氏の出身地であるサンクトペテルブルクからだ）、彼はまず地元メディアに第一印象を語った——あなた方の町のドライバーは素晴らしい。横断歩道の歩行者でさえも先に通している。

このような状況を理想化するつもりはないが、私はこの現象を説明するための仮説をいくつか挙げられる。まず、「人のための自動車」という現代の日本車の人間工学により、車が運転手に落ち着きを与え癒し効果をもたらしていることが原因である可能性がある。居心地のよさ、香り、高級感のある内装、エアコン……。私は運転することで休めるどころか娯楽を得られる。

他の仮説によれば、路上の暗黙のルールを規定しているのは「地政学的条件」、つまりその町の風景や道路状況の特徴である。ウラジオストクの景観を考慮してドライバーたちの相互理解を考えることなしには浅い考察しかできない。

第三の仮説は第二の仮説とも関連するが、ウラジオストクのドライバーが比較的礼儀正しいのは、この町の交通システムの特徴によるものだということである。隣町であるウスリースクと比較しても規制が緩やかであり、さらに自主的に運転できる余地など最低限しか残されていない他の町ともちがう。運転はふつう標識や信号、縁石などであらかじめ定められている。ウラジオストクには信号が極めて少ない。ドライバーたちが幾世代にもわたり築き上げてきた集団理性が通してやれと囁くのだ。人間関係の原理としての協調は競争よりも人道的であるだけでなく、時には実利的観点からみてもより効果的だといえる。

ある程度運転の経験を積んだ私は、比重の違いこそあれ交通事故においてはどちらの側も悪いという理論を得るに至った。どちらか片方だけが完全に悪いというケースは極めてまれである。飛行士ポクルィシキンが自らの出撃を後で分析していたように、私自身が何度か交通事故を経験し、その状況を分析して得た結論だ。私はかつてポクルィシキンの回想録を読んで衝撃を受けた。誰かが手を入れたのかもしれないが、それは重要ではない。才能がなければ、いかに文学的に取り繕ってもボロが出る。彼は素晴らしく知的なアナリストであり、その思考能力に加えて技能的にも身体的にも文句のない飛行士及び航空技師としての経験を持っていた。彼が編み出した当時最新の空中機動の規則は公式の規則とは合致しないものだったが、ソヴィエト空軍の至るところで正しさを認められ、戦闘機操縦の新たな戦術としての地位を得ることになった。

私は自分の中で道路交通規則に自分なりの修正を加え、路上での現実的な状況に対応できるものに作り変え始めた。規則を機械的に遵守しても無事故が保障されるわけではない。私は自らが経験した事故はすべて、相手に責任があったと正しく認められたものも含め、回避可能だったという結論に至った。わずかな注意を払うだけで十分だったのだ。ある場合には接近してくる車の速度を考慮するだけでよかったはずだし、別の場合には相手の視界が悪いことに注意を払えばよかった。こうした個々の過ちを私は二度と繰り返さなかった。代わりに新たな過ちを犯すのだった。

車は私にとって自己認識のメカニズムとなった。私は突如、自分が疑い深く、むらのある人間であることを理解した。極限状況は人間の真の性質を露わにするものであるが、運転とは継続的な極限状況である。歩行者は互いに見分けがつかないほどに似通っているが、ハンドルを握るや否や豹変する。人はカラシニコフ銃と使用認可証を与えられると急に周囲が倒すべき怪物だらけのように感じるものだ。そしてこの四つの車輪がついた「危険物」も同様に怪物の存在を露わにする。自動車は精神分析のツールになる。自動車の選択から運転の癖まで、すべては自分の筆跡のように隠すことも変えることもできないものだ。

人にはそれぞれに応じた車というものがある。音痴な人や着こなしが下手な人のように中にはこうした対応を知覚できない人もいる。時々、車の中からまったく予想外の、車に合わない人が出てくる場合もある。

個々の人と車が相互に影響を及ぼし合っているということも否定できない事実だ。犬が飼い主に似るように、車はその持ち主の外見や性格を帯びるし、反対に持ち主も車に染められる。私の知り合いで現代の沿海地方で国産ブランド車に乗っている者は片手で数えられるほどしかいない。正確に言えば、思い出せるのは二人だ。見たところ、職業も年齢も違うまったく別の人種だ。一人は父親からもらった七〇年代製のコペイカに長い間乗っていた。もう一人はソヴィエト時代のナンバーをつけ酸いも甘いもかみ分けた錆だらけの「九番」に今でも乗っている。どちらも貧しい年金生活者ではなく、十分ゆとりのある、社会的にも活動的な人間で、順風満帆の若いプログラマーと特殊部隊《スペツナズ》の大佐である。

現代の沿海地方においては、彼らの自動車はある種の倒錯のようなものとして受け止められた。

その点について考えてみると、確かにこの二人には以前には気づかなかった共通点を見出すことができた。頑迷さといえるほどの意志の固さ、周囲の人の言葉に容易に流されない健全さである。彼らにとって自動車はある地点から別の地点へと移動するための手段に過ぎず、エンジンがかかって動きさえすれば十分だった。私は我が国においてこのような自動車に乗れるのはこのような人間だけであると理解した。そしてまたこのような人間にはこう振舞う以外の道はないのだ。私は彼らを自動車を通じて理解した。

自動車は相手がどのような人間であるのか感じるのを助けてくれる。他人の車を運転することは他人の服を着て鏡を見るのと同じである。大抵の人は排気量一・五リットルの車に乗っているが、これはいわば平均身長だ。二リットルの本格的な車に乗っている連中もたくさんいる。私自身も自分は二リットルくらいの人間だと感じている。少なくとも一・八リットル未満ではない。中には三リットルでも足りないように見える者もいる。

自己表現だろうか？　私の中で何かが変わったのは正教会の総主教がメルセデスのプルマンに乗っているのを見たときだった。ヴォルガでもトヨタですらなく、恐ろしいほどシックで高価なリムジンである。なぜ総主教にこのような自動車が必要なのか、金持ちが天国に至るのはラクダが針の穴を通ることよりも難しいという話はどうなるのか？　この事実こそが私からもともと大して強くもなかった洗礼を受けようという気を完全に殺《そ》いでしまったのだった。大統領でさえこのような自動車には乗るべきではない。それが総主教ともなれば、もはや理解の範疇を超えていた。

現代においてイエスならばどのような自動車に乗るのか興味深いところだ。

今はポリティカル・コレクトネスが流行っているので、運転時の男性的な振る舞いと女性的な振る舞いの比較論はやりにくい。しかし私が自分の考えを隠さねばならないという決まりもあるまい。文脈やアレゴリーやほのめかしで誤魔化すこともしたくない。できるものなら、チュクチ族の笑い話にあるように、「この目で見たものは歌にする」を行動の規範として、すべての人に義務づけてみたいものだ。そうして偽善的でうつろな「あるいは」「または」を禁止するのだ。このような否定的な感情を伴う言葉で、誠実さというより正確な概念を覆い隠すことは、厚かましさの現われと取られても仕方ないからだ。

そういうわけで、くだらないポリティカル・コレクトネスなど捨ててしまおう。どうしたって人は多様なものなのだ。男性と女性は生理心理学的にも異なる特徴を持つが、それは素晴らしいことではないか。二十世紀末には、自動車の運転は男性的な行いであると見られるようなことはなくなった。自動変速機やパワーステアリング、その他の様々な補助システム、そして自動車の安全性が全体として向上したことにより、安いおもちゃとはいえないにせよ、自動車は大衆化したのだ。運転は物理的にも知的にも簡素化された（もちろん、いまだにジャッキで車を持ち上げたり車輪を交換したりするのは女性よりは男性の方が容易にできるし、男性の方が技術的な話に親しみやすいということはあるが）。ウラジオストクでは九〇年代初めから日本車が急速に浸透していったが、日本車は最も素朴なものでさえオートマ式で内装が電化されており、またしばしば四輪駆動式だったため、運転手層の女性化が著しく進むことになった。男性の多くは女性は全体として運転が下手だと思っている。女性の多くはこのような考えには同意しない。私は男性の考えに与《くみ》するものであり、特に新しいことを言うつもりはないが、ひとつだけ修正しよう。もし女性が文字通り運転が下手なのだとしたら（平均的に見ると、行動を選択するのが遅く、路上の状況をあまりよく見ていない）、男性には文明化によって眠らされた戦士や狩猟者としての気質があるので意識的に傲慢で危険な運転を行い、そのことにより現代のオフィスワーカーに不足している日々のアドレナリンを補給しているのだ。その結果、女性はバンパーやフェンダーを擦《こす》る程度の軽い事故をよく起こす。そして男性は頻度は低いものの当たるときは見事に当たるのだ。大胆な速度オーバーや対向車線への飛び出しは男性の特権である。駐車場に止めてある自動車との接触や、縁石や柱との衝突は女性の領域だ。

運転の技術自体も異なっている。男性はたとえ活発に操車するときでさえ、片手でハンドルを動かす。無造作で力の抜けたスタイルだ。男性は自動車と合体しており、自動車を自分の身体の一部だと感じているので、コントロールするには片手で十分なのだ。教習所ではハンドルを両手で握るよう教えられるが、意識的にせよ無意識にせよ、男性は片手で運転するようになる。もう一方の手は休むか、あるいはもっと重要なことをすることができる。

女性は、直線道路でさえも、両手でしっかりとハンドルにつかまる。身長が足りなければ（そもそも世界は男性のサイズに合わせて作られている。自動車も例外ではなく、男性の物差しで作られている)、必死にあごを反らせている。まさに「ハンドルにつかまっている」のであって、決して「ハンドルを握っている」のではない。

以上のような自動車運転における性差比較論は大雑把で単純化されたものだ。路上でのトラブルはすべて、あまりに速い男たちとあまりに遅い女たちが引き起こす。そうした人間が少数派であることだけが救いだ。さもなければ、自動車を運転することなど不可能になっていただろうから。

三

現代人の意識の中で自動車が占めている位置というのは、かつて馬が占めていた位置とおおよそ同じだ。忘れかけられたソヴィエト時代の作家ミハイル・アレクセーエフならば、有名な馬の小説『カリューハ』の代わりに『カムリューハ』を書いたことだろう。ブーニンならば「犬でも買いたい」の代わりに「車でも買いたい」と書いたことだろう。メルセデスが去勢馬《メリン》とあだ名されたのは音声的に近いからだけではなく意味的にも共鳴しているからだった。「おらの黒っこ」を歌う民謡は今でも好まれているが、こうした歌はどんどん生活から離れたものとなってきている。かつては現実の中から育ってきたものだったのに。民謡の馬は隠喩の類ではなく具体的な生きた馬だった。大半の人間が一度も馬に乗ったことがなくなってしまった現在、「俺の思いは駿馬のように」と詩に歌ってもどうにも嘘くさい。我々はなぜオフィスやローンについて歌わないのか、こうした現実は退屈で霊感を与えてくれないからか？

　とはいえ、時には周囲の現実の事物が歌われることもある。「愛するおれぇーのトヨタ・セリカァー」と歌ったのは我が町出身のスーパースターであるイワン・パンフィーLOVEだ（そうして当然ながら彼は成功するとモスクワに行ってしまった）。さらに昔にはソヴィエトのミュージシャン、ヴィクトル・ツォイが「おれはテレビのスイッチを切る」と歌った。ツォイは「自分を見守っておけ」と歌っていたのに、バルト海沿岸の道路で愛馬の「モスクヴィチ」に乗っていて事故死した。今なら彼はインターネットや携帯電話について歌っていたことだろう。さらに遡れば国民的俳優レオニード・ブィコフが映画の中で、「物質部分を学べ」といっていたのが有名だ。そのブィコフは世界で最も正しい車であるところの左ハンドルのヴォルガに乗っていて、ソヴィエト帝国の今では外国となったウクライナの道路で事故死した。

　自動車は馬であるだけでなく、武器としての性質も併せ持っている。男性にとって必要な、現代という平和な時代に許された数少ないおもちゃのひとつだ。武器を持たない男性は赤子のいない女性に等しい。社会の法を犯してまで所持を禁じられた殺傷力のある火器を手に取ろうという者は多くないだろう。しかしこの輸送危機――ボンネットの下に馬の群れをしまいこんだ、金属の従順な流星――はどんな一般人でも手に入れることができる。それは支配、フロイト主義、社会的ステータス、リビドー、自己表現……そうしたものすべてであるのだ。

「自動車愛好者《アフトリュビーチェリ》」という古い言葉はその意味を失って久しい。ソヴィエト時代には、「愛好者」

は「プロフェッショナル」の対義語だった。はじめは自動車愛好者の数は多くなかった。彼らは一種の変人で、暇つぶしに産業廃棄物から無線機を組み立てていた者たちが「ラジオ愛好者」（アマチュア無線家）と呼ばれていたようなものだった。現在なら、「ドライバー《ヴォジーチェリ》」や「自動車乗り《アフトモビリスト》」というニュートラルな言葉を使うのが適切だろう。「自動車愛好者」は新たな意味を帯びるようになった。「自分の自動車を愛している者」である。彼にとって自動車はエレベータや路面電車のような単なる移動手段ではない。何しろ総体的にみれば大して変わらない金額で毎日タクシーに乗ることができ、そうすれば多くのリスクや義務から解放されて自由で気楽な気分を手にすることができるのだ。しかし人は自動車を所有することを望む。自動車は犬のように、現代の家族の構成員となったのだ。

かつて人間の欲求は何百年も変わることがなかった。それはそうした欲求が自然なものだったことの証かもしれない。今では必ずしも正当化することができないような新たな欲求が現れることもある。一度電話が発明されたのならば、それを拒んで洞窟に逆戻りするのは人類にとって愚かな振る舞いであるということはわかる。しかし、一部の人々は二百種類ものソーセージが欲しくてソヴィエト帝国を犠牲にすることに同意したが、普通の人間ならばそんなにソーセージがなくても困らなかっただろう。必要がないのだ。

これはある種の麻薬中毒である。消費の麻薬中毒だ。それまでは存在していなかった、つまり自然のものではない欲求が生まれる（正確には、作られる）。世界には欲求の創出と植え付けを生業とする一大産業がある。所定の操作が行われると人は消え、他の選択肢もないままにプーチンとメドヴェージェフのようなものだけが与えられる。残された道は定期的に新たな供物を依存の祭壇に捧げて心を満たすか、あるいは依存を振り切るために苛酷な治癒を行い、狂人と呼ばれるようになるかだ。

私は救いようのない麻薬中毒者である。私はこの不自然な（と認めよう）依存を断ち切りたくない。車が病気になると、私も病気になる。車を奪われると、たとえそれがたいしたことではないと頭では分かっていても、本物の苦しみを感じてどうにもならなくなる。この状態では理性が主導権を握ることができず、ある種の非理性的な、ひょっとすると生化学的でもあるかもしれない要因が割り込んでくる。それが現実のものであれ仮想的なものであれ車に故障があると考えると、私は鬱に陥る。車が快調であれば、私はそれを自らの若くて力強い身体のように喜ばしく感じる。よい道路を飛翔すれば車と共に満足を味わい、急な坂の乱高下や危険な穴の開いた道路を進むときには車と共に緊張する。私は視力や判断力を失ったり、貧乏人になることが恐ろしい。それは車を所有できなくなることを意味するからだ。

今や私は以前にもまして二日酔いがつらい。身体的に苦しいというだけでなく、アルコールが最後の分子のひとつまで抜けきらないとハンドルを握ってはならないからだ。同時に、アルコール依存に対立するものして、もうひとつの不自然な依存として、車依存が現れたのは喜ばしいことである。車依存は私の人生がアルコール依存のシナリオに従って進むことを防いでくれる。車は私をコード化する。穏やかで一時的なコード化である分、素晴らしいものだといえる。

　車は私の癒しである。蟻塚のようなウラジオストクと丘の先に見え隠れする郊外の道路を、特に意味もなくどれほどの時間走り回ったことだろう！　弧を描き、走行距離を刻み、ガソリンを燃やし、神経を冷ます。電気を満たされるバッテリーのように全身をエネルギーで満たす。私は興奮すると同時に落ち着いていた。車は私の思考と運動を加速する。というのも私に与えられたあまりにも短い時間の欠片《かけら》の中で私ができる行動の数を増やし、私の人生の速度を上昇させるからだ。

　車は極限状況で自らを犠牲にするために考え込んだりはしない。半分に折りたたまれ顔を潰して死ぬことになっても、内部にいる上位の存在、やわらかな身体を持った人間を守ろうとする。私の身体にかすり傷ひとつ負わせまいと、特攻隊《カミカゼ》のように自らの身体を壊す車に私はいつまでも感謝の気持ちを抱くことになるだろう。

　いわゆるクリエイティブな職業の人々の間では決まった時間にオフィスに出勤せず自宅で働くことが流行《はや》っている（過激な者は昼夜逆転の生活にすらシフトしている）。私はこの流行が好きではない。ソファやテレビが気をそらさない場所で働かなくてはならない。一番重要なのは職場まで車で行かねばならないということだ。毎日移動して、一定量の世界の断片を受容しなければならない。生きた人間が動いているのを見なければならない。歩道やバスの中ほどに近すぎず、テレビの中ほどに遠すぎもせずにだ。

自動車は自らの祭壇や神官や生贄《いけにえ》を擁しており、現代社会で最も興味深いカルトのひとつである。我々は自動車を操縦するが、自動車は我々を操縦している。自動車は自由を与え、また不自由という負荷も与える。新たな可能性は新たな依存で相殺される。詩人のイリヤ・コルミリツェフは個人の自動車所有について、「現代の人類にとって最も恐ろしい誘惑と悪徳のひとつ」と見事に言ったものである（彼は死んだが、最後の思索は仮想上の記念碑である彼のブログに今でも残っている）。彼によれば、「自動車崇拝とは消費主義と社会的傲慢とボス猿的本能の最悪の表れ」である。私も（異なる評価軸の下においてだが）自動車崇拝という人類の新たな信仰の中にかつては「馬主義」あるいは「馬の個人所有」という別の形式で現れていた太古の本能の表れを見る。こぎれいな服で着飾った明るい少年たちが自分で稼いだわけではない金で手に入れた高価な車に乗っているのを見るのは私自身好きではない。しかし、周囲の人によい印象を与えたいという欲求は人間に生来の特徴であることは否定できない。この欲求は（髪型や衣服に始まり）程度の差こそあれ誰しもが持っている。これは人間の本来的なものであり、詩人が言葉で自己承認を得るというのなら、大衆には自動車があるのだ。人生とは愛や仕事や子供といったもので自己承認を得ることで、それ以外の何物であるというのか。コンプレックスを持たないのは死人だけである。私には自分で稼いで買った車があり（車を人にあげるということには反対だ）、その車を運転するのは喜ばしいし心が躍る。そう考えると私は気分がよくなる。私にはそれだけで十分だ。私はマイホームを持っていないし、ネクタイとスーツすらない。私の携帯電話は一番の安物で、「話せれば十分」レベルのものだが、金がないからというわけではない。私にとっては勝ち組の人間も、そうした人間が身につけるような小物も等しく唾棄すべきものであるからだ。私は生活に興味がない。「日曜大工《レモント》」や「休暇」という言葉には憎しみを感じる。「修理《レモント》」という言葉が許されるのは、何かが壊れ機能できなくなったときだけだ。「休暇」という言葉にしても、今日では正当な理由のない無為を表す言葉をとなっている。オフィスで茶を飲んでいたくせに、まるで鉱山で石炭を掘っていたかのように「休暇」を望み、「修理」といって壁紙を取り替えても、それは単に古い壁紙に飽きたからのことなのだ。

いろいろと述べ立てたが、それでも私は進んで自動車乗りをやめることはできない。これは筋の通らない気まぐれなのかもしれない。あるいは自動車は私にとって多くの重要な問題――生や死、自由、愛、美、あるいは完成、発展、前進のような短い人生の中で継続的に考えていくに値する問題――とつながるためのチャンネルだからなのかもしれない。人生はあまりに速く過ぎ去ってしまうものなので、壁紙だの家具だのプラスチックの窓だのといったくだらない物事に頭を使うのはもったいなさすぎるのだ。

自動車とは人間の思考の発展である。人は時間と空間において信じられないほどに制限された存在だ。人は弱く、すぐに死ぬ。自由は頭の中でのみ与えられている。だから人はその頭を活用して、身体により大きな速度と自由を与えるべく自動車を考え出したのだ。そして人間にとっては死をもたらすほどの高速で、中にナメクジのようなゼリー状の人間が座る金属のコンテナが道路を大量に飛びまわる、そのような現象が二十世紀末には一般的なものになった。こうしてケンタウロスの古い神話は新たに具現することになった。人が自動車に乗ると新たな性質の発現という神秘的な出来事が起こる。不完全な肉体の卑小な塊が、鳥の速度を、馬の力を、軟体動物の鎧を獲得する。生体機械的な軟体動物である。人は大きくなるに連れてヤドカリのように自分に合った新たな殻を見つける。他方、目が見えず耳も聞こえない自動車は視覚と聴覚と知能を獲得する。前へと飛んでいくことは彼女にとってなんと恐ろしいことだろうか。彼女は私にすべてを委ねなければならないのだ。彼女の偽物の目。それはハロゲンか、それとも流行のキセノンか、いずれにせよただのランプだ。彼女は私の目で見ているのであり、私と共にしか完全たりえない。そして私も彼女と一緒になることで人が持たない翼を手に入れ、完全になるのだ。私の神経の末端は彼女の黒いタイヤのプロテクタにまで張りめぐらされ、私はその下にある小石まで感じられる。

私は彼女の知性だ。彼女は私の鉄の筋肉だ。ついに私たちは互いを見つけ出した。神が人を創造したように、人は自動車を創造した。私たちは相手の中に自分ひとりでは欠けているものを得た。私たちはお互いによって自らの幻肢痛を鎮めた。私は移動することが可能になり、お前は自分の移動に意味を見出した。私たちは単一の存在となり、シリンダーにピストンがはまるようにぴったりとはまりあった。私のロシアの足はお前の日本のペダルに結着した。混血児は普通、美しくたくましい。これこそが私が全一性と調和を感じる上で足りなかったものだ。これこそが自動車サイトの「ガソリンがいくらになったら車に乗るのをやめるか？」といった類のアンケート調査が私にとっては「食料品がいくらになったら食べるのをやめるか?」、「空気がいくらになったら呼吸をやめるか?」といった質問と変わるところがない理由である。呼吸に採算ラインなどいうものがあるだろうか?

自動車には人の魂が宿る。これは自動車が個性を持つ理由のひとつである。ラーダを見れば、どうやって作られた物であるか分かる。しかしトヨタを見ても、それが人間の手で作られたものであると信じきることはできない。どのような傑作であってもそれは具体的な人間が作ったものだが、しかしどうしてその人間は言葉や音や絵の具を、まさにそのような形に組み合わせることにしたのか?

それこそが本物の奇跡なのだ。私は車でいっぱいの道路を見る。すると車の中ではすべてが正常に作動し、複雑なからくりが機能していることが分かる。エンジンオイルは潤滑にし、不凍液は冷却し、ピストンは動き、クランクシャフトは回転し、ギアと車輪に運動を伝える……。だがなぜこのエンジンは動くことができたのか、いったいどうしたら人間はこれを創造することができたのか? こうして毎日のように証拠を目にしなければ、私はこのことをいつまでも信じることができなかっただろう。ひょっとすると私が近視眼の文系人間で、技術的な話に弱いのがいけないのかもしれない。それでも私は自動車に芸術作品を見る。しかもそれは走る芸術作品である。

特に優しい気持ちを感じるのは、車齢二十年や三十年を越えたような古い自動車が走っているのを見つけたときだ。かつてはトラコーマやバケツなどと蔑まれていたが、いつの間にかレトロカーとして敬われるようになった自動車。もし持ち主が修復やワックスがけに労をいとわない愛好家であれば、周りのドライバーたちはその車に目が釘付けになって交通事故が起きてしまうかもしれない。

自動車は楽器である。雨どいをフルートにたとえたマヤコフスキイの詩は有名だが、自動車と比べればはるかに原始的な楽器だ。おそらく、私は美さえも自動車を通じて理解するようになった。私は自然や絵画を見てもなんとも思わなかったし、森の色彩や人の顔でさえもすぐには覚えられなかった。海の美しさなどというものも一度も考えたことがなかったが、自分が吸う空気や踏んでいるアスファルトの美しさなど考えもしないのと同じことだ。今でも私は色彩のニュアンスには疎く、私にとって色とは美的なカテゴリーではなく単なる同定のためのカテゴリーに過ぎない。

あるときまでは自動車についても同じだった。今では私は遠くからでも一瞬で自動車の形を捉え、自分でも説明不可能なプロセスを経てその自動車のブランドや製造年を断定し、楽しむことができる。気持ちのよい車を見ては微笑み、美しくない車には顔をしかめる。女性の神々しい足を単なる「足回り」と呼ばないように、自動車は単なる「移動手段」に留まるものではない。美はすべての中に存在する、あるいは存在しなければならない。フロントガラスは私に新たな視覚を与えた光学機器だ。いくらかバラ色がかっているかもしれないが、その魔法の眼鏡で私は見た。気が狂うほどに海が美しくなるのは秋、十月であることを。十月には空気が存在を失うほどに透明になり、海はとてつもなく充溢した色彩を帯びる。そして秋のちぎれ雲、やがて降る初雪に似た晩秋の雲を風が追い立てる。

私は農村で暮らすことはできない人間だと思う。私の美的感覚にはガソリンの匂いやアスファルトの黒さや、花壇や囲いや船の緩衝材代わりに使われたタイヤが必要だ。海藻の匂いは海の匂いだとみなされているが、空の青さが空の色だと見なされているのと同様、誤った認識である。私に必要なのは都会の、都市化された美だ。私にだって絵を描くことはできる。描くならば彼女たちだ。日本海に浮かぶ自動車をたわわに実らせた輸送船。ウラジオストク港やザルビノ港での荷降ろし、滑車で吊り上げられた自動車。坂の上、どこか冬のネイブト通りあたりの自然発生的な違法駐車場、吹き止まない風の中で凍える小洒落た異国の自動車たち。道路。渋滞。交通事故。解体屋の遺体置き場。シャーモラの峠からの下り坂の側溝で錆びる骸骨。私が描くのは彼女たちだけだ。きれいなものや汚いもの、高価なものや安いもの、健康なものや病気のもの、生きているものや死んだもの、スポーツタイプのものや日常用のもの、滅びつつあるものや全盛期のもの、大きなものや小さいもの、若いものや年老いたもの。彼女たちについての映画を、ソープオペラからスリラーまで何でも撮れるだろう。

ロシアやフランス――中国などは言うに及ばず――でつくられた自動車は私には無価値に、あるいはあからさまに無様なように思われる。身内と余所《よそ》者の思考が働くのだ。私は好きな音楽を聴き返すように、道路に立ち日本車のボディの形を目で愛撫する。私はその曲線のひとつひとつ、ライトの表情のひとつひとつをよく知っている。たとえ見事なアメリカ娘やヨーロッパ娘に乗っても、「すばらしい、だが違う」とはっきり感じる。身内ではないのだ。

自動車にも、自動車の頻繁な世代交代にも完成への希求や不断の発展の理念を見て取ることができる。放物線が軸に近接していくようにメーカーが完成に最大限の接近を果たしたとき、傑作が生まれる。高度に組織化された物質、しかも人の手で組織化された物質の奇跡。何よりも驚異的なのは、そこに神的要因が存在していないらしいことだ。そして自動車たちの生物的多様性ときたら！　その進化は人間の進化――まだ続いているのか終わったのか、そもそもなかったのかよく分からない進化――に比べてなんと速いことか。すべては私たちの見ている前で起きている――移住し、生息圏を変え、恋に落ち、混血し、変異し、新たな発展段階へと進んでいく。人間文明の発展と共に既に数世紀もの間、機械文明は発展し、機械・電子・情報文明へと進化を遂げている。そのうち現在最も興味深い種《しゅ》が自動車なのだ。

自動車は人間よりも速く肉体的に老朽化するが、精神的な老朽化、つまり陳腐化はさらに速い（そもそも人間は陳腐化しない）。そのつど前進を促す新世代の到来は、あまりにも早い。その意味で我々の創造物は我々よりも完全である。我々には改良してくれる者も改良する意味もないからだ。自動車を考え出した人間の論理は人間を創造した神の論理よりも理解しやすい。

自動車は現代のバビロンの塔であり、神に近づき神のノウハウを手に入れるための試みである。クローン、遺伝子工学、人工知能、ナノテクノロジー、実利的な資源探査ではなく世界の仕組みを掘り当てるための地質学——こうしたものはすべて神を知るための試みなのだ。私には今のところ、人類が存在している意味が他にあるようには思えない。

四

どこかの本で読んだことだが、飛行機を「機械《マシーナ》」と女性形の名詞で呼称するという職業パイロットたちの伝統は二十世紀初めの飛行士たち、向こう見ずなカミカゼもどきたちから始まったという。当時の飛行機は説明のつかない気まぐれさを発揮することが多く、それが女性的と見られたのだ。その後多くのガソリンが燃焼されたが、彼女が機械《マシーナ》であることには変わりはない。洗車をすると走りが軽快になることなど、ドライバーであれば誰でも知っている。同じことがエンジンオイル交換やワックスがけ、ケミカルクリーニングやちょっとした修理についても言える。それをきちんと根拠づけることはできない。もちろん、汚れが流体力学的性能を悪化させ、加速力に影響を与えると説明する唯物論者はいるだろうが、洗車した車は単に気分がよくなっているのだということを私は知っている。

朝、なぜかエンジンがかからないとき、車の周りで「シャーマンの踊り」をやらないドライバーがいるだろうか？　やればなぜか突然エンジンがかかるのだ。明文化されていない迷信は数多く存在する。車を売るとき、少しでもガソリンを残しておく者は新しい車で必ず不幸にあう。洗車は雨や雪のような天気の悪いときに行い、すぐさま再び汚くなるようでなければならない。車は一度ぶつけた場所を再びぶつけやすい。縁起の悪い車というものがあり、そうした車はすぐに手放すしかない（似たような説として、自動車はあるドライバーを愛さないとしても別のドライバーに対しては絹のように優しくなることがある）。車を売ると決めたら、そのことを車のいるところで口に出してはならない。さもなければ車が気分を害して何かをしでかす。売り出し中の車は壊れたり事故に遭ったりしやすい。だからそのような場合は乗らず、洗車し、しかるべき場所に出し、買い手を待つのが正しい。ドライバーたちに話しかけてみるといい。次のような話をたくさん聞けるだろう。「カリブを持ってたんだ。古いけどちゃんとした車だった。でももう少し新しいやつを買うことにしたんだ。買い手は見つかった。ところがそれから始まった――たった一日のうちにスピードメーターが壊れて、サイドブレーキのワイヤーが切れて、タイミングベルトが金切り声を上げるようになった。俺と別れたくなかったんだ！」

この法則を逆手《さかて》にとって利用することも可能である。車の調子が悪くなったときには売ってしまおうかと声に出して脅すのだ。効き目が出て、すべての不調がいつの間にか消えることもある。私自身、このようにしてボディのへこみがなぜか消えてしまったという逆スティグマ的怪事の証人になった。

自動車は主人のことでやきもちを焼くことがある。理由もなく止まってしまう。そうした場合、ライトを優しく拭いたり車輪を軽く足で叩いたりして精神的癒しを与えると再びエンジンがかかる。
あるとき私は四日間にわたり酒が抜けなかったことがあった（私にとっては珍しいことで、たまたまそうなってしまったのだ）。この間、駐車場に置かれたままだった車にとって、私がこれほど長く不在にしたのはほとんど前例のないことだった。私は時々出張に行くこともあったが、それは納得できる理由である。それに留守にする場合には私はあらかじめそのことを車に知らせるようにしていた。しかしそのときは私は酔っていたし連絡もしていなかった。そしてようやく駐車場に足を運んだとき、私はフロントガラスにあった小さな古傷がいつの間にか本格的なひびになっていたのを目にすることになった。腹を立てたのだ……。

教育学にもあるように、自動車との付き合い方には、少なくとも二つの基本的な流派が存在する。第一の流派では持ち主が好ましい振る舞いをすれば自動車は感謝で応じるとされている。第二の流派では甘やかされて気まぐれに育つといけないのであまり好ましい振る舞いをしすぎるべきではないとされている。どちらの流派の言い分も正しいのだろう。各々の自動車の性格に合わせて工夫していく必要があるのだ。

こうした性質と同様に、自動車の性別というものも明瞭である。基本的に自動車はどちらかというと男性原理を表しているとされる。自動車《アフトモビーリ》という言葉は、抽象的な「人間」という言葉と同様に、まずは男性であると理解される（どちらも男性名詞）。それが我々の男性社会の特徴だ（キーが近いので「男性の《ムシスコエ》」の代わりに「頭の悪い《ムドスコエ》」とタイプしてしまったが、間違ってはいないのかもしれない）。自動車は積極的な前進、空間の拡張支配の理念を体現している。本質的に間違いなく男性的といえる銃弾や精子もこの理念に基づくものである。それは何か発砲し、実を結ばせるものだ（弾丸の場合は逆の意味で実を結ばせ、形式的には男性の性的絶頂の理念を表しつつも、本質的には新たな命の誕生とは反対の行動を行っているが）。

しかし他方で男性自動車と女性自動車というものが存在する。日産サファリを擬人化するとしたら、体が大きく力強い、毛むくじゃらの男性である。トヨタ・セリカは、儚《はかな》げだが若くて力強い女性体操選手だ。やたらと男性的な女性や女性的な男性がいるように、中間的な車種というものもある。自動車乗りの間では車種や個別の車両に関して、その性別を判定する議論が広く行われている。

自動車乗りたちは、まるで生き物に接するように自動車に接し、優しい呼び名をつける。車種の名称から取って、トヨタ・カローラレビンは「リョーヴァ」、トヨタ・カリーナは「カリューシャ」、トヨタ・イプサムは「イーパ」といった具合だ。気まぐれな名前をつけることもあるが、例えば、トヨタ・ナディアの場合は他に選択肢もない。ナディアはナージャにしかならない。「ウサギちゃん」、「坊や」、「つばめ」、「美しい人」、「お嬢ちゃん」、あるいは「桶」、「バケツ」、「トラコーマ」……。主人は自動車と会話する。贈り物をする。車体番号をみれば、誕生日までは分からなくとも誕生月はわかる。私が今乗っている車は以前に確認したところ一九九七年十一月生まれで、私はそれを忘れていない。

主人の妻はしばしば自動車にやきもちを焼くことがある。どこかのガレージの穴倉で自動車と性的関係を持つような変態行為が行われていたとしても驚くことではなかろう。人はその気になれば何でもでき、自動車に性的なものがあるのは疑いようのないことなのだから。自動車は機能的であるだけではなく、魅力的でもあるのだ。

今に至るまで自動車の墓地――墓石やプレートや植え込みのある墓地――がないのは驚くべきことだろう。

とはいえ、私は間違っているのかもしれない。

五

自動車も一緒に数えるなら、ウラジオストクの人口はとうの昔に百万人を越えている。人が己の形に似せて造った自動車は、人のように呼吸している。栄養のある霧化したガソリンと酸素を吸い込み、二酸化炭素と水蒸気を吐き出すが、水蒸気は寒い日には小さな白い雲のようになる。一部の自動車は左利きで、給油口が右側についている。人の血液に白血球や赤血球があるように、自動車には様々な色の液体が流れ、燃え盛る鉄の心臓に栄養を送り込んだり、内部の動きを滑らかにしたり、冷却したりしている。正確に刻まれる心拍の数は、クランクシャフトの回転数で計ることができる。自動車の最も敏感な部位、太陽神経叢《そう》（神経中枢）にあたる場所はクラクションのボタンである。

自動車は生き物のように振る舞う。渋滞のおしくらまんじゅうから抜け出したとき、どれほど嬉しそうに駆け出すことか。ペダルを踏まなくても走りそうなほどである。自動車は人のように病気になる。くしゃみをし、咳き込み、発熱し、小児病や老化に苦しみ、老衰し、意識を失う。これは人が自動車を自分の姿に似せたからなのか、それとも何か根本的な生命の法則があるのか。治療の方法も似ている。外来の診察を受けたり、入院したり、薬で化学的に退治したり、外科手術的処置を施したり。そして最後には、「検死結果」が出される。

人もまた自動車に似ている。気温が下がると頭の働きが鈍くなるだけではなく、カタカタと音が鳴ることもある。朝には頭や足回りをしっかりと暖めなければならない。肉とコーヒーの朝食で生体機能を刺激する必要もある。台所であちこちにぶつからないようシャキッとするには熱いシャワーも浴びておきたい。

自動車は私よりも完全である。どちらも同じように目を覚まし、身体を暖めて調子を取り戻すのに苦労する。だが自動車は命令により即時に眠りにつくことができるのが羨ましい。私には無理なことだ。

自動車の心臓が止まったとしても取り返しのつかないことにはならない。「心配要らない。どうにでもなるよ」と油だらけの整備士は言い、握手をするのに掌ではなく手首を差し出す。人にとっては心臓の傷は致命傷になる場合が多すぎる。人はもともとそれほど豊富でもないリソースを使い切ることがないまま、擦り切れてしまう前に死ぬ。まだ走れたとしても、どこかの器官が止まればエンジンが引っかかって終わる。修理工がすぐさま処置を施せなければ、部品用に解体されることさえなく、そのまま焼却処分されて埋葬だ。

人間の心臓が止まった場合に急がずに部品交換をして復旧する技術を我々はまだ習得していない。数分の間に人間の中から命と呼ばれる何かが抜け出てしまえば、その後には急速で不可逆な物理的分解が始まる。だが我々は代わりに、どの器官が止まっても怖くはない自動車というものを発明した。自動車は死んだものからでさえ無傷の部位を取り出し、生きているものに適用することができる。そうした器官は自動車の死という事実によっては損傷することがなく、解体場で何年も保管することが可能だ。

自動車が人間に及ばない点もある。自動車には再生能力がない。自律的でもない。それに人間に依存しすぎている。人間は時にはプロの医師の介入を必要とするが、自己修復できる生き物である。

私は自動車に、朝にはおはようを、夜にはおやすみを言う。彼女は私が遠くから電子キーでエンジンをかけるとハザードランプを明滅させて私の挨拶に返事をする。彼女も目を覚まして身支度をする必要があるのだ。サンクトペテルブルクで組み立てられたロシア生まれのカムリ（後にウラジオストクまでやってくるようになり、今でも市内を走っているのを見かけることがある）がブログを開設したと発表したとき、私は当然のことだと思った。

電子レンジや冷蔵庫については、このようなオカルトじみた想像の翼を伸ばそうとする者はいないだろう。自動車については「何に乗っているかなんてどうでもいい」と主張する者がいたとしても、それは猫をかぶっている。かつては贅沢品でしかなかった自動車だが、今もステータスを高めるものであることに変わりはない。自動車の中では眠ったり髭を剃ったり、コーヒーを淹れたり昼食を摂ったり、セックスをすることもできる（ご存知のとおり、アメリカの未成年の娘たちは後部座席でいわゆる純潔を捨てており、他方でロシアの既婚男性たちも操を捨てている）。オフィスカーやトレーラーハウスといったものも現れた。自動車は人間の世界において占める場所をいよいよ拡大していき、かつては他の事物のものであった場所を奪っていく。

アルセーニエフや黒澤明によって称揚されたデルスー・ウザラー、沿海地方のゴリド（ナナイ人）はすべての物や現象——鹿や虎から焚き火や銃や鉄道にいたるまで——を「人」と呼んだが、これは正しいことだった。このタイガの文盲の老人は周囲のものすべてを生き物とみて、その異教的な世界観の中で生きていた。そして彼は魅せられた旅人であり都会人であるアルセーニエフよりもはるかに調和的で効果的に自らの役割を果たしていた。デルスーこそが二十世紀のエコ運動隆盛の先駆者だった。彼は太陽について「いちばんえらい人」「彼なくなる。まわりすべてでなくなる」と語った。

私は自動車に命を見るが、決して自動車を人間に見立てたいわけではない。彼女は何か別の形の命なのだ。自動車をただの鉄塊に貶《おとし》めることは人間をただの肉塊や「羽のない二足歩行生物」

に貶めることと同様だ。我々が被造物であるからといって、我々が生きているということ、ある程度自立した存在であるということが損なわれるわけではない。ならばなぜ造られたものである自動車についてはその逆だというのか。人が神の似姿に合わせて造られたというのなら、人だって新たな形の命を創造できるとみるべきだろう。すでにあらゆる禁断の実の味を知っているのだし。

なぜ自動車が生きているとみなしてはいけないのか、私には本当に理解できない。なぜ我々と同じような形で生を受けたものしか生きていると呼ばないのか。生きているものと生きていないものの境界線はどこにあるのか。人は現在に至るまで命とは何であるかを知らず、定式化し得ないものを定式化しようという永遠の試みを続けている。私には命とは何かの非物質的な（あるいは完全に物質的というわけではない二重または未知の性質を持った）つながりであると思われる。このつながりが存在するためには強固な物質的基盤が不可欠であり、その界域となるのが肉体である。そしてそのネジの一本まで理解可能な器官＝ユニット部品の間に働く力、発生する脈動が魂である。魂は心臓や脳のように一箇所にしまってあるものではない。魂は、電界に似た（あるいはまったく似ていないのかもしれないが、ともかく分かりやすいだろう）非物質的な界である。特定の方法で構成された物質的な肉体がなければ感受できない界である。自動車はもちろん鉄塊だが、それなら人間も肉塊だ。だがどちらも、そのような定義では不十分だ。それらの鉄の肉がどうやって組織されているのか、どのようなつながりが形成されているのか、そこからどのようにして新たな奇跡的な性質が生じるのか？

この点についても自動車は人間に似ている。人間というものは既存の性質の組み合わせから新たな性質として発生した奇跡である。プリミティブで粗雑な性質から、肉のセメントから、何か説明のつかない、新しくて最高位のものが発生する。自動車も同じだ。赤子の誕生、すなわち無からの新たな人格の発生という奇跡に我々が慣れてしまったように、我々は自動車という理解はできないが目の前にある本物の奇跡に慣れてしまった。日常的であるために気づくことのない奇跡。だが、奇跡に慣れたからといって、命がどこから来るのか、そもそも命とは何なのかを我々が理解したということにはならない。

まして や我々は、どのようにしてこれらのプレスされた鉄やプラスチックやゴムや液体から素晴らしい機械仕掛けの動物が生まれるのか考えてみることもない。この動物は蛋白質ではできていないが、それでも同じだ。これを石油型の命とでも呼ぼう。ロシアはこの昏睡状態の年月の間、まさにこうした石油型の命を生きているようにも思える。

自動車にどのような天国があるのか考えてみるのは面白い。私の想像では、それは常にすいている自動車レース場であり、そこでは自動車は永遠に新しく、ガソリンは世界最良の日本製のものである。そこには洗車場すらないが、それは埃も泥水もないからだ。しらふの清潔な機械工たちがいるが、天国では故障も事故もないので、彼らも何もやることはない。自動車の天国は私の天国に似ている。誰でも好みに応じて好きな幻を選べばよいのだ。

自動車に人間の魂が転生することもあるだろうか？

私は窓辺に近寄り、古タイヤで作った花壇を見る。至るところに命がある。部屋の外に出て近くに行き、よく見てみればタイヤの円の真ん中に生えているのが何の花か、何の若木かわかることだろう。そのタイヤが夏タイヤなのか冬タイヤなのかわかるし、タイヤのブランドや製造年の刻印を見ることもできる。つるつるに擦り切れるまで走ったタイヤなのか、事故に遭って切れてしまったタイヤなのかもわかる。自らの生を終え、今は地面から生えている別の命が大気を酸素で満たすのを助けているのだ。

「軽油《ソリャルカ》」と聞いてまず連想するのは、悪臭、燃えかす、排ガスの黒い煤、アスファルトの上の重油の染みだ。だが実際にはこれは素晴らしい言葉である。ルドルフ・ディーゼルの苗字から何の工夫もなくつくられた「ディーゼル燃料」（軽油）という言葉ではなく、庶民的な「ソリャルカ」こそがよいのだ。この言葉には太陽《ソンツェ》が隠れている。

海の中からぴちぴち跳ねる魚が吊り上げられると、私はいつも子供のように驚く。この塩水の中からどのようにしてこれほど完全な生き物――脂がのって、鱗のついた、筋肉質で、血の冷たい、生命力に溢れた生き物――が突然出てきたのか？　二〇〇八年、神にもモスクワにも忘れかけられた沿海地方の軍用航空機工場「プログレス」の飛行場で、戦闘ヘリ「アリガートル」（鰐）の最初の一機が宙に浮いたとき、私は同じような感情を味わった。この二人乗りの新型ヘリはロシア軍がついぞ受け取ることのなかった「チョールナヤ・アクーラ」（黒い鮫）の後継機だった。化学的な構成物質の坩堝《るつぼ》の中から理解不能な形で、音楽のように、理想的に分節化された有機体が結晶化し、飛翔した。有機体《オルガニズム》と機械《メカニズム》は正反対のものではなく、機械は有機体の一種であると思う。アリガートルは筋肉やプロペラを動かして戯れながら飛行場の上空を舞った。飛行場は周囲を緑のタイガの丘に囲まれている。そしてそのタイガの中では別の素晴らしい戦闘機械、ウスリートラが生まれている。散文的な草の茎の先に奇跡の花が咲くように、大地と水から杉の大木が育つように。

　駐車場の中を歩きながら私は魔法にかけられたように周囲を見渡していく。幻覚にとらわれ、エンジンの交響曲を聴く。たとえ音がしないとしても車にはそれぞれ顔と表情があり、タイプがあり、心理的特徴があり、性別や年齢がある。自動車たちは朝は眠っている。馬のように立ったまま眠り、日本の夢を見ている。やがて目を覚まし始める。老人のダットサンは苦しそうに軽油《ソリャルカ》の黒い雲を大気に吐き出し、タイミングベルトを軋ませながら。若い雌虎のトヨタ・ヴェロッサは何の苦もなく一瞬で訓練された戦士のように目覚める。小さな女の子のスズーチカ〔スズキ〕は目覚める前の最後の数分を味わっている。夢の中で、もうすぐ大きくなって隣にいる日産サファリのような本物の勇士になれると思っている。白髪頭だがまだ屈強なサファリは微笑んでいる。スズーチカが父親的な感情を呼び起こしたのだ。「惚れ惚れするほどに若いなあ！」と思いながら、自分の大きなディーゼルエンジンを暖めている。我らの駐車場にどこから紛れ込んできたのか分からないギョロ目のメルセデスが眠りを妨げる朝の小鳥に小声のドイツ語で文句を言っている……。

精霊はどこでも好きなところに息づく。こうしたことが実際に起こっているのか、それとも私の意識の中だけのことなのか、それは重要ではない。命や人の行いは客観的な現実よりも神話によって、つまり現実に対して様々な形で関係している受容形式や観念によって規定されている。世界についての理解は、世界そのものよりも重要である。

人が造った自動式のメカニズムを生き物と認めなかったとしても、我々は自動車教という新たな宗教が生まれたことは認めざるを得ない。まだ確固とした形式を得てはいないが、それは実質的にすでに存在しており、宗教と呼ばれるにふさわしいあらゆる特徴を備えている。自前の神官も、祭壇も、聖典も、受難者も異端者もいる。私には、新たな免許を取得する者はみな入信者であるように思える。私は偶像崇拝者ではないし、そもそも物に対する関心は低い人間だが、自動車に対しては単なる物として接することができない。人はたとえ筋金入りの無神論者であっても、世界を宗教的に受容するためのある種の非理性的な器官を持っているように思える。その器官は時として誤用され、従来の観念では宗教的次元を持たないような物に接するときに作動してしまうのだ。

はっきりと認識されているわけではないかもしれないが、私には明白なことがある。異端者＝右ハンドル信者に対して十字軍による制圧を発表したモスクワの役人たちは純粋な宗教的情熱に突き動かされているということだ。彼らが交通安全や自動車製造業を心配しているとか、賄賂に動かされているとか、クレムリン上層部に取り入ろうとしているとか、そうした理由だけを考えるのはあまりに純朴すぎるといえよう。理念というものは、貨幣主義者や市場主義者が考えるよりもはるかに強力に人の振る舞いに影響を及ぼしている。

最初の右ハンドル主義者たちは多種多様な異端者であり、磔刑に処されて消えていった。オレーグ・シチェルビンスキイは完全な意味での右ハンドルの理念の殉教者ではなく、名誉回復も果たしたが、それでも彼ら異端者たちの直系の後継者だった。二〇〇〇年代に入り、ロシアでは寒さが感じられるようになった。政治的環境のインジケータとしての右ハンドルは、その変化をすぐさま反映した。異端思想は何であれ、理論的に革命の可能性を宿している。だから国家機械はこれを許さない。そして、非情だからという理由でさえなく、自己保存の本能から行動するのだ。

自動車教は、消費社会にとって都合のよい宗教である。未来にまで敷衍《ふえん》して考えれば、自動車の知能が発達するにしたがい、自動車自身が宗教を持つようになると予言することも可能だ。自動車たちは、自らを創造した人間を神と崇めるかもしれない。とはいえ現在のところは、人間の方が自らの創造物に跪拝している。それならば、人類も神にとっての宗教だったりするのだろうか？　もしも、人間が自動車を崇拝するように、神が自ら創造した人間を崇拝しているのだとしたら、この星でいかに無法なことが行われようとも神が介入しようとしないことにも説明がつく。

第8章　炎の丑《うし》年

「もう行かねば」とオスタップは繰り返した。「アンテロープ号は忠義を尽くしてくれたが、世の中には他にもたくさんの車がある。そのうち君たちも好きなものを選べるようになるだろう」
（イリフ＝ペトロフ『金の仔牛』）

世界にはいかなる終末もやってこない！
アカデミー学者、ジョレス・アルフョーロフ
ウラジオストク（二〇〇八年）

一

十一月末に初雪が降った。冷え込みの厳しい朝、私は密造の「焼けた」ガソリンをつかまされた可能性があると気づき、早めに残りを燃やしきってしまうことにした。不時着前の飛行機が飛行場の上空を旋回して燃料を燃やしきるように。違いは飛行機の場合は着陸の失敗を恐れているが、私の場合は離陸——翌朝にエンジンがかからないことを恐れていたという点だ。

私は市中心部まで走ることにした。夜九時を過ぎていたから渋滞はもうないだろう。自動車は

まだ駐車場に入れず中庭に停めてあった。家を出て、車に乗り、エンジンをかけ、気分よく発進の準備をする。車から数メートル離れたところに暗闇では年齢も性別もよく分からない物好きが立っていた。物好きはカメラを乗せた三脚を地面に立て、レンズを対空砲のように空に向け、雪の落ちるさまを撮影していた。

渋滞だった。帰りの通勤時間だったからか雪が降っていたからか。寒さは緩《ゆる》まず、まだ湿気の多い初雪は道路に氷の膜をつくった。自動車たちは下り坂を滑り落ち、上り坂を断続的に登り、不運な者はこの冬最初の接触や衝突を起こした。ある自動車はなぜか滑りやすい場所で力一杯ブレーキを踏み込み、フェンダーをこちらに向けて迫ってきた。そんな中、この粗末なアスファルトを一部だけ着せられた大地、なぜかロシアとなり、その後百五十年にわたりロシアであり続けている――我々はあとどれくらい居続けるのだろうか――奇妙なアジアの大地に雪は降り続けていた。

市中心部にたどり着き、家に帰ろうと車をめぐらせたとき、私は若い娘を見つけた。彼女は第三三薬局のそばの坂でこちらを呼んだ。私はブレーキをかけ、窓を開ける。「遠くまで?」「百周年大通りまでなのだけど、同じ方向なら乗せてもらえませんか……」彼女は「同じ方向なら」と断ることでお金を払う意思はないことを婉曲的に示した。同じ方向だった。それにこんな雪の中で立たせておくわけにもいかなかった。

前輪をスリップさせながらも、冬のテクニック（宝石細工を扱うように繊細にアクセルを踏みながら、ハンドルさばきは注意深く、そしてブレーキを踏むときはさらに注意深く）を思い出しながら、どうにか発進することができた。最後の氷が解けきった春先から沈黙していたＡＢＳ（アンチロック・ブレーキシステム）が久々に音を立て、毎年のことながら驚く。夏用のワイパーは凍りつき、ろくに役目を果たしていなかった。冬用に取り替えなければ詰まってしまうかもしれない。だが我が町では、まともな雪は年に三回も降ればいいほうである。タイヤは一応冬用だが、新しいとは言いがたい。だがこの冬くらいはもつだろう。次の冬など生きて迎えられるかも分からない。

私は美人でない娘を乗せてやることはしない。乗せてあげる娘とどうこうしようなどと考えたりはしないが、きれいな娘ならばこちらも気分がいいし、きれいでなければあまり近づきたくない。お金を払ってくれるなら、もちろんありがたい。だが私はお金のために白タクをやることはない。同じ時間を使うなら本業のほうがはるかにたくさん稼げるからだ。こうして車を流すことには現代の都市住民に釣りをさせるような、なにやら狩猟的なものがあるように思う。頼みを聞いて、お金をもらう。百ルーブリくれる人もいれば、二百ルーブリくれる人もいる。五十ルーブリの人もいるが、これはパン代、つまりガソリン代にしかならない。税金もレジも領収書もない。そんな仕事を想像して、自分にはできるものか考えてみる。たぶんできないだろう。私はいつまでもアマチュアであり、プロの白タクにはならないだろう。だからただで乗せることもできる。どちらにせよ私は単に運転を楽しみたくてガソリンをいたずらに燃やすこともよくあるのだ。

時折、売春婦が声をかけてくることもある。停車して窓を開け、「遠くまで?」と聞くと、「仕事中よ!」と答えるのだ。また、夜には私なら決して乗せないような集団が車を停めようとしているのを見かける。それでも何かしらタクシーは見つかるものだ。私自身も自分が運転していたらいくら積まれても素通りするような集団の一員として乗ったことが何度もある。タクシードライバーとは破れかぶれな者たちなのだ。座席の下にはナイフかバール、あるいはバットがある。しかし拳銃があったとしても、相手が本物なら通用しない。それでも乗せる。私は白タクではない。怖いのだ。たまには温和な感じの男性(できれば眼鏡をかけ、しらふで私より肩幅が狭い人がいい)を乗せることもある。私の主な客層は感じのよい娘たちであり、それもあまり遠回りをしなくてすむ場合に限る。ダンスが愛の行為の模倣や隠喩であるように、若い娘を乗せることは彼女を少しだけ誘惑することだ。自分が支配する世界に誘い込む。お茶しませんかと誘うのと同様、女性を所有する手段のうち軽いものの一種である。「乗ってきなよ!」というお決まりのフレーズには疑いようもなくセクシュアルな含意がある。だから私は美しくない人が車の中にいるのが好きではないのかもしれない。これがナルシシズムでありスノビズムであり変質的であるということは私も知っている。

乗客を百周年大通りで降ろし、家のすぐ近くまで来たところで、別の娘に呼び止められた。私は彼女を乗せてまた反対方向に走った。愛想のよい、半分モンゴロイド系の容貌の娘だった。「今日はみんな話の通じない人ばかりで。お金を払うと言っているのに誰も乗せてくれなかったの！　百ルーブリで足りますか？」私は十分だと答える。ステレオからは「ノーチラス・ポンピリウス」がお前の身体の医者について歌うロックが流れていた。「これはナイク・ボルゾフの歌でしたっけ？」と半分モンゴロイド系の娘が聞いてきた。八〇年代末に録音されたブトゥーソフの歌だよと私は答える。「まだ私が歩いて学校に通っていたころだわ」と娘は言った。「僕もです」と私は応じた。彼女は私を見て疑いの眼差しを投げる。「そんなことはないでしょう……。もしかしたらそうだったのかもしれないけど、それなら私はまだ赤ちゃんだったのかな」私は考え込んでしまった。

二

最近はよくあることだが、私は自分自身と議論を戦わせながら運転していた。奇妙なことだった。ここ数年の間、私はあらゆる抗議運動に熱心に参加していた。右ハンドル運動の根っからの活動家だと見なされていた。だが、あるときから私は自分と過激派の人たちとの間に距離があることに気づくようになった。運動に参加しても、心を波立たせる光を感じたり何かの事件が自分の分岐点になったりすることがなかった。そうしたものとは無縁だった。単に自分の中である感覚が形作られ、右ハンドルよりも大事なことがあると気づいたのだった。

最初にそのことに気づいたのがいつだったのかは覚えていない。ひょっとしたら、ナホトカの

「プロテスタント」たちがおんぼろの哀れな国産車ジグリを火刑に処したときだったかもしれない。塗装が泡になって膨らんでいた。ボンネットの中から肥え太った炎が噴き出していた。自動車は、まるで一九四五年にオーストリアのマウトハウゼン強制収容所でファシストたちに処刑された老カルブィシェフ中将のようだった。ソヴィエト工業の落とし子であり、どうにかこうにか三十年も走り続けた無実の働き者。「コペイカ」と呼ばれたジグリがこうして処刑されるのを、私は冷静に見ていることができなかった。そして、こうした右ハンドル急進派の極端な振る舞いを受け入れることは決してできないと理解した。パトスにおいて狂信的で宗教的なこのような行いも、内容的には正反対の下院や上院や連邦政府の住人たちの演説も。この自動車はコペイカとして生まれたことが罪なのか？　大臣が乗っているメルセデスでも焼こうじゃないか、それなら惜しくはない。そうやって昔は国を丸ごと焼いたのではなかったか。あまりに出来が悪く、不便だからといって。

あるいは、このような考えに至ったのは別の集会のときだったかもしれない。活動家たちがわざわざ朝方にどこかの老人から安く買い取った遺跡のように古い「モスクヴィチ」を引っくり返そうとしたときだ。ソ連時代のナンバーをつけた車で、まだ現役だった。警察の介入がなければ、計画は成功していた。ウラジオストク中心部の道路の真ん中でのことだった。

あるいはまた別の機会だったかもしれない。それは集会で仲間の一人が沿海地方を日本に併合するよう要求するスローガンを掲げているのを見たときだ。右ハンドルに対する私の愛もここまでだとはっきり理解した。私は「コミュニストの頃のソ連では何もかもだめだった」といった類の話が嫌いだが、「そろそろこの国からずらかるべきだろう」というような話も我慢できない。いいからあんたたちがずらかってくれ！

すっかり熱くなってしまった哀れな私の頭にポストソヴィエト時代の極東人にとっては危険な思想が忍び込み、根を下ろした。「ひょっとして、本当に国産車に乗るべきじゃないのか？　大国の証のひとつは輸入依存度の低さだ。非物質的なものも含めた自国の科学と産業が発達していれば達成可能だからだ。そもそも私は快適さや豪華さの愛好者を馬鹿にしていたのではなかったか？」さらに考えていくと、驚いたことに私は二種の国産車、ラーダ九番とラーダ・ニーヴァを少なくとも外見的には好ましく感じることを発見した。この二つには何かT３４戦車に通じるものがあった（私の祖父は米国製シャーマン戦車に乗って戦ったが、だからといって彼がもらった勲章の価値が下がるわけではない）。それにゆったりとして重みのある艀《はしけ》のヴォルガも、それなりに渋い。さらにウアズときたら……。私が仲間内でこんなことを口にしても笑い者にすらされなかった。理解できなかったのだ。そして怖がられた。

いつかは決断を下さなければならない。簡単なことではない。私は歌っている自分の喉を締めつけることになるのだ。自制の自由は最も自由な自由である。「すべての水は機関銃用にまわせ！」とソヴィエトの戦争映画の主人公たちは言ったものだ。彼らのモデルとなった人々の血は二、三世代の間に薄まったり吐き出されたりすることもなく、今でも私たちの中を流れている。

ソヴィエトのサムライたちの孫が快適さや日曜大工、ローンやバカンス、その他もろもろの貧相で現代的な消費行動の武勲を立てることを選ぶというのか？　それでは敗戦よりもひどい。もしも右ハンドルと引き換えに我が国民が死ぬことを忘れて生むことを覚え、ロシアの領土が中国に流出していくことがなくなり、田舎者たちがモスクワや海外に一方通行の絶望的な巡礼をしなくなり、人々の物質的・非物質的な狂気じみた格差が消えるというのなら、私はマニュアル車に乗ることを覚え、ラーダを買ってもいい。私にとって自動車は鎮痛剤の役目を果たしてくれるが、痛みの源が消えるのならばそのほうがよい。外車か空母かを選べと言われたら、私は九〇年代にウラジオストクから中国にスクラップ用に売られていった空母たちを選ぶ。

私はどちらの側にもつけないと理解した。極東的なむきだし感も、モスクワ的なむきだし感も私にはそぐわない。一見すると矛盾しているが、どちらの立場も極論まで推し進められ、同じように破壊的なものになっていた。言い分が実現すれば、どちらも同じ結果を導き出す――国の決定的な分裂だ。「モスクワ案」（禁止と弾圧）では国は無理解から分裂する。「極東案」（中央の影響からの脱却）では先送りにされていたソ連解体の延長、すなわち分離主義により分裂する。ロシア人はまたもや自分たち自身と戦い、西側からは「自決権を持ち、自由を愛する沿海地方の民」と持ち上げる美しい言葉が飛んでくるようになる。沿ドニエストルやベラルーシのようなソヴィエト的理念の飛び地ではなく、自動車乗りの「個人所有本能」の上に築かれた共同体。そこには、荒廃してシェーグレン病の皮膚のように荒れたこの国をさらに噛み潰し切り刻むことに見合うような価値はない。モスクワの人々と極東の住民はぼろぼろの千切れそうな綱を両側から引いている。陰謀論の好きな人なら考え込みもするだろう。実際、こうしたことはすべてどこかのＣＩＡの工作のように思えることもある。

「人々の生活がよくなるのなら、ロシアが分裂しようがかまわないじゃないか」という人たちもいる。

ならないし、かまう。人々がどれほどの食料やサービスを消費できるかという話ではない。今も存在しているけれど多くの人は忘れてしまった大いなる夢が消え、大いなる運命共同体への帰属が失われるということなのだ。それなくしては、人はよりよく生きることができない。食べ物の消化は、人生の主要な内容とはなりえない。時折私は、自分が中国人に生まれなかったこと、この先も決して中国人にはなれないことを残念に思う。私は空間的時間的広がりを持つロシアの一部であり、極東自動車共和国の国民でもなければ、ましてや鋼鉄の神の蛋白質付属器官でもない。もし「熱い戦争」が起きたら、私はどの陣営につけばいいのか分からない。前線は私の中を通っている。

今のところ、私はバリケードの東側にいる。私は安価なよい国産車が手に入らなくなったとしても悔しくはない。悔しいのは、国産車が手に入らなくなったのは新たな国産車を生み出すためではなく外国からの征服者に道を空けるためであるということだ。同じ外国車でもディーラーサロンで売っている高価な自動車のことだ。カーペットやランプ程度がどうにか現地生産されているといえる「ハーフ」の日本娘、韓国娘、欧州娘たち。彼女たちは禁止前までは我々がウラジオストクで組立車を組み立てていたように、ロシアの工場で仕上げの組み立てだけされる車だ。もはや国自身が純国産車の実現など信じておらず、代わりに海外投資家を誘致することに決めたのだ。「我が国にはこれまで自動車産業がなかったが、今ではある」とはスターリンの有名な言葉である。この言葉をひっくり返しにする時がきたのだ。

結果として、右ハンドルとたらいは同じ陣営にいることになった。安い大衆車は仲間割れを起こした挙句、一般人には手の届かない外国ブランドのまばゆい新車に敗れた。「自動車は安くないとだめなのでしょうか?」と目をしばたたかせながらテレビ画面から尋ねるのは賢そうな顔の、仕事に成功して地位のある、BMWの新車を持つ男だ。安くなければならないのは人間の命以外のすべてのものだと、私がそのトークショーに出演していたら答えたことだろう。私がこの世界に来たのは苦心して金を得ることに命を使うためではない。

このような話をさらに続けていくと私は統合失調症患者になってしまう。意識の二重化や理性的思考の分裂はポストソヴィエト時代の現実のロシア全体に特徴的なことだ。私の頭蓋骨の中には少なくとも二人の論者、仮に「国家官僚」と「消費者」とでもいえる者がおり、ニューロンの弁証法的螺旋《らせん》を描きながら激しく論争を繰り広げている。一人は個人の自動車所有の発展に人類の袋小路を見て自動車に反対し、誰でも利用できる便利で高速で環境に優しい公共交通機関制度を発明する。もう一人は自動車は自分の一部であると感じており自動車を捨てることができない。

この私の半身たちはどうしても合意に至ることができない。即物的な私は日本を選ぶ。人生は一度きりなのに、どうしてまともな自動車に乗ってはいけないのか、誰かに決められているのか？理念的な私は快適な移動よりも大事なものがあると主張する。私たちにはもととなる祖先があり、この先に引き継いでいかねばならない子孫があるというのだ。

「国家官僚」の弱点を知る「消費者」は狡猾である。「中古車に乗らなければならない。それが反ブルジョア的というものだ。ブルジョア社会は人に衣服や自動車や電話を買い替えることを強制するが、それは物が古くなったからではなく、流行は一シーズンしかもたないからなのだそうだ。そうしないと企業には不都合なのだ。でも、いくら商品に投じるリソースを節約したとしても、あからさまな手抜き品でもない限り、現代の商品はもっと長く使える。私は自分の古ぼけた国産腕時計やセーター、カムリ・グラシアのトランクに入れてある祖父にもらった一九四一年製の工兵シャベルを誇りに思う。この自動車は車齢十一年で、日本人にとってはさらにその数年前に古びた車だ。だがどんな走りを見せてくれることか。まだリソースの半分も使い切ってはいない！」

頭の固い国家官僚は型どおりの反論を返す。「自分を偽らなくていい。セカンドハンドを買うことで君は自分が憎むというブルジョア世界の価値体系に進んで収まっているじゃないか。君はそのピラミッドの一段上の人々に必要な存在だ。市場の催眠支配を受けている彼らは、そろそろ買い替え時だと思ったら車を君に売るわけだ。君たちは互いを補完しあう。君が中古車を買うのは、単に新車を買う金がなく、この先も決してそんな金を手にすることがないからだ。一段上の連中よりも成功していない。それがすべてだ。自分は誠実で賢いと思って自分を慰めることを覚えたようだが、そう思い込んで自分を守り、安心しているだけだ。もしできるのなら君は喜んで一段上に跳びあがり、スーツを着てディーラーサロンへ行き、蝿もとまったことがないような新車を買うのだろう。君がこの社会を批判するのは、自分があまりおいしい位置にいないからだ。君はこっそりランドクルーザーに憧れているだろう。決して手に入れることはできないのに。とはいえ、今乗っているその車だって大半のロシア人には手の届かない代物だ。君はそれを八千ドルで買ったが、そんな大金を持っていない者もたくさんいる。君は大儲けすることに反対する。もう少し考えてみようじゃないか。そもそも自動車を所有することは道徳的と言えるのか？　しかも外国車だ。貧しい国で。農村ではトラクターが足りないと言っているのに、外国から乗用車など輸入している場合か？　それならもう何も製造しないことにしよう。自動車は日本で、食料は中国で買おう。軍隊はＮＡＴＯからレンタルしよう。ずいぶんと愉快なことになるだろうけど、最後にはどうなるのか？　人類の発展を牽引するとは決して思えない凡庸な経済的実利主義の観点から見ても、このような道は破壊的だといえるだろう。私たちは石油と交換に自動車を手にするが、その石油はもはや我が国の農村や工場ではまともな値段で買えなくなっている。ロシアが西側的な意味で豊かな国になることは決してない。その必要もない。もしも選ばねばならないのだとしたら、私はロシアの自動車工業を選ぶ。公共交通機関を選ぶ。たとえそれが私のような極東人が口にするといかにおかしく聞こえるとしても。さもなければ新たなガガーリンはいつまでたっても生まれない。君は統治者に不満ばかり言っているが、もし明日にでもプーチンとメドヴェージェフがヴォルガに乗り換えたら、自分の言葉に責任を取って外国車を捨てられるのか？大体、自動車に対する君の愛は疑わしいじゃないか。愛といっても人間嫌いからきているのではないか。自動車は他人とのつながりを断ち切ってくれるだろう」

「でも趣味くらいあってもいいだろう？　仕事と車以外、私には他に熱中できるものが何もない。私にとって車は衣服や家とは次元の違う現象だ（私は家など持っていないし、この先も持つことはないかもしれないが）。ショッピングと日曜大工のサイクルを繰り返すような生き方は原則的に間違っていると私は思う。家が『修繕』されているかいないかで変わる評価など、どうでもいいではないか？　そう、私は車を所有している。財産といえるものはこれだけで十分だ。船腹にたくさんの貝が張りつくように、物に囲まれて膨れ上がる必要はない。そもそも自動車は物ではない。これは受肉した自由であり、美であり、力だ」

「話をそらそうとしても騙されないよ。だって君が朝、大きな銀色の車の中にだらりと座って出勤しているとき、君の頭の中にあるのはブルジョア的な考えではないのかい？　外は寒くて不快で汚くて雨が降っている。ほら見ろ、乗り合いタクシーを待つ惨めな行列だ。それに比べれば君は『成功』した人間だ。その気になって働いて、車を買えるくらい稼いだわけだ。ところがあいつらは稼げなかった。報いを受けるのは当然だよな？」

「その意味ではポストソヴィエト時代のウラジオストクはこれ以上ないくらいに民主主義的だな。おそらく望んだ者は誰でも自動車を買うことができた。関税さえ上げなければ、それ以外の者だってどこへも行かなかっただろう。ホームレスだって一人一台は手に入れられたはずだ」

「そうやってまた脱線するのはよしたまえ。正直に働いたって車を買えるほど稼げない人などいくらでもいるのだ。君のようなポストソヴィエト時代の市場経済社会の批判者はそのことを否定できないだろう?」

「それなら私に何をしろというのか? 現在の秩序を受け入れないのなら温水管の敷設溝か下水路の住人にでもなれというのか? 石を手にクレムリンに立ち向かい、愚かに死ねというのか? 残念でした。私は君たち全員よりも長生きする。弱肉強食の掟にだって適応してみせる。どんな条件にも合わせる。私は愚かではないし、活力があり頑丈だからだ。それに若い。今のところは。こんな人間はいつでもどこにいても必要とされる。だから私は何でも手に入れられる。そう、何でもだ」

だが重要なのはそこではない。私だけでも無事ならいいじゃないか。だからといってなぜ、私は周囲のものすべてに満足しなければならないのだ? これは自分のエサ箱より向こうを見ようとしない豚の論理だけどね。私の家、私の庭は北極を進む原子力船だ。アフリカの原子力発電所だ。一度も行ったことのない旧ソヴィエト連邦の同盟国だ。そうした国ならば、君の好きな病的に脂ぎったバリ島だとか、エジプトだとか、カナリア諸島みたいなところよりは、ずっと行ってみたいと思えるね。

……以下略。

三

右ハンドルを批判するこうした官僚や役者はまだまともな方である。インターネットのフォーラムでは自己検閲すらしていない露骨で真摯な意見を読むことができる。「いい加減に日本から鉄くずを持ってくるのはよせ。極東のろくでなしもそろそろ働け」。こうしたありがたいユーザーたちのおかげで最近二十年間にロシアで何が起きたのか私はよく理解できるようになった。そしてチェチェン戦争——ペレストロイカのクライマックスだ——をどう理解すればよいのかも。いわゆる世論はすべてのチェチェン人たちを何か生まれつき欠陥のあるテロリストのようなものに仕立て上げ、辱めを受けて当然だとしたが、チェチェン人たちはこれをどう受け止めたのか？我々「極東のろくでなし」ももっと穏やかであるとはいえ似たような状況にあった。チェチェンは気温が高かったから発火した。それだけのことだった。

私は自分を分裂させることで、それぞれの立場が持つ限界を克服しようとする。引き止め、固く結び合わせ、和解させ、鋳直し、最終的に——もし最終というものがあるのなら——何か新しくて素晴らしいものを得るのだ。我々の誰もが正しい。誰もがだ。モスクワや自動車工場都市トリヤッチの人々と我々沿海地方の人々が立場を入れ替えたとしても何も変わりはしない。単に新しい環境と新しい台本が与えられるだけだ。私たちの間にはメンタリティの根本的な不一致はない。私たちは相互に交換可能な人間であり、異なる役柄を割り当てられただけの汎用型の役者なのだ。沿海地方住民が右ハンドルを選択したのは有害な人種だからではない。単に空間的時間的条件からしてそのように振る舞うのが適当だったというだけのことだ。我々には厳密な意味での選択肢はなく、すべては定められていた。他方で、当初は些細な違いに思われていたことが、後には自他を分かつ文化的要因になった。

ロシアでは二つの民族が形成されつつある。仮にこれを「貧しい人々」と「豊かな人々」と呼ぶことができる。社会の分裂はメンタリティや領土の分裂と組み合わされるものだが、我々のケースではさらに右ハンドルと左ハンドルという人工的に煽られた虚構の対立によって強まっている。モスクワはヴォルガ川沿岸に集積された自動車工業を盛り立てることを提案しつつ、そうでなくとも半ば空っぽになった極東を叩く。半ば「満たされた」ではなく、まさに半ば「空っぽ」の極東。よく知られた心理テストになぞらえるのは不適当である。ここでは二つの見方はありえないのだから。

我々は無理解の奈落に落ちていく。まだ完全に形成されてはいなくても、すでに萌芽が現れた二つの民族の間にはのろのろと進む内戦がある。奈落はまだ決定的な深さには達していない。というのも、それぞれのへりにはソヴィエト時代に同じ学校で学んだ人々が立っているからだ。どちらの陣営にいることも容易だが、間に橋を架けるのは難しい。時にはそれが不可能なこともある。それでもやらねばならない。

右ハンドル教の革命的情熱、反骨精神、ステレオタイプからの自由が私は好きだ。だがそこには分離主義の爆弾が眠っていることも知っている。嘘つきの役人たちは我々の抗議運動は海外から資金援助を受けていると言っているが、それはもちろんたわ言である。しかし理論的には、この急所を爆薬として利用することも可能だ。すべては起こりうる——それが我々に歴史が教えてくれる唯一のことなのだ。これまで右ハンドルは実質的に極東にロシアが存続することを可能にしてきた。その右ハンドルが今度は解体を導く線となる。きわめて単純な弁証法だ。個別の民族——太平洋人、あるいは極東人、右ハンドル人といってもいい——が出現するというのだ。同じようにして半世紀前には小さな朝鮮半島でひとつの民族が二つになった。問題は血にあるのではない。異なる血がひとつの民族になることがあるし、ひとつの血が様々な民族に分かれることもある。問題はそこではなく、文化や宗教や価値観や生活様式にあるのだ。

我々の時代は腐乱の最後の甘美さや酩酊の自殺的な歓喜を湛えて美しい。酒酔いは許されるべきものであり、ときには必要でさえある。だがあまり長続きするのはよくない。長ければ長いほど、深ければ深いほど、二日酔いがつらくなる。一番苦しいのは酔いから醒めていくプロセスだ。しかしいつかは醒めなければならない。穴を縫い合わせ、コード化し、外部から押しつけられる不自然な欲求と決別しなければならない。自己破壊を続けて最終的に死んでしまえば、それはトリップの最中だろうが二日酔いの苦しみの中だろうがたいした違いはない。世界を醒めた目で見るすべを覚えなければならない。もちろんロシア全土でのコード化を上から始めるのが望ましい。禁止するのなら、一般人にとっては他に代えのきかない大衆車ではなく、マイバッハやベントレー、メルセデスからだ。絶滅しつつある極東人などは、どんな車に乗っていようとも、たとえ橇だったとしても、大勢には影響ないのだ。

もしかしたら、我々が甘美な人生の禁断の実を食べたことが致命的な過ちだったのかもしれない。かつてはそのような実がなくても生きていくことはできたが、一度味を覚えてしまえばもう無理だ。消費社会の歯車は一方向にしか回らない。向きを変えようとすれば古い国産自動車の壊れたギアボックスから聞こえてくるような物騒な異音が響き渡る。

ロシアにおける右ハンドルの黄金時代はすでに過去のものとなった。私はいくらか遅れてしまった。ペレストロイカと民営化によって破産した慎ましい人々が今ならビジネスクラス、さらにはEセグメントと呼ばれるような大きな乗用車を苦労せずに買えた時代。その時代の最後の一瞬に引っかかることができた程度である。当初は爽やかに思えたが実はウイルスに満ち不快だったペレストロイカの風は、やがてさらに不快な息苦しさに取って代わられ、我々は金を惜しんで南京虫のような小型車に乗るようになったが、それはまた後の時代の話だ。国の関税政策は変わり、日本の自動車自体も変わってしまった。かつての永久機関を積んだ堅牢な自動車はこの上なく現代的だがしばしば脆弱な部品ユニットの塊になってしまった。

美しく、自由で、果てしなく広がっていた時代は終わりつつある。車体を軋ませながらもソヴィエト時代から今も変わらず郊外のダーチャの菜園からジャガイモを運ぶのに使われているような自動車の一部は、ひょっとするとこの時代よりも長生きできるのかもしれない。右ハンドルは禁止され、中古車市場は解体され、そこには市の新たな都市計画による住宅団地が建設されるのだろう。そして沿海地方にはウアズあたりの組立工場でも建つのだろう。

もうすぐすべてが終わる。私もそろそろ句読点でもつけて区切るべきときだ。その先に何が来るのかは知らない。未来はないが、現在は常に未来のいくつかのバリエーションを宿している。自動車のハンドルはジョイスティックになるだろう。カルダンシャフトと鉄製のギアは電子的な継手に代わり、ガソリンやディーゼル燃料は水素や電気や水になる。人は自動車の中で自由を失い、人の知能や反応は不要になる。運転の喜びは時代錯誤になり、自動車は信仰の対象から単なる機能に、レーニン的な移動手段に変わる。自動車は自ら空間上の位置を把握するようになる。スマートタイプの交通標識と通信し、人が速度オーバーをしたり赤信号を無視したり、きわどい追い抜きをかけたりすることを禁止する。自動車での移動は電車での移動となんら変わらなくなる。そのような兆候はすでに現在感じられるようになってきている。自動車が人間の代わりに決定を下す場面が増えてきているが、私は時代遅れと謗《そし》られようともＡＢＳ（アンチロック・ブレーキシステム）の断固たる反対派だ。「人的要因」は取り除かれ、いずれは完全になくなるだろうが、同時に自由も失われる。いつか我々は、発火の危険がある燃料を満載して手動で運転していた恐ろしい時代もあったものだと思い出すようになるのだろう。そしてそれは正しいことなのかもしれない。しかし私は自動車が心躍らせる自由の結晶とされていた野蛮な自動車教時代に生きられたことを誇らしく思う。

さらに後の時代には自動車教は過去の遺物と宣言されるようになるだろう。百年前に自動車の個人所有はハイカラ趣味とされていたが、現在の地球は自動車化のピークを迎えようとしている。資源的、環境的、空間的にいつかは限界が訪れ、制限されることになるのは明らかだ。もしかすると、今生きている人々が自動車教の黄昏に立ち会うことになるのかもしれない。

しかし今のところ時代は続いている。この時代について考えるとき、私はウラジオストクの中心部に建つ銅像を想像する。その銅像は古い右ハンドルの日本の大衆車でなければならない。私はどこに行けばその車を見つけられるのかさえも知っている。その車は我々を生きながらえさせ、この地を守ることを助けた。そして、あの混乱の時代、奇妙な場所、九〇年代の破天荒な空気とその時代の人々を象徴するものとなる。他の銅像は考えられない。役人たちがその意義を嘘くさくもごもご言っている「戦略的地域」から人々は今も流出している。役立たずの肘掛け椅子やスーツや賄賂に囲まれたあなたたちではない。右ハンドル、中国の粗末な衣料品、チョコパイ、ゴキブリ駆除剤――これらが九〇年代には予備バッテリーや人工呼吸装置のように機能麻痺に陥った帝国を助けたのだ。

右ハンドルを残すのも残さないのも、どちらも同じく先のない道だ。「どちらもだめだ」（一九二一五年のスターリンの言葉〕。中古車市場に出口はない。

四

起こるべきことが起きた。たとえ悪いことであっても予想されていたことが起こるとき、人はなぜそれが起こったかではなく、なぜ明日でも一年後でもなく今起こったかに驚く。

二〇〇八年秋、モスクワは右ハンドルの砦に新たな襲撃を仕掛けた。世界金融危機が起こり、国を燃やしていた。千ルーブリ札は高額紙幣ではなくなった。ガソリンはまるで正気を失ったかのように、私が運転するようになって以来初めて安くなった。プーチン首相は二段階の狙い撃ちを行った。まず十月に「組立車《コンストルクトル》」の輸入を禁止し（ボディの輸入に五千ユーロもの関税が課されるようになった）、十二月には中古車の輸入関税を引き上げて輸入可能な自動車の車齢を実質的に七年以下から五年以下に狭めた。国家指導者のおかげで勢いづいた下院の操り人形たちは右ハンドルを葬り去るための「技術規則」作成の必要性について議論を再燃させた。これによって私のトヨタ・グラシアは二重に烙印を押された存在となった。挑発的な右ハンドル車というだけではない。出自も不適切だった。違法な「組立車」だったからだ。

私はこうなることを恐れていた。右ハンドルを禁止しても我らの工業は再生しないし、荒野に草が生えることもなく、また軍隊に健康な男子や最新型の兵器が大挙してやってくることもない。

そのためにはあまりに多くのことを変える必要がある。二十年の間に賢くなることも良心を思い出すこともしなかった権力は、この先もそうしたことをするはずはない。革命を進化の一種と見るのならともかく、いわゆる進化の道というのはここでは実を結べない。奇跡は起きない。ソヴィエト時代のラーダやヴォルガは死に絶え、右ハンドルも死ぬ。道路を占領するのは他の自動車たちだ。傷ついた国の身体からは今後も血が流れ出し続けるだろう。すべての血が出切ってしまったとき、我々は極東を捨てて西部に去る。沿海地方は戦うことすらなく明け渡されるだろう。

二〇〇八年十一月七日〔旧革命記念日〕がやってきた。この日は今ではただの平日だ。新設された十一月四日の祝日〔民族統一の日〕に休んだ市民は素面《しらふ》で機嫌が悪そうだった。新たな祝日はポーランド人をロシアから追放した記念の日なので危険は少ない。革命に関する不穏な思想は有害なウイルスファイルのように記憶から消し去らねばならない。私はクラソター大通りにやってきた。坂を上がったところに金角湾を臨《のぞ》む展望台があり、車でやってきたカップルがスモークフィルムで外からは見えない車内でキスをする場所になっている。このクラソター大通りでは市民の抗議集会がよく開かれていた。左手にはパワーショベルに齧《かじ》り取られた赤茶けた丘があり、丘の上には古い木造の小さな戸建住宅がひしめいていた。その老朽住宅を追い立てるように、新しいエリート住宅が空の一部を覆い隠している。帆船パラーダ号のマストや、まだ生き残っている太平洋艦隊の艦載レーダーが突き立ち、遠くにはチュルキン岬やルースキイ島の稜線がぼんやりと見える。秋に特有の並外れて晴れ渡った日だった。急に寒くなっていた。昨日までは季節風が吹くウラジオストクの秋に特有の暖かい日だったが、今日は気温が零度近くまで下がっていた。私は短く散髪したばかりだった。帽子をかぶらない頭はなじみのない寒さを感じていた。

ドミートリイが話していた。彼はまだ若く満ち足りたつるんとした顔をしたブロンドの男で、抗議運動の波に乗って市議会議員になった地元の自動車業者だ。やがて抗議集会に足を運ばなくなり、白いランドクルーザーと議員証とビジネスを大事にするようになる。ドミートリイとは「話がつけられた」と噂され、彼は党や体制や社会建設のことを思い出し、バリケードの中の彼の場所は他の者が占めるようになる。しかしこの時はまだ彼は大胆で、言葉を発することができた。二人の警官がやる気のなさそうな調子で人々に解散を呼びかけた。この警官たち自身、やる気のない指令を受けたのだ。ドミートリイと彼に続いて演説した者たちは国道とシベリア鉄道を封鎖して下院議員をリコールするよう提案していた。私は不器用な演説を黙って聴きながら、これから何が起こるのか理解しようとしていた。中古車市場でさえ取引はルーブリ建てで行われるようになってきたという。へえ。私は突如、すべてのことがまったくどうでもいいと感じた。議論するがいい、戦うがいい、やりたいようにやるがいい。隅の方の路肩に駐車されたグラシアが私を待っていた。いい加減に凍えてきたところで、私は車に向かった。

二週間後にはさらに涼しくなった。私はデモ隊の車列の一員として市中心部に向かっていた。車列は移動式のディスコのようだった。イルミネーション満載の自動車たち、様々な口径のクラクションのフルートが鳴らす不協和音のノクターン。それはまさに私が子供の頃のペレストロイカ期に見たディスコの光と音楽のショーだった。ドライバーではなく、自動車たちが抗議しているようにみえた。彼らは楽ではないが、それでも第二の生の権利、ロシアでの生活の権利を要求しているのだ。叫び、泣き、怒っている。

私たちはウラジオストク百周年大通りを進み、パルチザンスキイ大通りへと曲がった。最近来たばかりのクルーザーの二〇〇から腐りかかった毛深いボロ車まで、実に多彩な顔ぶれの一行だった。驚いたことに隊列には左ハンドルの去勢馬《メルセデス》までいた（私はわざわざ追い越しざまにスモークガラスの中を覗き込んでハンドル位置を確かめた）。火遊び好きの連中が窓から放り投げた日本製の赤い自動車用発炎筒が車輪の下で燃えていた。この頃市内の他の場所では――私は知っていた――別の者たちが混乱の九〇年代のラストモヒカンに別れを告げていた。数日前にその男は市の刑務所の独房の中でシーツで作った輪に首を吊っているのが発見されたのだ。「九〇年代との別れだ」と私は思った。もうずいぶん前に別れていなければならなかったのだ。でもこれから先に何が起こるのか、私は知らない。

私たちはクラクションのボタンを押しながらオケアンスキイ大通りの坂を下り、革命闘士広場へと向かう。台座の上にはホルンと旗を持った沿海地方で最後のソヴィエト人の像が立っている。私たちはその足元の大理石の演台に立つ。私が子供の頃にはその演台に地元の指導者が立ち労働者の行進に敬礼を送っていたが、今では私たちの仲間のある者はプーチンとメドヴェージェフの解任を提案し、別の者は沿海地方のロシアからの独立を呼びかけている。私は再び、そのどちらにも賛成できないと感じた。自分自身とすら意見をまとめられない。オレンジ色の風船がいくつか空に上がり、小さくなり、やがて消えていったが、その風船には私たちの慎ましい右ハンドルの夢が結びつけてあるように思えた。

十二月には本格的に寒くなり、市内では無法な振る舞いが行われるようになっていた。十四日のデカブリスト蜂起の記念日に市民はウラジオストクの交通の要衝であるネクラーソフスキイ陸橋を封鎖した。その後、郊外に進んで空港への連絡道路も堰き止めた。町は停止した。反乱者たちはタイヤの焚き火を燃やして暖を取った。この日、初めて特殊部隊《オモン》が市内に現れたが、それはまだ演習に過ぎなかった。

抗議の発起人たちは一息ついてから月曜には仕事に出ていったが、一週間後に無期限の抗議運動を開始することを決定した。最も頭に血が上った者たちは国道とシベリア鉄道を封鎖し、線路にジグリを溶接することを提案した。町中では「市民パルチザンの手引き」が配られ、抗議集会には何を着ていくか、何を持っていくか、警察に呼び止められたらどう対応するか指示された。夜間には駐車場で九〇年代の極東共和国のイデオローグたちの亡霊が甦ったのが目撃された。

政府は広大な国の辺境地域の利害を調整できず、極東や沿ヴォルガ地域を苦しめ、社会的政治的分断に加えて領土的分断を深刻化させた。沿ヴォルガ地域のトリヤッチとウリヤノフスクでは政府の関税引き上げを支持する対抗集会が行われるようになった。ダリキン沿海地方知事は街に出ずに家の中にいるようテレビで沿海地方の住民に呼びかけた。プーチン首相はタタルスタン共和国の自動車工業都市ナベレジヌィエ・チェルヌィ市に行き、役人たちを国産車に乗り換えさせ、極東への自動車輸送料金をゼロ化することを約束した。プーチンは、極東では輸送料が高いので国産車は「二、三倍高く」、それだけが極東住民が国産車に乗ることを妨げている理由なのだと説明し、状況をまったく把握していないことを露呈した。セーチン副首相は、「極東での騒ぎはどこかの詐欺師が扇動しているのだ。一握りの利害関係者がこれを組織している」と火にガソリンを注いだ。

土曜日、中古車市場に追い詰められていた我々詐欺師たち一味は革命闘士広場に打って出た。私は自らの不穏な疑念を抑え、再び抗議運動の陣営、弱者の味方に加わった。いずれにせよ我らの政府は批判されてしかるべきだったのだ。またもや演説が、音楽が、スローガンがあった。何十人もの活動家が警察に連行された。彼らは数時間「猿の檻」に入れられた後、このような際には深夜までやっている（やればできるのだ）調停裁判所に送られた。裁判所ではすぐさま各名に千ルーブリの罰金支払い二件を命じた。一件は無許可の集会、もう一件は警察に対する公務執行妨害だった。

翌十二月二一日にも抗議運動は続けられた。前日よりもさらに寒い日だった。私は不意に、一九九一年八月のクーデターのときにもこの広場に人々が集まっていたことを思い出した。当時、悪ガキだった私は父と一緒に広場にやってきて、「軍事政権は消えろ！」と叫んだ。今の私なら「軍事政権は消えろ」ではなく、何か正反対のことを叫ぶだろう。しかし私は子供だったし、完全に親の影響下にあった。沿海地方政府の十八階建ての雪白の建物は「ホワイトハウス」あるいは「ソヴィエト連邦共産党構成員」、さらには「叡智の歯」などと呼ばれていたが、その建物にはいつもの赤地に青線のロシア・ソヴィエト連邦社会主義共和国の旗ではなく、誰かが掲げた三色旗があった。私はこのとき初めてこの旗を見たが、それが国旗になるのはまだ先のことだった。

自然発生的な集会を解散させようと考える者は誰もいなかった。もちろん政府が途方に暮れていたからとみることはできるだろう。しかし当時はまだ、特殊部隊《オモン》さえなかった。ポストソヴィエト時代のもうひとつの印である非常事態省もまだこの世に存在していなかった。気のいいおじさん然とした警官たちが棍棒もピストルも持たずに通りを歩き回っていた。ソヴィエト時代の時計が最後の数か月を刻んでいた。

あれから十七年が過ぎた。私は再びここにいて、再び歴史的瞬間に立ち会っていると感じていた。こういうときには空気も別のものになる。寒さに凍えた人々は昨日の勾留の教訓もあり、今日はプラカードや拡声器を持ってはいなかった。広場の中央には設置されたばかりの大きなクリスマスツリーが立っていた（路上には設置業者が放置したままの危険な板切れや鉄筋が転がっていたのに私は気づいたが、これが武器として使用されることは最後までなかった）。人々はツリーを囲んで踊り始めた。何台ものバスで送り込まれてきた治安維持部隊《シロヴィキ》は、初めのうちは興味なさそうに踊りを監視していたが、やがて誰かが命令を出した。

警察の冬用迷彩服に身を包んだ訓練された肉の海が広場に流れ込んできた。モスクワ州シチョルコヴォ市で訓練された特殊部隊「バイソン」だった。後で分かったことだが、これはヌルガリエフ内務大臣直属の部隊で、「オレンジ革命の脅威」と戦うための専用部隊とされる者たちだった。長年の間、様々な治安維持部隊が国内各地からカフカス地域に移送されてきたように、彼らはモスクワ州からウラジオストクまで専用機で移送されてきたのだった。十分栄養を摂り、モスクワ州の体育施設やチェチェンの村で訓練を積んだバイソンたち。暖かな冬服を着ていっそう健康的にみえる彼らが行動を開始した。殴り、蹴り、「シメる」。人々は一瞬で広場に現れた護送車に引きずられていく。その国有の特殊車両の鉄板に頭を打ちつけられながら祖国への愛を教え込まれる。「発砲しないでくれたことに感謝だ」と我々は後にこの日曜日を思い出しては言ったものである。

バイソンたちが来たのはよいことだった。これは真実の瞬間だった。あと百回来てくれてもいい。そうすれば、明白なことに目をつぶっている者たちもその目を開けざるを得なくなるかもしれない。もっとよく見てほしい。特殊部隊の棍棒が、ロシアの政治権力の主たるメカニズムが、いったいどんなふうに使われているのかを。テレビで見たことはすべて忘れて欲しい。権力とはテレビに映っている善良なおじさん大統領ではない。権力とはソヴィエト映画に登場するファシストのように「民主主義注入棒」を振り回す迷彩服の特殊部隊である。中の人は好青年だということもありえるが。

政府はかつて交通安全の名目で右ハンドルを弾圧し、自動車工業のロビイングを行った。そして今では国内産業の保護の名目で反体制思想と戦っており、その反体制思想のロシア東部におけるシンボルと目されるに至ったのが右ハンドルだった。十二月二一日に広場に集まったのは自動車乗りたちではなかった。我々は関税の撤廃ではなく、この地で生きる権利を要求していたのだ。ウラジオストクの名誉市民であり下院議長であるグルィズロフは後にこの日曜日の出来事について次のようにコメントした（私はすべての発言を記録している）。「日本で買った自動車の転売で儲けていた五百人が生活に困るという話ならば、彼らは今後はもっと人々の役に立つビジネスをやらなければならない」。その後、彼は極東に自動車工場が建つよう助力することを約束し、「これがゴミ捨て場に捨てられていた古い日本車に乗りたがっている者たちへの我々の返答だ」と語った。

下院の人型ロボットたちの嘲笑的なコメントや、よく肥えた口汚い「バイソン熊」たちの棍棒の風を切る音が響く中、大右ハンドル時代は苦痛にもがいていた。二〇〇九年がやってきた。炎の丑《バイソン》の年だ。クリスマスツリーを囲んで踊ったのは政治的な踊りだったと決めつけられ、革命闘士広場は右ハンドル闘士広場と呼ばれるようになった。「大人しくしない子供にはバイソンが来るぞ」という脅し言葉が使われるようになった。地元のインターネットのたまり場では「ロシアを救うためにはモスクワを燃やすしかない」という有名なクトゥーゾフ将軍の言葉が聞かれるようになった。他方で中古車市場は空になり、凍りついていた。極東シベリアという死せる宇宙空間の荒野を糸のように縫って走る国道も凍りついていた。

しかし彼女はまたも私を待っていた。離れたところに立つグラシアは車内のフロントガラスの手前に取り付けた赤いランプを心配そうに瞬かせた。ゴミ捨て場に捨てられていた古い日本車だ。

「すぐ戻ってくる。お前は身体を冷ます間もないよ」

「嘘をついたりしないよね？」

「俺がお前に嘘をついたことがあったか？」

「私たち、別れるの？」

「やむをえない。そういう決まりだ。でも俺はお前のことをずっと忘れない」

もし私たちの愛が道を外れているというのなら、あきらめなければならない。いかに甘美であろうとも、私たちの恋愛は終わらねばならない。お前なら私を理解できるはずだ。お前はサムライの手で作られた。そして武士道とは死ぬことだ。私たちは今日や明日に別れるわけじゃない。だから考えるのはよそう。まだ私の血管には熱い血が流れているし、お前の血管には燃えるガソリンが流れている。私はまだ毎朝目を覚ますし、お前は苦もなくエンジンをかけられる。私はまだお前に近づくたびに、まるで初めてのような胸の高鳴りを覚える。その間はまだ私たちは一緒だ。何か月先までも。ひょっとすると、何年も。だってお前は本物の堅牢な自動車がつくられていた九〇年代の生まれじゃないか。私などはソ連製だ。私やお前のようなものたちは、もうどこもつくっていない。

どちらが先に死ぬか私には分からない。未来はない。現在を楽しもう。さあ、キーを挿して点火するよ。そうしたら二人とも気分がよくなる。
そのことは約束できる。
私がお前に約束できるのはそれだけだ。

エピローグ　コルチ

一

その秋、私は初めてタイヤの交換が間に合わなかった。予報されていた雪は降らず、降ったとしても――天気予報だってたまには当たる――すぐに解けると思っていた。十月終わりから十一月初めはウラジオストクの基準ではまだ冬には遠い時期だ。しかし、十月三十日の夜に急に数日分もの雪が降り、翌朝には当然のごとく冷え込んで道路はスケート場になった。私の前輪駆動のカムリがつけていたのは、よいタイヤだが完全に夏用だったので、駐車場から出て坂を上がっていくことなどできるはずもなかった。私は通勤にバスを使うことになった。しかも乗換えをして二本のバスに乗らねばなかった。足を持たなかった学生時代以来忘れかけていた、どうにも嫌な感覚だ。

同じことが右ハンドルにも起きた。我々は最後の瞬間まで政府が新たな弾圧を実行するとは信じていなかった。しかしこの通り実行され、もはやどうすることもできなくなった。直接的な禁止ではなく高率の関税で締め出すという手段だったからといって、何か違いがあるわけでもなかった。隣国日本からの安い中古自動車は過去のものとなり、ノスタルジックな美しい思い出に変わることが明らかになった。

二日ほどバスに揺られる日が続き、少し積雪が緩《ゆる》むと、私は車に乗ってタイヤ交換に行った。交換屋は驚くほど簡単に見つかった。ウズベク人（タジク人かも知れないが、そんなことは誰も分からない）は器用にタイヤを換え、バランス調整を行った。交換屋にたどり着くまでの数分間はエクストリームスポーツをやっているような気分を味わう羽目になった。濡れたアスファルト、水溜り、雪、氷――夏用タイヤでこのような「複合コース」を走るのは決して気分のいいことではなかった。路面が濡れている区間では速すぎも遅すぎもしない適切な速度を保たねばならない。そうして必要な慣性速度とベクトルを確保し、雪と氷に覆われた上り坂をほとんど制御不能な状態で一気に駆け上がり曲がるということを繰り返さねばならなかった。だがこれでもう大丈夫だ。首尾よくタイヤ交換を終えた私は、たとえ質の悪いタイヤであっても（すでに何年か使ったし、私の前にも誰かが使っていたものだ）、冬用のねっとりタイヤで走る幸せを噛み締めていた。

十一月の短い春は人々の期待を裏切らなかった。プラス十五度の日が何日か続いて、その後に避けようもない冷え込みがやってくることをみんな知っていた。誰も冬を中止しなかったし、地球温暖化はおとぎ話のようなものだったからだ。二〇一〇年が近づいていた。しかしまだ今のところは、市民もガレージ民〔ガレージで自動車修理などを行う闇業者〕も解けた水たまりで車を泥まみれにしながら走っていた。町に出るたびに一段と泥だらけになるのだから、洗車する意味はなかった。毎朝、ライトとナンバープレートと窓とミラーを拭けば準備完了だ。口うるさい洒落者だけが汚れた自動車に乗ることは汚い靴を履くことと同じように許されざる行いだと考え、毎日車を洗車場に持ち込んでいた。

人々は豚インフルエンザを恐れてマスクをつけていた。ウラジオストクはロンドンにも負けない霧の町だが、そのウラジオストクの自然そのものが、私が今まで見たこともないような霧を吸い込んで、豚インフルエンザにかかってしまったようだった。数メートル先は何も見えなかった。車道と側溝の境界を示す白線は濃密な牛乳の中に消え、霧の塊は物理的な触感を持つほどに濃く、自動車はウスリー川流域のタイガの蔓草をかき分けながら進んでいるかのようだった。対向車線の車はまるで目の前で無から物質化するかのように現れ、ライトやフォグランプ（黄色がかった白のハロゲン灯や青みがかった白のまばゆいキセノン灯）を当てられないと見えない。

右ハンドルは九〇年代とゼロ年代のウラル以東のロシアにとって生き方であり、養い親であり、信仰の対象であったが、いまや痙攣に身をよじっていた。二〇〇八年末に中古車の輸入関税が引き上げられ、ボディ単品にも禁止的水準の高関税が課されることになった。二〇〇九年夏、産業貿易省は右ハンドル車の危険性を示すというでっちあげの統計データをまたもやどこからか掘り出してきた。同じ夏に内務省が公表した上半期の事故件数統計では極東の事故率は全国平均よりも低く、近年の低下のスピードも全国平均より速かったが、そんなことは関係なかった。同じ頃、政府が新たな技術規則を策定中であり、ロシアにおける右ハンドルの存続に終止符が打たれる見込みであることが明らかになった。草案では「流通を許可される輸送機器の制御機関の位置は、ロシア連邦で規定されている右側通行の条件に合致したものでなければならない」とされており、これはあからさまな暗示だった。シュワロフ第一副首相は公式に「右ハンドル車の使用や輸入の禁止はない」と約束していた。クドリン副首相は「右ハンドル車の使用をいきなり大きく制限するようなことは予定されていない」と言明した。しかし、プーチン首相の副官たちのこうした言葉を信じる者は誰もいなかった。

その後、「制御機関の位置」のくだりは草案から削除され、右ハンドル車の持ち主たちは小さな勝利を祝うことができた。しかし、しばらくするとイエズス会的な通達が出された。代わりにボディに十七桁のＶＩＮコードがない自動車の輸入禁止を決定したというのだ。コードがないのは日本国内用に生産された右ハンドルの日本車たちだった。

二〇〇九年九月二三日、産業貿易省の体内から吐き出されプーチン首相に署名された技術規則が官報ロシイスカヤ・ガゼータ紙で公表された。これにより、同規則が発効する二〇一〇年九月二三日以降は、ＶＩＮコードのない自動車（つまり右ハンドル車だ）の輸入は終了することになった。カウントダウンが始まった。すでに輸入済みの自動車や車検、転売やそれに伴う再登録などの問題はどうなるのかという疑問は未解決で、狡猾なクレムリンの住人たちは沈黙を守っていた。

ウラジオストクの自動車市場ゼリョンカは、それでなくとも断末魔の苦しみの中にあった。二〇〇九年七月、極東税関のセルゲイ・パシコ税関長は、沿海地方、サハリン、カムチャツカの港での一－五月の輸送機器の輸入台数は一万八〇〇〇台で、前年同期の一九万一〇〇〇台から一〇分の一に減少したと発表した。税関の税収は予算で設定された目標額に到達していなかった。この夏、数人の自動車ビジネス業者が借り入れた資金を返済できずに自殺したことが明らかになった。地元の野党政治家であるアレクサンドル・クリニツキイは、「借入資金で自動車販売を行っていた者のうち、少なくとも十五人が命を絶った」と断言した。同時にウラジオストク市政府は中古車市場を再開発して住宅団地を建設する計画を賑々しく喧伝した。市政府によれば、中古車市場には一万四〇〇〇戸（当初の発表ではそれどころか二万五〇〇〇戸）の住宅が建てられ、ウラジオストク市の人口の一〇パーセントに相当する五万人もの住人が住むことができるとされた。人口は自然減や流出で減り続けているのに（関税の引き上げでその勢いは増した）、いったいどこからこの五万人がやってくるのかは不明だった。

ウラジオストクの有名な星占い師であるアレクサンドル・レンペリがカリーニングラードに移住したことも、沿海地方住民の終末的な気分を強めた。最後に私が右ハンドルは禁止されるかと質問したところ、レンペリは次のように答えた（星占い師というよりは冷静なアナリストの答えだった）。「二〇一二年より前に禁止されるだろう。この種の弾圧に対して私は極めて否定的な意見を持っている。私は車に乗らないし、運転免許すら持っていない。右ハンドルの輸入禁止、そしてその後の使用禁止は、ウラジオストク、沿海地方、そして極東全体にとりかえしのつかない損害をもたらす。自動車乗りの生存環境だけでなく、明るい未来に対する希望の問題だ……。不満を持つ人々の大規模な抗議運動が起きる。だがその結果は目に見えている」

私は夏に中古車市場に顔を出してみた。以前と変わらず、いくつもの丘の斜面を自動車が埋め尽くし、磨き上げられたボディのまだら模様が、丸みを帯びた地平線の彼方まで続いていた。しかし、往時の中古車市場を知る者たちは、今は半分空っぽになってしまったと言っていた。自動車売りたちの顔からは驕《おご》りが消え、もうキャッシュの束を持ったシベリアの客たちに甘やかされることもなかった。その振る舞いはまれに見るほど愛想がよく、ほとんど市場の中国人のようだった。値引きにも喜んで応じた。彼らはこの暑い夏が中古車市場の最後の夏になることを危惧していた。

二〇〇九年末にはウラジオストクで初めての自動車工場が始動することになっていた。かつては太平洋艦隊の主要な修理基地であり、破産して九〇年代には「ダリザヴォーツキエ」という商品名の水餃子《ペリメニ》の工場に身をやつしていた「極東工場《ダリザヴォード》」の敷地で、韓国・双竜ブランドのジープを生産することが決定したのだ。韓国のジープの簡単な組立工場——これはもちろんペリメニよりはましだが、それでも昔やっていたことに比べれば劣る。とはいえ、艦隊だって近い将来には修理するような船を持たなくなるのだから気にするなといわれていた。

二

その頃、私はエニセイスカヤ通りからチカロフ通りに引っ越したばかりだった。新たな住居では、そばにあった二四時間営業の商店の警備員ワレーラと話をつけ、私は初めて自動車を家のそばに停めるようになった。ワレーラには一日五〇コペイカを払っていたが、近くにある「文明的」な駐車場は一日百ルーブリだった。私のカムリューハ（正式名称トヨタ・カムリグラシアワゴン、ジャガイモや冷蔵庫を運ぶためではなく、快適なドライブのためにつくられた大きくて美しいステーションワゴンだ）はもう十二歳になっていた。この年齢は理想的なものに思えた。家のそばに置いても怖くないし、まだ走れる、しかも見事な走りぶりだ。しかしまもなく右ハンドルが禁止されるという脅威から、不穏な考えにとらわれるようになっていた。もう少し新しい車を買う。それからなら禁止でも何でもするがいい。ロシアでの無走行車があれば当分は大丈夫だ。遠い未来のことは考えたくなかった。どこで探そうか。中古車市場か？　ネットで日本のオークションを見るか？　それともやはり状態のいい走行済み車を探すか？　沿海地方の住民が大挙して日本に押しかけて大規模な狩りを行い、船員パスポートで持ち帰っていた時代はとうに終わっていた。今では狩りはエキゾチックな娯楽となり、肉は市場か、さらにひどい場合にはスーパーマーケットで買う時代である。

もうひとつの選択肢が切断車《ラスピール》だった。ラスピール、あるいはラスピールィシと呼ばれるものたちがウラジオストクに現れるようになったのは最近のことだった。かつて、二〇〇二年のクレバノフによる関税引き上げの後には組立車《コンストルクトル》が広まったが、これは関税率的に輸入が難しくなった経年数の自動車を日本でボディとエンジンとサスペンションに分解し、それぞれを自動車部品として通関し、その後に組み立て直したものだった。輸送機器パスポートは輸入部品に対しては発行されないので、同じか近い車種の他の古い車や事故車などから流用する必要があった。その輸送機器パスポートに番号付き部品（ボディやエンジン）の交換証明印を押してもらって初めて組立車は合法的な存在になる。ボディやエンジンの交換を禁止しようという者はまだ誰もいなかったので、組立車の書類手続きは法的には問題なかった。だが同時に、組立車は関税支払額を引き下げて関税障壁を迂回するための発明だということも明らかだった。「いくら国から盗んでも、どうせ全部は取り戻せないさ」というのが言い分だ。

ボディに対する禁止的水準の関税が設定されてからは、組立車は消えた。そしてその頃、二〇〇九年に切断車が現れたのである。切断された自動車を積んだトラックを市内で見かけるようになった。半分に切られた自動車は以前にも輸入されていたが、それはパーツの切り売りをするためのものだった。自動車を日本で（あるいは船上で）まっぷたつに切断し、それをロシアで溶接するなどというのは聞いたことがなかった。しかし今や、丁寧に半分に切断された車たちがトラックに優しく積み込まれるようになり、その切断面は防水材で覆われていた。プーチン首相に禁止された「まともな組立車」を懐かしく思い出すようになった。かつては自動車の売り出し掲示には誇らしく「組立車ではありません」と書かれていたが、いまや反対に「切断車ではなく組立車です！」と強調されるようになった。

切断車についての長く不毛な論争が始まった。テーマは二つ、技術に関するものと法律に関するものだった。事情通は、技術的にみれば「フレーム式切断車」は安全だと唱えた。ラダーフレーム車はボディが切断されるだけで（関税がかかるのはボディだから）、それを支えるフレームはきれいなままだからだ。だが「フレームレス切断車」（普通の乗用車の切断車）は違う。切断されたボディを溶接する際に、「幾何学が狂った」ら、そして半年後に錆が噴き出すようになったら問題なので、チェックが必要だ。楽観的な者たちはそもそも自動車は切断されたものを溶接してつくるものだと指摘した。懐疑的な者たちは溶接するにしても工場とガレージではわけが違うと反論した。切断車とは何であり、路上でどのような振る舞いを示すのか、知る者はいなかった。統計がなかったのだ。唯一知られていたのは、港で荷揚げしているときに切断車がクレーンから外れ、若者が下敷きになって死んだという事件だけだった。

法的な観点からしても、フレーム式切断車の方が好ましかった。国家道路交通安全局で部品交換の書類手続きを行って組立車や切断車を合法化する際には、類似の自動車のパスポートだけでなく、部品が合法的に輸入されたことを示す税関貨物申告書も必要だった。フレーム式切断車の場合には、ボディは番号付き部品とは見なされなかったので、エンジンとフレームの税関貨物申告書を提出すればよかった。これらの申告書は（道路交通安全局では不要な）切断されたボディの申告書とは異なり、税関で容易に取得することができた。普通の乗用車の切断車ではそうはいかなかった。税関はエンジンの申告書しかくれなかったのだ（形式上は、輸入されたのはボディの断片であり、ボディそのものではなかった）。そのため、ボディの申告書はあの手この手で偽造しなければならなかった。この点は遅効性の地雷となる危険をはらんでいた。いつか登録が無効化されるおそれがあったからだ。道路交通安全局沿海地方支部長のアレクサンドル・ルィセンコは後に、「我々がここで働いている間は、切断車は一台たりとも見逃さない」と宣言したが、彼の部下たちは相変わらず切断車の登録を受け付けている……。

切断車は、技術的・法的側面の他にも、文化的な意味を持っていた。私は、「切断されたもの」という言語的結晶を育成した無名の言葉職人たちの感性に打たれ、切断車の形而上学を感得した。切断車とは眼前で実現された転生、あるいは復活の奇跡とさえ呼べるものである。形式上は部品を交換されただけの同じ車だが、実際には別の車だ。切断車の登録という秘蹟に先立って、儀礼的な切断に始まる一連の神聖な手続きが行われる。未来の切断されたものたちは日本で文字通り殺され断片に切り刻まれる。通常ならば、こうした作業の後には車は分解されるかプレスされておしまいだ。天国から排除されるだけではなく、まさに殺されるのだ。少なくとも、自動車がものを考えることができるのならば切断の行為をそのように理解するだろう。しかしその後、ばらばらになって船倉につめこまれ、ロシアに連れてこられた不法移民たちは、復活を遂げて帰化を果たすのだ。溶接は民話における「死の水」の役割を演じる。ばらばらになった主人公の身体にふりかけて、その身体をくっつけるのだ。その後には「生の水」がふりかけられて主人公は甦る。甦った切断車にとってロシアは天国ではないと同時に「あの世」であり、そこでは新たな生が待っている。死後の生、つまり生が終了した後の生というのは、論理的には矛盾しているが、実践で証明されている。重要なのは、我々が行うのは思想家ニコライ・フョードロフが夢見た文字通りの復活、自分の身体での復活だということだ。新たな生を今後は他人のパスポート、さらには他人の名前で生きて死ぬということは、もはや些事に過ぎない。輸送機器パスポートの売買、つまり輸入された切断車を登録するために死んだ自動車のパスポートを取引することは、古くはゴーゴリが『死せる魂』で描いたことだ。主人公チチコフが買取価格をいくらに設定していたか覚えていないが、我々の死せる自動車魂たちは生きた切断車たちを合法化するために、いまや普通の乗用車ならば数万ルーブリ、「大人のジープ」つまりサファリやクルーザーならば数十万ルーブリ（数千ドルから数万ドル）で取り引きされている。

この自動車の死後の世界の理論は、人にも死後の世界があるという希望を持たせるに足るものである。なぜなら、人と自動車の外見がいかに異なっていようとも、人は自動車を己の姿に似せて創ったのだから。

三

日産エクストレイルを買いたいという考えが頭にこびりついて離れなかった。エクストレイルは庶民の言葉では「イクス」あるいは「ずるいやつ《ヒトリーラ》」と呼ばれ、「ジープ」という尊称で呼ばれたり、意味のよく分からない「クロスオーバー」という言葉で呼ばれたり、あるいは「走破性の高いステーションワゴン」と分類されることもある。最も当を得た呼称は「パルケートニク」だろう（「サロン将軍《パルケート》」になぞらえた「サロンジープ」に由来する言葉）。しかし、本当に買う必要があるのかと私は迷っていた。日産はやはりトヨタではないし、歳とはいえ、まだカムリユーハへの気持ちも冷めていなかった。「今ではもうこんな車はつくれない」。ジープでないという一点を除けば、彼女はすべてが素晴らしかった。それにみんなは「日産《ニッサン》を買ったら、ケツでも×って《ェ××・ス》もらえ《ニムサム》という代物だった」と言っている。みんなの言うことなど真に受けても仕方ないが。イクスは内装が貧相だと言われているが、私には豪華なものは要らなかった。スパルタ的な模造革の方が泥や生物の何かの液体を洗い落とすのが楽で実用的だ。ボディのぶつ切りのフォルムや、若干軍隊的な風貌もまた……。

決断を急がねばならなかった。いつ右ハンドル車の輸入が禁止されるかわからなかったし、日本在住でウラジオストクに自動車を送る仕事をしている知り合いが、ヨーロッパ――本物の海外のヨーロッパだ――に移住しようなどという考えを起こしていたからだ。彼を通じて買う方が安全で安心だった。

……車内では高品質な自家製ウォッカの残り香がプルーンの香りを放っていた。私は知り合いの兄弟二人を空港に送っていくところだった。一人はアメリカだかイギリスに、もう一人のセルゲイは日本に帰るところだった。自動車の仕事をしている知り合いというのはこのセルゲイだった。

「なぜイクストレイルなんだい？」とセルゲイは尋ねた。

「パルケートニクが欲しいからだよ。この車も」私はハンドルをこつこつ叩く。「まったく悪くない。でもいろんなところを走り回れるわけじゃない。まだ乗れる。でも知っているだろう、そのうち店じまいになるって。それにお前まで日本からずらかろうって話だ……。イクスは背の高い四輪駆動の車だ。フルタイム４ＷＤじゃなくて、切り替え式だ」

「プラスチックの車だけどいいのか？」

「確かにフェンダーはプラスチックだな。でも他は違う。この車は」私は再びハンドルを叩く。

「バンパーがプラスチックだけど、別に問題ないだろ？」

「例えば、ＲＡＶ４《ラフチク》じゃだめなのか？」

「さあな。ラフの古いボディは好きだったけど、今のはな……。ホンダとかスバルはちょっと怖い。だからイクストレイル以外にはないんだよ。ガソリンエンジン、排気量二リットル、ＡＴ、４ＷＤ……。色はどうでもいい。エアロパーツはまったくなくていい。サンルーフはもし付いていればありがたい。もちろん、あまりへこんだりしてない方がいい」

「もしへこんで、その後で直したやつだったら？」セルゲイは説明し始める。「俺はウィッシュを買ったことがあるけど、前と後ろがへこんでたのを修理した車だった。何の問題もなかったよ」

「俺もつぶれた車に乗ってたことはある……。とりあえず、オークションにどんな車が出ているか見てみようよ。そもそもどういう手順になってるんだ？」

「オークションの価格はスタート価格だ。大体の予算を決めて関税と船賃と細かい経費を引くと、いくら出せるか分かる。それで試しにボタンを押してみるんだ。写真とオークションのシートを何枚か送ってやる。重要なのは評点と走行距離とオプション装備だ。見れば分かるよ。何か重要事項があれば——例えば大きなへこみとか、猫を乗せてたとか——俺が翻訳しておく」

「その後は？　どうやって金を送るの？　通貨は何？」

「日本に円を送金するんだ。お前宛のインボイスを作って送るよ。通関費用と一時保管係費はうちのウラジオストク事務所で払ってくれ。客船ターミナル駅のところだ。分かるか？」

まもなく私は、セルゲイからおおまかな計算表を受け取った。オークションでは本体価格以外に、一万から一万五〇〇〇円の手数料を払わねばならなかった。その他に港への輸送料が約二万五〇〇〇円、登録抹消料が一〇〇〇円か二〇〇〇円、他にも何か細かい項目があった。これが日本での費用だ。ロシアでの費用は、船賃（三〇〇ドル）、関税（約八〇〇〇ドル、私はこれをただで国家予算にくれてやらねばならないわけだ）、一時保管料（三五〇〇ルーブリ）、検疫料（小額）、通関業者手数料（三五〇〇ルーブリ）である。為替レートの変動により、総額は三〇〇ドル増減する可能性があった。「お前の資金からこの経費を全部引けば、オークションで出せる金額が決まる」とセルゲイは説明した。ナイーブな私は一五Kで足りると思っていた。ところが出てくるのは二〇K、つまり二万ドルを超えるものばかりだった。つい最近までは、これだけあればもっと上のクラスの車——いきのいいプラドやサーフを買えたのに……。それに私の収入は不安定だった。

四

二〇一〇年を迎える直前に、極東工場でプーチン首相の力添えと列席の下、例の韓国ジープ工場の開所式が賑々しく執り行われた。プーチンは一台目のメイド・イン・ウラジオストクの自動車（無数の組立車や切断車を数えなければだが）に自ら試乗したが、この一台目というのは韓国車ではなくなぜかロシアのジープ「ウアズ・パトリオット」だった。こっそり聞いたところによると、この「ゴールド・メタリック」色の限定版パトリオットは実は別の工場で作られた完成車をセレモニー用に持ってきたものだった。プーチンはかつての極東工場の工場現場を一周すると、その車をイタリアのベルルスコーニ首相にプレゼントすることにした。しかしベルルスコーニは自分では乗らず、大臣の誰かにあげてしまった。なぜ需要がないウラジオストクで自動車の組み立てを行うのかは不明なままで、当面は国内西部へのシベリア鉄道による輸送料が「国内産業の刺激」のための特別料金、つまり無料になると説明された。

その頃、地元の通信社プリマ・メディアが、「ウラジオストクでは誰のあるいは何の記念碑を建てるべきか?」という世論調査を行った。二位以下に大差をつけて圧勝したのは「右ハンドル」だった。二位はチョコレート「鳥のミルク」で、これを発明したのはウラジオストクの労働英雄アンナ・チカロワだ。三位以下は運び屋（「中国製品用ビニールバッグ」という案もあった）、氷上釣りをする男、かもめ、道路脇に立つ売春婦、市長、「車輪を上にしてクルーザーが悲しげに空を見上げている」の爆発したクルーザー、アムールトラ、APECサミットの建設作業員などだった。私なら他に、かつて我々に生活の糧を与えてくれたゴキブリ駆除剤、韓国製チョコパイ、韓国製インスタントラーメン「ドシラク」を加えたいところだが、余計な主張はせずに右ハンドルに一票を投じた。人気の自動車サイトdrom.ruではこの記念碑の仕様に関する議論が始まった。台座に本物の自動車を据え付けようという案は壊されたり盗まれたり錆びたりするということで却下された。ある者たちは銅製の完成車を鋳造することを提案したが、モデルの候補はチンピラたちが好んだ八〇年代半ば製の黒ピラーのマルクや大衆車カロールカの人気が高かった。別の者たちは、銅製のハンドルとその左側に位置するシフトレバーで十分だと主張した。他には、右ハンドルを握った右手を高く掲げる人間という案もあった。

当然ながら、その後この話は忘れられ、銅像を建てる者は誰もいなかった。

二〇一〇年になった。雪と氷に覆われた道路を掃除する者はいなかった。零下二〇度を下回る厳寒が数週間にわたり続いた。私はウラジオストクがこれほど寒くなるとは思っていなかった。ここはシベリアではないのだ。

「ソチと同じ緯度じゃなかったのかしら?」と妻が尋ねる。

私は考え込んだ末に答える。

「ずっとここに住んでいるけど、今初めて気づいたよ。ひょっとしてここがクリミアと同じ緯度だというのは、みんなが嘘をついているんじゃないのか？」

「どうして嘘なんかつくの？　地図を見れば分かるでしょう……」

「地図も嘘をついているのかもしれない」

「パイロットは地図を見て飛ぶんでしょう？」

「違う秘密の地図をもらっているんだ。守秘義務の書類にサインしてるんだよ」

　冬が春に変わる頃、シベリアから友人がやってきた。ハンターのミハイルだ。一連の出来事で興奮してしまったミハイルも、やはり自動車を買うことにしたのだった。奮発してトヨタ・ハイラックスサーフを狙うという。無走行の新しいものは見つからず、走行済みのものか切断車でもやむなしということになった。九九年前後に生産された型式１８５、三リットルのディーゼルエンジン１ＫＺ。ミハイルはウラジオストクに来たのが久々で、夢中になって自動車を見て回った。

「見ろよほら！　丸いストップランプのないスカイラインだ。ちょっと違うかもしれないけど、それでも美しいよ。なんていうか……説得力があるだろ、な？」

「おい、ミハイル、見てみろ。黒ピラーだ。タクシーだよ。まだ生きてるんだな」

「あのデリカに乗っている女の子はきれいだなあ！」

「一緒に買うか？」

「当然だ。あの子なら何かあっても無走行車に交換できるからな」

　中古車市場のゼリョンカでは次から次へと霧の中から新たな展示コーナーが現れてきた。しかし事情を知る者たちは、「ゼリョンカは空っぽだ」と言う。ハイラックスサーフは愛想よくディーゼルエンジンを鳴らしたが、どれも高いものばかりだった。我々はウスリースクに向かった。北に百キロほど行ったところにある町で、走行済み自動車の在庫が豊富だといわれていたが、どうやらそれは古い情報だったようだ。我々は数台のサーフと、ついでに日産テラノも安かったので見てみた。

「サーフなんて買ってどうするんだい？」テラノの売り子が説得にかかる。「トヨタは斧で作った車だ。人間が乗るための車は日産だよ！」

そして四月から切断車は登録ができなくなるという「極秘情報」を教えてくれた。「俺のテラノなら大丈夫だ。切断車じゃない。一〇〇パーセントだ」

サーフ売りは定番の話を持ち出して反論する。「日産は腐るんだよ！」

我々はウラジオストクに戻り、走行済みのサーフを売り出している人たちに片っ端から電話をかけた。エニセイスカヤ通りに一台あることが判明した。ミハイルはシベリアのエニセイ川流域から来たので、これは偶然の一致ではないということになった。そしてそのサーフを買った。ミハイルはそれに乗って帰った。ひとり知らない冬の道路を、国の半分を横断して。早朝、私はサーフが停めてある駐車場まで行き、ディーゼルターボエンジンが暖まって出発するまで彼を見送った。その後、ミハイルは詩を送ってきたが、その中にはこんな一節があった。

……やぶにらみのライトの長い列となって
ウラジオストクが目を覚ます。

そのとき私は何週間もアイスバーンになっている道路に反射する赤いランプの列が曲がり角の向こうへと消えていくのを見送り、それから家に帰ったのだった。

二〇一〇年春、新たな脅威が迫っていることが判明した。ロシアはカザフスタン及びベラルーシと関税同盟を結成することに決め、それに合わせて域内への商品の輸入制度を統一しなければならなくなったのだ。ところがカザフスタンでは右ハンドル車は禁止されていたので、彼らが再び右ハンドルに対して国境を開くか、あるいは我々が国境を閉ざすかしなければならない。ウラジオストクにヴィクトル・フリステンコ産業貿易相がやってきて、「右ハンドルとの戦いなど存在しない。右ハンドルはある種の人々を一定の水準まで興奮させ、時には行動にかりたてる幻想の一種だ」と述べた。つまり、私は六年以上も幻想に乗っていたのだ。

二、三年の間に何と多くのものが変わってしまったことか！　爽やかな風が吹く、ナイーブで陽気な町。くたびれていないし、髭も剃っていない、極東の海風が吹く自由な町。広場に集まる人々、ラリーやオフロードレース、権利を求める民衆のリーダーたち。いつしかリーダーのうちのある者は刑務所に入れられ、別の者はもっと悪いことに議員になった。うらぶれた個人生活の沼に静かに消えていった者もいる。大衆の抗議運動は棍棒でちょっと殴られて脅されると消えてなくなってしまった。人々は怖くなったのか、あるいは単に外に出たくなくなったのか、もはや広範な大衆の集まりというものはなくなった。かつて本気で極東自動車革命を起こすと警告していた人々はすべてに幻滅し、不機嫌になり、どうしようもない有様だった。モスクワが完全に右ハンドルを禁止するときを陰気に待ち続けていた。今ではそれはありえないことではないように思えた。政府が考え直して民衆の意見を聞き入れることなど誰も期待していなかった。我々は変わった。時代も変わった。右ハンドルを「リアル」な金に換えて左ハンドル車を買おうという変節者が増え始めた。

五

二〇一〇年春、私はよい知らせを受け取った。相場がいくらか下がり、富山のセルゲイが「お前が欲しがっているようなコルチ（彼は車齢や状態を問わずあらゆる自動車を「コルチ」と呼んでいた）は一万八千で手に入る」と知らせてきた。これなら行けそうだった。セルゲイはオークションシートの読み方やインターネットでボディの番号を調べる方法（製造ロットごとの製造年だけでなく製造月まで特定するために必要になる）を教えてくれた。私は二〇〇五年四月以降に製造された自動車を狙わねばならなかった。そうすれば車齢五年未満なので、高いとはいえそれでも禁止的とまではいかない関税ですむからだ。私は毎日専用サイトをのぞき、日本のオークションでイクストレイルはいくらで出品されているのかチェックし、気に入ったものの出品番号をセルゲイに送るようになった。メールの件名は「今回のコルチ」だった。コルチ——どこかの村の名前にでもありそうだ。やがて私はオークションシートの内容を一目で理解できるようになった。コルチの選定は毎晩の儀式になった。まるで日本の自動車の神に慈悲を乞う祈りを捧げているようだった。しかし、神は私が何を言っているのかわからないようだった。それに私も日本語で呼びかけることはできなかった。

三月が終わろうとしていた。路上には泥の川が流れ、私のメタリックカラーの洗い立てのグラシアは一瞬で泥まみれになった。車中には私の他に、知り合いの若い男女二人が乗っていた。二人は自動車の購入について話し合っていた。

「どんなのが欲しいの？」

「まだ決めてない。二〇万以下のものだ」

「それならこの車はどう？　あと一か月くらいしたら売りに出すけど。サスペンションは新しいし、前輪のブレーキシューも新しい。状態は万全だ」

「自動車を売るときは、本人のいるところで話したらだめだってこと知らないの？」

「もちろん知っている。でも平気だよ。考えておいて。だいたい一か月後だ」

プラスチックがひしゃげる嫌な音が響き渡った。セミョーノフスカヤ通りからアレウーツカヤ通りへと左折する混雑した交差点で、自分でもなぜだか分からないが、私は新しいボディを黒く輝かせた男前のクラウンの船尾を車体の左側で擦《こす》ってしまった。

「×××！　やっちまった。ここまでだ。着いたよ」私はハザードランプを点けて車を降りた。憤慨したクラウンの主が私の車のドアでへこんだバンパーをチェックしていた。私は道路交通安全局を呼ぶなら数時間は待たねばならないと知っていた。しかもその後に夜中まで数時間、フォンタンナヤ通りの建物で取り調べだ。そして私の車の保険料が高くなる……。三千から五千ルーブリ程度の損害なら、その場で「収める」のがよいとされている。持ち合わせがあったこともあり、私もそうすることにした。その後はどうしようもなく沈んだ気持ち——少なくとも一日は直らない——で自分に呪詛を吐きながら先に進んだ。うすのろ！　阿呆！　自動車が聞いているところであんな話をしちゃだめだって知っていただろう。作り話じゃないんだ。私の無事故歴はあと二か月で四年になろうかというところだった。そうしたらこれだ……。ドアに残ったのがほとんど見えないくらいの、金属までは削れていないほどの引っ掻き傷だけだったのがまだ救いだ。防護用のサイドモールディングがあったおかげで、そこの塗装が剥がれただけですんだ。プラスチックはプラスチックだ、そのうち治るだろう。だが気分は最悪だった。そして恥ずかしかった。自分に対して、乗客に対して、そしてグラシアに対して……。

四月末に指値《さしね》が通った。富山から件名「添付ファイルにコルチ」と記されたメールが届いた。添付ファイルは自動車とオークションシートの写真だった。その昔、フォード氏は「自動車の色は黒にしておけば、どんな色にもできる」と言ったという。私の黒い日産エクストレイル——二〇〇五年製、走行距離一〇万三〇〇〇キロ、ガソリンエンジン、AT、オークション評点三・五点、オプション装備STT——は八八万円で購入できた。日本へは九四万八〇〇〇円を送金することになり、その他の経費——船賃、一時保管料、通関料——はロシア側で支払うことになった。

代金は日本へ、車は港へ。港は滑稽なことに富山新港《トヤマシンカ》という名前で、胡散《うさん》臭いほど見事に「お前の車《トヴァヤ・マシンカ》」あるいは「俺の車《マヤ・マシンカ》」と韻を踏んでいた。日本海を渡って私の元に車がやってくる。それはひょっとすると私の自動車人生で最後のことかもしれなかった。エクストレイルの通関費用を捻出するために急いでカムリを売らなければならない。この車でどのくらい走っただろうか。四万キロくらいか？　たいした距離ではないが、考えてみれば赤道線上で地球一周したくらいだ……。私は家で車のトランクから最低限の備品である発炎筒とジャッキ以外の細々したものを取り出し、カムリの登録を抹消しに出かけた。こうして彼女は主《あるじ》を換えられる状態になった。そして私はこれまでと同様に、「よい人の手に渡る」よう祈りつつ、彼女を売却した。どうやって売ったか、誰にいくらで売ったかは伏せておこう。私は今でも時々彼女を路上で見かける。

自動車は五月に売れ、私は徒歩の人となっていた。私はまだ若く健康なので、歩くことは好きである。しかし歩くのが好きなのは、そこの角を曲がった先で、あるいは駐車場で、自動車が私を待っているときだけだ。待っているのがバスやタクシーである場合は、私の足取りは変わり、のろのろした元気のないものになる。そして私は鬱状態に陥る。携帯電話が鳴らないことが嬉しくなるこの状態は仲間内では「無音のなまくら」と呼ばれていた。世界が私のことを忘れてくれたのがありがたい、というわけだ。

今がまさにそのときだった。

世界が私を思い出したのはウラジオストク港の岸壁に自動車運搬船「ネクスー号」が接岸し数十台の自動車が到着した瞬間だった。その中に私のコルチがあった。ネクスー号の船籍は海洋大国モンゴルだったが、これはよくあることだった。我が国の法制度上、ロシア船籍で船を走らせるのは具合がよくないので、モンゴルのように海をまったく持たない国も含む様々な国の旗を借りているのだ。なお、韓国で聞いた話によれば、モンゴルは港を建設して海への出口を得るために、「立入禁止回廊」の提供を中国に打診しているというが、今のところはあまり科学的でないSFの域にとどまっているようだ。ネクスー号の名前を私は知っていた。二年前に救助船「ラズリート号」が、漁船の網を釘に引っ掛けて動けなくなったネクスー号を港に曳航《えいこう》してきたのがニュースになったからだ。その後、最近ではこの船でけちな密輸貨物、日本のウイスキーだか中古カーステレオだかが見つかったことも報じられていた……。

セルゲイの会社のウラジオストク事務所から電話が来た。私は八〇〇〇ドルを持って事務所に行き、私の金が関税となって国庫を潤すことになった。事務所は客船ターミナル駅の中にあったが、死体が邪魔でなかなか駅に入ることができなかった。

死体はウラジオストクの五月の青い空を眺めることもできただろうが、顔が布で覆われていた。

その布は液体を吸って赤く染まっていた。見たところあまりきれいではない灰色の靴下に包まれた足が行儀悪く投げ出されていた。死体から左手のわずか数メートル先の欄干の向こうでは、金角湾が水を跳ね上げていた。右手の五〇メートルほど先には世界最長の鉄道線路であるシベリア鉄道の終点があった。この湾岸エリア内では死体に驚く者は誰もいなかった。向こう側が見える高層スケルトン建築の一時保管倉庫、上空を旋回しながら厚かましい鳴き声を上げるかもめたち、水面で波に揺られる睡眠中の船たち——こうしたものと同じく、死体は風景に溶け込んでいた。そばには半ば目を背けながら警官が立ち、タバコを吸っていた。客船ターミナル駅には警察の派出所があった。しかし、恐らく派出所に死体を回収して専用車が来るまで保管するのが嫌だったのだろう。だからドアのそばに置いていたのだ。タバコを吸う警官は、死体に何かあっては困るので、念のために見張りをしている。彼は死体の担当を任されたが、通行人が彼を死体の関係者と見るのが嫌だったのだろう。春、太陽、ちょっと一服するか——え？　死体が何だって？　というわけだ。

私もこの死体の関係者になりたくなかった。私はまだ生きている。そのことを自分や誰かに証明するかのようにこうして車を引き取りに来たのだと文字通り死体を跨《また》ぎ超えて見せた。さて、後はいくつか簡単な手続きを行うだけだ。金を渡し、サインし、一時保管倉庫の通行証をもらい、自動車を取りに行く。完全に浮浪者のような身なりをした一時保管倉庫の男たちは私の通行証を取り上げると、まもなく自動車を出してきた。私は受け取り確認のサインをして、エクストレイルに乗り込んで出発した。

無走行車というものは、まるで高校の卒業式を終えたばかりの女生徒のようで、心を浮き浮きとさせる。新しい自動車は、新しい女性と同じだ。互いによく似ていることもあるが、それぞれが固有の独特な雰囲気を持っている。

ダッシュボードはハンドルの下ではなく左側、車室の中央部にあった。実はむしろその方が便利であることが判明した。フロントガラスにはちょうど真ん中の下の辺りに傷とひびがあるが、たいしたことはない。傷は自動車の飾りだ、視界の邪魔になることもない。まともにやったら車検は通らないだろうけど、私はまともにやったことがなかった。昔は八百ルーブリ、その後千ルーブリ、今では六千から七千ルーブリもするようになった……。ボンネットを開けてみた。当然ながらエンジンオイルは交換が必要だった。不凍液《アンチフリーズ》（アンチキリスト《フリスト》に似た響きだが、何か意味はあるのだろうか）は見たところきれいで鮮やかな色だった。ここは温暖な日本ではないから、凍結温度が重要だ。だが今は五月だ、凍ることはないだろう。

エンジンをかけると、姿の見えない日本女性が何かロシア語ではない言葉を発した。どうやらこの車の以前の持ち主は日本のチンピラだったようだ。タバコの吸殻や食べかすが落ちていた。コンソールはボタンだらけで、他にも何だかわけの分からないものがたくさんついていた。助手席の前のグローブボックスには、東京ディズニーランドの駐車券が入っていた。

私はガソリンスタンドまでたどり着くと千ルーブリ分のガソリンを入れ、ダッシュボードの燃料計の針が力強く勃起していくのを眺めて満足した。次にオイルの交換へ向かった。

「日本から来たばかりだって一目で分かりますよ」とリフトの下に入った若い店員が言う。「腹がきれいだし、全部そろっている……。ここではいくら手入れをしたってすぐにクソまみれですからね!」

フロントガラスの真ん中のひびはまったく邪魔にはならなかったが、さらに広がるのは困る。私は警報装置やら防犯用照明固定具やらを扱っているガレージ小屋のひとつに入り、暇そうな二人の若者を見つけた。年上でえらそうな方の男が、「ひびをやっても意味がない」と説明したが、念のためにそれ以上広がらないよう穴を開けた。その間、私は箱を並べてある棚を見ていた。箱には「やばい」、「パチモノ各種」、「うるさいガラクタ」、「中古の継電器」、「ダイオード、端子」、「ねっとりしたうざいもの」といった愉快な説明書きがつけられている。

ロシア国籍を取得したコルチはしっかりと役割を果たした。まだ慣れないロシアのガソリンを飲み込み、ロシアの穴だらけの道路も克服しようとしていた。そのランプで未知の風景や見慣れぬ骨格の顔を眺め回していた。路上にも駐車場にも同郷人がひしめいていたので、あまり寂しがることはなかった。私は驚くほど早く、数時間のうちに自動車に慣れた。私としてはむしろもっとゆっくりと慣れて、毎朝新しいもの、素敵なもの、美しいものに分け入っていく胸踊る感覚をできる限り長く味わいたかった。しかし自動車はオーダーメイドのスーツのように私の身体にフィットし、まるで第二の皮膚になったかのようだった。

自動車を洗うと、まるで無煙炭の結晶のように輝いた。ハンドルの右側のレバーに触ると、ライトのクリスタルカバーの中では、青みがかったまばゆい白のキセノン灯が稲妻のように花開いた。

六

数か月後の秋、私は人生で初めて日本車の故郷に行く機会を得た。ついに本来の環境での生態を観察することができたのである。自動車は無から生まれるのではなく、以前想像していたように漁船が巻き網で海から引き揚げているのでもなかった。自動車は日本で第一の人生、最良の人生を送り、その後でかつての人間のように楽園を追放されているのだった。

日本で私は朝から晩まで自動車ばかりを見ていた。角《つの》を立てたクラウン・コンフォートやただのクラウン（同じく角を立てていたが、こちらはいくらか安っぽく見えた）の無数のタクシー。頼りになるなじみのセドリックやその庶民的な親戚のクルー。どの自動車も新しく、へこんでおらず、きれいだった。時折、九〇年代前半の「微笑《ほほえ》みカリーナ」や「樽コロナ」、「サムライ・マーク」などを見かけることがあったが、日本ではまるで恐竜のように見えた。日本人が忘れてしまった古いモデルは、絶滅危惧種のトラやヒョウのように、我々のところでしか普通に暮らしてはいないのだ。ロシア東部は日本自動車産業の自然保護区になっていたが、それは日本人自身にはどうでもよいことのようだった。彼らははるか先に進み、他の車に乗り、私たちが古ぼけた「オオカミウオ・コロナ」や「黒ピラー」を見たときに覚える感傷などは理解しないのだ。

東京ではジープはほとんど走っていない。ウラジオストクでは二人に一人はジープを持っている。我々は日本中のすべてのジープ、半ジープ、さらにはジープ未満まで狙って掻き集めている。私はジープが大好きな人間であり、その価値を高く評価しているが、日本に来てみて初めてそれがどれほど俗悪なことであるか分かった。都市におけるジープは、まるで笑い話に出てくる赤いジャケットや大きな金の鎖のように、挑発的な趣味の悪さを露呈していた。自動車の普及においては我々はまだまったくのチンピラ坊主だった。猟銃とまでは行かなくとも、車内に野球のバットを置いておく習慣と同様に、ジープに対する我々の愛は九〇年代の遺物だった。ジープ乗りならば誰でも道が悪いのがいけないのだと言うが（確かに悪い）、そうはいっても市内を走る車の半分は貧相な「腹すり屋」や「がらくた」や「バラライカ」なのだ！　誰も認めようとはしないだろうが、ジープとは何かと問われれば、一番多くはないにしても一番少なくはない答えは、「むきだしの見栄」である。

日本ではジープは異なる位置を占めている――我々が農業や軍で使っているウアズ車のような位置づけだ。その生息地は郊外、あるいは日本人にとっては寒い北海道である。ある日本人が私に教えてくれた極秘情報によると、北海道には何と未舗装の道路があり、冬には雪がよく降るのでアスファルトは暖めながら敷いているという。日本の都市部でジープに乗ることはジャージを来てレストランに行くに等しい行為である。

……「ジドーシャ」、である。「ジドーシャ」――これが自動車を表す日本語だ。ロッポンギ・ドーリ、ソトボリ・ドーリ、アカサカ地区、シンジュク地区、ギンザ地区、シブヤの交差点――至るところで無数のライトを点けたジドーシャの群れが動いている。その流れは穏やかで自信に満ち、攻撃的ではない。まっしぐらに進むにしても、慌てた様子はない。道を走るジドーシャ――それはまだコルチではなく、トラコーマでも結核でも、バケツでもたらいでもなく、日本車でも、そもそも外国車でもない。堂々とした若いジドーシャたちは、まだ乗り潰されておらず、傷だらけになっても、絞り尽くされても、くたびれても、壊れてもいない。高速道路に入るときには、不可視のロボットに向けてシグナルを飛ばす。すると開閉棒が勝手に持ち上がるので、ドライバーはブレーキを踏むことすらしなくていい。エンジンをレッドゾーンまでふかしたり、スピードメーターの「針を置く」爆走をしたり、バンパーで道路の穴を削って広げたり、塵ひとつない日本のエンジンの繊細な内臓に吐き気のする密造ガソリンを流し込んだりする者は誰もいない。信号が変わるや否や「ぶっちぎる」者もいない。すべてのジドーシャには、アラビア数字と漢字が奇妙に組み合わさった日本のナンバープレートがついている。美の麻薬中毒患者である私はこれらのジドーシャを眺め続けることをやめられなかった。朝食の前にホテルの四十階に上がり、メビウスの輪のような二重あるいは三重にも重なる立体交差を眺めた。缶ビールや「ニッカ」ウイスキーの安いビンを入れたビニール袋をもって外をぶらつき、地下鉄に乗り、どこかの駅で降りて、また果てしない鉄の流れを眺めた。日本では自動車の表情も違っていた。ジドーシャはロシアでは手押し車に変身し、視線は鋭く攻撃的で荒々しくなる。ラジエータグリルの人のよさそうな微笑みは剝き出した歯に、バンパーとボンネットからなる未来派的な船首は鋭いくちばしに、ガソリンエンジンの穏やかなさざめきは荒々しいいななきに変わる。そうしてロシア化しながらも、ジドーシャは本来のアジア的なやぶにらみの美しさは失わない。

ジドーシャたちはやがて楽園から追い出され、どこか遠くに送られるということを知らない。五万キロか一〇万キロ、あるいはさらに二〇万キロまで走ったところで、シベリアやニュージーランドやサウジアラビアに送られることを知っているのは私だけだった。蛮族の国ロシアに送られる者の一部は、残忍にも真っ二つに切断されることすらあった……。だがその私も、数か月後の二〇一一年三月に日本を前代未聞の恐ろしい震災が見舞うことは知らなかった。ここで走っていた車の多くが潰され、引き裂かれ、捻じ切られ、水没する。ウラジオストクではまもなくツナミをかぶった「水死体」のロットがやってくると神経を尖らせるようになる。だがこの時はまだ、すべてのジドーシャは穏やかで非の打ちどころもなかった。道路の左側を落ち着いて走り、ウインカーを瞬かせ、呼吸し、微笑んでいた。信号で止まると、ドライバーたちは決まってコミックスを読み始め、ドリンクホルダーの水やジュースを口につけるのだった。

最後の記念に量産が始まったばかりの最新の電気自動車「三菱アイミーブ」を運転させてもらえることになった。私はこの到来してしまった未来の電気自動車に乗ると、まもなく母国に帰るが、それは空間だけでなく時間も移動する旅になるのだということを理解していた。自分のものではない未来、その未来の自動車に乗る権利を、果たして私は持っていたのだろうか？　そもそも我々は、その昔、日本車に乗り換える権利を持っていたのだろうか？

七

冬が近づいた頃、ウラジオストクに歴史上で初めて国産車ガゼリの路線タクシーが出現し、正真正銘の文化的ショックを引き起こした。６６６のナンバープレート（警察のユーモアを認めざるを得ない）をつけた赤いガゼリはサバネーエフ通りからバリャエフ通りの区間に投入された。当然のごとく初雪が降った日にサバネーエフ通りの坂を上がることはできなかった。そのため後輪駆動車でも走れる路線に振り返られた。といっても我が町には平らな路線などどこにもないのだが。

五月のうちに待望の技術規則修正案が採択されてＶＩＮコードの有無が問われることはなくなり、十二月にはフリステンコ産業貿易相が「今日では中古車の問題は関税率の調整により解決済みである」と宣言したのにもかかわらず、二〇一一年が間近になると以前から予想されていた新たな脅威が火を噴いた。新たな技術規則案（今度はロシア、ベラルーシ、カザフスタンによる関税同盟のためのものだ）、この四〇〇ページに及ぶ草案文書は我々にとってはただ一文に帰結するものだった。「制御機関が右側にある輸送機器の流通は禁止される」。

激痛に苦しむ人間が痛みをこらえることができなくなって死を祈る話を読んだことがあるが、同じようなことが起きていた。必要なのかどうか怪しい切除手術が何年にもわたって行われていた。外科医はサディストだった。いいからもうこの右ハンドルを完全に、永久に禁止してくれ。切り離して、この痛みとおさらばさせてくれ……。私はすでに禁止の可能性をほとんど受け入れていた。我々は棍棒や関税により精神的にはずいぶん前に折れてしまっていた。ちょっとデモをやって叫んでみるし、日本娘を手に入れようとするけど、国産車ラーダの購入を考える者もいるし、韓国・双竜やディーラー店にある新品の日本車がいいという者もいる。ネットのフォーラムサイトを見れば、これまで通り西部ロシア（彼らの言い方では「中央ロシア」）の住民たちが我々は右脳ならぬ「右ハンドル脳」だとからかっている。

二〇一一年春、税関が二〇一〇年の総括を発表した。二〇〇八年は極東の中古日本車の輸入台数は過去最高に達し、二〇〇九年は過去最低を記録したが、二〇一〇年は少し落ち着いたとのことだった。二〇〇八年に極東税関では乗用車を四七万三六八二台、トラックを三万台近く輸入したが、二〇〇九年には乗用車はわずか五万五一二〇台、トラックは三五〇〇台、二〇一〇年は乗用車は一二万七六三台、トラックは一万台だった。

この先どうなるのかは誰も知らない。二〇一一年初めに再び「世論の要請により」、関税同盟の技術規則から右ハンドルの禁止に関する項目が削除されたとの発表があり、我々は安堵した。こうした行きつ戻りつはこの先もずっと続き、それでなくとも息も絶え絶えの市場をそのたびに揺さぶることだろう。私はもはや、右ハンドルに慈悲がかけられても喜ばないし、反対に禁止の脅しを受けてもパニックに陥ったりしない。大局的には我々は敗北したと理解している。ひょっとすると、そもそも勝つべきではなかったのかもしれない。

……海は氷の防弾チョッキを脱ぎ、町は去年のアスファルトの皮を捨てた。私はきれいな自動車に乗って町を走っていた。行く手には再び夏があった。夏はこの先も何度もやってくるだろう。道路にはもう最初のバイク乗りたちが這い出てきていた。私の車の駐車場から私のマンションがある住宅地区までの重要な区画に、生ビールを売る売店《キオスク》がオープンした。そこで売っているのは濾過していない明るい色のビールで、アルコール度数は三・六パーセント、名前は「右ハンドルビール」だ。ウラジオストクの詩人イワン・シェペターは次のような詩を書いた。

我らには別のものが誉れ《スラーヴァ》
我らは決してモスクワではない《ニェ・マスクヴァー》
ハンドルは右《スプラーヴァ》に、心臓は左《スレーヴァ》に——
——そこにあるのはパスポートと免許証《プラヴァー》

私は車の窓を開け春の町のざわめきを中に入れる。そばを自動車の温かな心臓が通り過ぎ、熱された空気のかすかな波で私を包んでいく。国産排気ガスの匂いを嗅いで私は頭を振った。間違いない、今通り過ぎたのは古い黒パン・ウアズだ……。横断歩道を美しい若い娘が渡ろうとしていた。私は滑らかに、しかし決然とブレーキを踏んでボンネットを丁寧にうなずかせてみせた。娘は横断歩道に踏み出し、私に微笑んだ。

　私はいつもの癖で周りの自動車を目でスキャンしていく。九一年のカムリだ。後ろをぶつけたのだろう、トランクのふたとフェンダーの間が控えめに言って曲がっており、「××して」と言わんばかりの隙間が開いている。今度はサファリだ。時々パトロールという名称で生産されているモデルである。「日産パトロクル」――ブランド名とウラジオストクのパトロクロス湾を組み合わせた名称を思いついた。私は最近、突如姿を現したイルカを見にパトロクロス湾にドライブに行ってきたばかりだった。そうだ、「日産パトロクル」だ。「三菱コルチ」なんてのもいいな……。前の方にはここではあまり見かけないポルシェの洗練された船尾が見えていた。隣には割れたレンガを思わせる形と色の三ドアのホンダＨＲＶがいる。１００系のカローラ、働き者の馬だ。後部ガラスには「箱《MT》、下がる」と書いた警告シールが貼ってある。この町は二十年の間にすっかり手動変速機を忘れてしまっていた。

　ウラジオストクでは知らぬ者がいない日産キューブ、かつてはオレンジ色だった立方体が坂を上がっていた。乗っているのは二人の娘で、いつも事故ばかり起こしていた。おしゃれなオレンジ色の立方体は、まずはエアロパーツとバンパーを失い、その後でボディの他の部分も次第に交換されていった。やがて娘たちは自動車を元の色に塗装することをやめ、そのままの色で走るようになった――バンパーは白、フェンダーのうち片側はメタリックシルバー（柵の色）、反対側は黒だった……。どうせ傷だらけになるのだから塗っても仕方ないでしょう。私たちは遅かれ早かれ壊し尽くして、ツバメのようだったジドーシャはいつしか隙間だらけ傷だらけで軋みを立てて走るコルチになってしまうのだから。

今度は双竜カイロンだ。最近、極東工場で組み立てるようになった韓国車である。銀色の、なかなか感じのよい車だ……。「韓国娘」と「日本娘」の違いは韓国人と日本人の違いと大体同じだ。初めは全部同じ顔に見えるが、そのうちに違いが分かるようになる。ピラーの傾き具合やブレーキランプの角の形、フェンダーのライン――気がつくと、なぜ以前には間違えたりすることができたのか不思議になっている。

自動車の中に人間魚雷のように隠れた日本の電子のおばさんは、自分が今はロシアにいて日本に帰ることはないのだということを知らなかった。エンジンをかけるたびに彼女は私に有料高速道路の料金所で開閉棒が自動的に上がって速やかに通り抜けられるようにするためのカードを特別な装置に挿入するよう求めた。私の車に永久出向を命じられた芸者。私には彼女が少し可哀想に思えたが、日本語を知らないので何も答えられなかった。アジアの大地、その昔に我々が手に入れてロシアにしたこの大地、鏡の国で右ハンドルになった極東の大地の上を私は無言で走っていた。祖国のヴォルガ娘に代わって選んだ日本娘のうちのひとりに乗りながら。

交差点では中央アジアの労働者たちが湯気を立てる熱いアスファルトのどろどろを穴の中に流

し込んでいた。開いた窓からはかすかにタイヤの溝に挟まった小石が鳴らす音が聞こえていた。それは親のレコードプレーヤーで回るレコードが立てる、半ば忘れられたスクラッチノイズのようだった。前方を走る「マーク類」の汚いトランクに「日本に帰りたい！」と指で書いてあるのが見えた。暖まったアスファルトにタイヤが擦《こす》れる音と苛立たしげなかもめの鳴き声に伴われながら、交通渋滞は空に向かって伸びていた。断末魔の苦しみは続いていた。

二〇一一年

沿海地方自動車用語集

以下に挙げた単語のうち沿海地方固有のスラングに数えられるものは一部に過ぎず、しかもやや無理のある分類である。だがこれらの単語や表現が、二十世紀末から二十一世紀初めのウラジオストクを示す重要で不可欠ないわゆるマーカーとなるということひとつをとっても、私はこの付録の名前に沿海地方という言葉を入れたのは間違っていないと考える。


【アクアリウム】Аквариум／ガラスの天窓のついたマイクロバスやミニバン。窓ガラスにスモークフィルムを貼っていない自動車。原義は水槽または水族館。

【葦毛《あしげ》馬】Сивка（シーフカ）／ホンダ・シビック。

【アデーシカ】Адэшка／ステーションワゴン日産AD。最も安価で安っぽいモデルの日本車のひとつ。「アデーハ」（ADをロシア語で発音すると「アーデー」になる）「地獄の車（アーッカヤ・マシーナ）」ともいう。

【アリストン】Аристон／高級セダンのトヨタ・アリスト。

【イタチ】Хорёк（ハリョーク）／トヨタ・ハリアー。ヨーロッパではレクサスRX300として知られる。

【1フントちゃん】Фунтик（フンチク）／トヨタ・ファンカーゴ。フントはロシアの重量単位で約四一〇グ

ラム。

【ヴェーラ】Вера／トヨタ・ヴェロッサ。本来は女性の名前。

【ヴェドヴァヤ・マシーナ】Вэдовая машина／四輪駆動車。4WDのW（ヴェー）とD（デー）から。「どこでも4」も同義。

【エデーハ】Едэха／トヨタ・カリーナED。

【エフィーシカ（EFI）】Эфишка／電子制御燃料噴射装置。電子制御ガソリン噴射装置（EPI）と呼ばれることもある。

【カバ】Бегемот／1990-94年製のトヨタ・カムリまたはビスタ。

【カルダ】Калда／中型ステーションワゴンのトヨタ・カルディナ。野菜用荷馬車クラスからスポーツ用GTまで様々な種類がある。カルドスともいう。

【カンガルーバー】Кенгурятник／バンパーの前につけられる金属製の硬いフレーム。オフロード車につけられることが多いが、マイクロバスやステーションワゴンにつけられる場合もある。タイガの中を気にせず走ったり、スーパーマーケットの駐車場でカートをどかしてぎりぎりのスペースに駐車したりするときに役立つ。

【肝硬変】Цирроз（ツィローズ）／トヨタ・カローラセレス。別名みかん（ツィートルス）。

【鉋《かんな》】Зубарь（ズバーリ）／スバル車全般。スバ。オオカミウオ（ズバートカ）やズバートカ・コロナ（1989-91年製のトヨタ・コロナ）との混同注意。「ズブ」はロシア語で歯を意味する。

【ギドラーチ】Гидрач／油圧式（ギドロ）パワーステアリング（略称ГУР）。力を入れなくても片手でハンドルを回せるようにする装置。

【ギドロムフタ】Гидромуфта／油圧継手。自動変速機のサハリン方言。

【組立車《くみたてしゃ》】Конструктор（コンストルクトル）／高関税を回避するために解体された部品として通関され、その後、車両登録前に組み立てられた自動車。原義はブロックの組立玩具。

【クルーザク】Крузак／全時代、全民族のためのオフロード車トヨタ・ランドクルーザー。トウモロコシ（ククルーザ）から派生したククルーゼル、荷物（グルーズ）から派生したグルーザクという呼び方もある。他におっかさん（マムカ）、クルイジョールとも。

【ゲーナ】Гена／発電機（ゲネラートル）のこと。本来は男性名ゲンナージイの愛称。

【ゴスチンカ】Гостинка／ホテル（ゴスチーニツァ）型住宅の意。ウラジオストク特有の小さくて比較的安価な集合住宅を指す。面積は八ー一八平方メートルで、水回りはあるが、キッチンその他は何もない。部屋だけでなく集合住宅の建物全体も指す。住人の陽気な笑い声から「ヒヒーシニキ」とも呼ばれる。主な住人は、薬物中毒者、アルコール依存症者、だらしないアウトロー、出稼ぎ労働者、学生、そして普通のマンションに入る金のない一般人。

【小屋】Сарай／ステーションワゴンタイプの車。ワゴンと呼ぶ場合もある。

【コルチ】Корч／古い自動車やカスタマイズカーを意味する俗語。原義は掘り起こされた切り株や木の根。

【サニカ】Санька／カローラクラスの低価格セダン日産サニー。日本版ジグリということもできる。

【サファリ】Сафарь／ランドクルーザーと並ぶカルト的な人気を博する大人のオフロード車の日産サファリ。サファリクとも。通は特に1997年製以前の四角いボディで、排気量4200のターボディーゼルエンジンを備え、屋根が高くフェンダーが広いモデルを好む。ヨーロッパではパトロールの名で知られる。

【サムライ】Самурай／1992-96年製のトヨタ・マークII。

【サロン車】Паркетник（パルケートニク）／寄木張りの床（パルケート）に由来。半ジープ、アスファルト用ジープ、ステーションワゴンタイプのボディを持つ走破性の高い四輪駆動車で、副変速機やラダーフレームといった本物のジープに必須な装備の一部は持たない。人気車種としてはホンダCRV、スバル・フォレスター、トヨタRAV4、日産エクストレイルが挙げられる。

【サンマ】Сайра（サイラ）／トヨタ・ソアラ。2ドアの後輪駆動のスポーツ・クーペで、排気量は2000、2500、3000、4000があり、エンジンが強化されていることもある。

【シシーガ】Шишига／非常に古くからある国産小型トラック「ガズ66（シェスジェシャト・シェストイ）」の呼び名。ウラジオストクには何の関係もないが、私はこの名前が好きだ。専門書によれば、シシーガとは古代スラヴ神話に登場する女妖怪で、水の精ヴォジャノイと家の精キキーモラの中間のような存在とされる。

【シャンデリア】Люстра／ジープのカンガルーバーまたは屋根に取り付けられた強力なライト。

【処女】Целка（ツェルカ）／2ドアの元気でおしゃれなトヨタ・セリカ。ウラジオストク出身のロックバンド「イワン・パンフィーlove」の歌にも登場した。

【水死体】Топляк／土座衛門、ルサールカ（水の妖精）とも。日本にいるうちに洪水の被害に遭った車、あるいはロシアの無謀者が海水に浸けてしまった車。自動車にとっては最悪の前科である（海水は電気系統やボディを含むあらゆる箇所に致命傷を与える）。自動車乗りが見る悪夢の主役。

【スカイ】Скай／日産スカイライン。スカリク。スクリーネ（Skylineをキリル文字風に読んだ呼び名）とも。走り屋やドリフト屋が好む車で、ガスコンロのような四つの丸目テールランプが目印。特に尊崇の対象となっているのは2ドアの箱型GTR。

【スカンク】Вонючка（ヴォニューチカ）／車載空気清浄機。

【石油コンロ】Примус（プリムス）／ガソリンと電気モーターを組み合わせたハイブリッド動力装置の最初の量産車トヨタ・プリウス。別名「近郊電車（エレクトリーチカ）」。

【たらい】Таз（タズ）／またはタージク。国内メーカー「アフトヴァズ」＝ヴォルガ自動車工場（ヴァズ）が生産した車。本拠地はトリヤッチ市でタズTAZは「トリヤッチ自動車工場」の略称と読める。広義ではロシア製の自動車全般。派生語に「たらい乗り（タゾヴォード）」、「たらい産業（タゾプロム）」等がある。

【樽《たる》】Бочка／1992‐95年製のトヨタ・コロナ。内側から膨らませたように腹が出ている。

【チフィーリ】Чифирь／ビジネスクラスのセダン日産セフィーロ。「ケフィール」「数字（ツィフラ）」とも。

【角《つの》】Рога／前部座席のドアの前方についている「耳」（ドアミラー）ではなく、車体前部についているフェンダーミラーのこと。自動車は「角族」と「耳族」に二分される。

【デーモン】Демон／かなり高級なセダン三菱ディアマンテ。

【テラノザウルス】Терранозавр／中型オフロード車の日産テラノ。「チルカ」「テランチク」ともいう。

【ドライヤー】Фен（フェン）／交通警察の検査官が持つ速度計測用レーダー。検査官はこれをかざしてくるので、「ドライヤー売り」、「しましま棒売り」、あるいは緑色の胴着を着ているので「着ぐるみ人形（テレプージク）」と呼ばれる。

【トラコーマ（トラホーム、結膜炎）】Трахома／手入れされていない、安くて古ぼけた車を指し、動詞トラーハチ（ガタガタゆれる）とかけられている。「よろよろの」、「死にかけの」、「疲れた」等の形容詞と組み合わせられる。否定的なニュアンスでの自動車全般を指すこともある。バケツ、薪、ゴミ捨て場、コルチともいう。

【ナット】Гайка（ガイカ）／①トヨタ・ガイア。②国家道路交通安全局（ＧＡＩ）。

【肉挽《ひ》き器】Мясорубка／手動の窓開けハンドル（侮蔑のニュアンスを込めて発音される）。

【鑿《のみ》】Зубило／ソ連時代から二〇〇〇年代前半まで生産されていたハッチバックのヴァズ２１０８。外観から鑿（ズビーロ）とあだ名されていた。

【ハイス】Хайс／トヨタ・ハイエース。よくできた車である。

【蠅《はえ》】Муха（ムーハ）／いすゞ・ミュー。

【箱】Коробка／ＭＴ（マニュアル・トランスミッション）のこと。ギアボックスの箱に由来。対義語ＡＴ（オートマチック・トランスミッション）は「自販機」「自動小銃」（アフトマート）と呼ばれることが多い。

【パジェリク】Паджерик／オフロード車の三菱パジェロ。弟分のパジェロ・イオやパジェロ・ジュニア、ナノサイズのパジェロ・ミニを指すこともある。「炙《あぶ》られ（パドジャールイ）」「ずんぐり（プィジク）」も同じ。

【パスクージク】Паскудик／汚らわしい奴、すれっからし（パスクーダ）の派生語で、「パルケートニク」とも大人のジープともいえる人気車種スズキ・エスクードを指す。左ハンドル版はビターラとして知られる。

【バナナ】Банан／標準タイヤよりもややサイズが小さいスペアタイヤ。ジープの場合はスペアタイヤのサイズは標準タイヤと同じで、後部のドアに外側から張りつけられているが、乗用車のスペアタイヤは車内に保管され、スペース節約のためサイズが小さい。この小さなタイヤは近くの修理場まで行ければよい間に合わせのものであり、「転がし終え（ドカートカ）」とも呼ばれる。日本車ではホイールが明るい黄色に塗られているため、この名称が生まれた。黄身、錠剤、輪型パンとも。

【バラライカ】Балалайка／小型で馬力が小さく車高の低い車。「がらくた（シュシライカ）」「腹すり屋（プゾチョルカ）」「腰掛け（タブレットカ）」ともいう。「狂った腰掛け」は小さくて頼りなさげなのに強力な加速力を持つ車。

【ヒトリーラ】Хитрила／「ずるいやつ」を意味する言葉で日産エクストレイルの愛称。X-Trail とロシア語の「ヒトリーラ」の綴りが似ているため。

【鰭《ひれ》】Ласты／起伏の多い道路を走るためのジープ級の大型車輪。ローラー車、賄賂取りとも。泥道も走れるので英語の mud（泥）をロシア語にして「泥車輪（ムードヴイエ・コリョーサ）」とも呼ばれる。

【フォリク】Форик／スバル・フォレスター。「フォリ」「森番」ともいう。

【ブドウ】Виноград（ヴィノグラード）／比較的安価なステーションワゴンの日産ウイングロード。

【箒《ほうき》】Метла／後部ガラスのワイパー。

【微笑み《ほほえ》】Улыбка／1992－96年製のトヨタ・カリーナ。テールランプの描く線が微笑しているように見えるため。

【マーク類】Маркообразные（マルコオブラーズヌィエ）／トヨタ・マークⅡ、トヨタ・クレスタ、トヨタ・チェイサー等、トヨタ・マークⅡタイプの自動車を甲殻類（ラコオブラーズヌィエ）のように生物分類用語風に表した総称。デザインは概ね統一されており、大きな違いはない。九〇年代初めまでの古くて角ばったタイプのものは「スーツケース（チェマダン）」と呼ばれる。

【魔法瓶】Термос（テルモス）／ダイハツ・テリオス。幅の狭い「女性の」パルケートニク。「テリク」ともいう。

【マルク】Марк／九〇年代初めにならず者たちの間でカルト的な人気を博した後輪駆動または四輪駆動のトヨタ・マークⅡ。マルク乗りがウインカーを使うのはマナー違反とされた。標準装備は野球用バット。「マルコーヴニク」「マルクーシニク」「マルチェロ」ともいう。「マルチョーク」または「マルチク」と呼ばれる小娘の日産マーチとの混同に注意。

【無走行車《むそうこうしゃ》】Беспробежный автомобиль／ロシア国内での走行歴がない車。自動車市場ゼリョーヌィ・ウーゴル（ゼリョンカ、グリーンコーナー）では主に無走行車が販売されている。類義語は「新鮮な車」。

【無段変速機《むだんへんそくき》】／Варик（ヴァリク）／従来の四段階の自動変速機の後継技術。「ヴァリアートル」ともいう。

【ヤーヴル】Явр／三菱ＲＶＲ。エンブレムでは一文字目のＲが左右反転していてキリル文字のЯ（ヤー）に見えるため。

【やかん】Чайник（チャイニク）／トヨタ・チェイサー。「チャイゼル」ともいう。

【ライター】Зажигалка（ザジガールカ）／ガソリンエンジンまたはガソリンエンジン車。対義語のディーゼルエンジン、ディーゼルエンジン車は「煤吐き（コプチールカ）」「ガタガタ（タラフチェールカ）」「ガス室（ガーゼンワーゲン）」「ケロガス」等と呼ばれる。

【ラヴル】Лавр／広くて乗り心地がよく力強いセダンの日産ローレル。原義は月桂樹。「月桂樹ちゃん（ラヴリク）」「ラヴレンチイ」（本来は男性名）ともいう。

【ラフチク】Равчик／トヨタＲＡＶ４。

【リプーチカ】Липучка／スタッドレスタイヤ。原義はねばついたもの。

【リューシカ】Люська／最初はマツダ・ルーチェを、後にはトヨタ・エスティマルシーダを指す。本来は女性名リュドミーラの愛称。

【リョーヴァ】Лёва／軽やかな2ドア車トヨタ・カローラレビンのこと。本来は男性名レフの愛称。若くて活動的な娘たちや、あまりお金のない元気な少年たちに好まれている。

【霊柩車《れいきゅうしゃ》】Катафалик／トヨタ・クラウン。八〇年代末から九〇年代初めに生産されたステーションワゴンタイプのトヨタ・マークⅡを指すこともある。車室が広くてダーチャに行くのに便利な、家族向けの人気車種。人やジャガイモをたくさん積める。警察でも贔屓《ひいき》にされている。広義ではステーションワゴン全般を指す。

本書『右ハンドル』は、二〇〇九年にモスクワの大手出版社アド・マルギネムから刊行され、ボリシャヤ・クニーガ賞やナショナル・ベストセラー賞といった有名な文学賞にノミネートされるなど、注目を集めたアフチェンコのデビュー作であり、代表作の一つだ。その後、二〇一二年には第二版が出版され、「エピローグ」として「コルチ」が増補された。

ワシーリイ・オレゴヴィチ・アフチェンコは一九八〇年にイルクーツク州チェレムホヴォに生まれ、ウラジオストクで育った。曽祖父の代から沿海地方で暮らしており、両親は地理学者である。大学ではジャーナリズムを修め、在学中からジャーナリストして仕事を始めた。ローカル紙やリベラル系全国紙ノーヴァヤ・ガゼータのウラジオストク版等で働き、本書が出た二〇〇九年以降は、作家としても活躍している。二〇一〇年に『ウラジオストク・グローブス』（建都一五〇周年に合わせてウラジオストクの文物を独自の視点により百科事典形式で紹介したタウンガイド）、二〇一二年に『ウラジオストク三〇〇〇』（ウラジオストクが右ハンドル車の走る独立国となっている並行世界を描いたSF小説。地元出身の人気ロックバンド「ムーミー・トロール」のリーダー、イリヤ・ラグチェンコとの共作）、二〇一五年に『透明なフレームのクリスタル』（水産物と鉱石を切り口にウラジオストクを描いたエッセイ）、二〇一七年に『ファジェーエフ』（社会主義小説

『若き親衛隊』で知られるソ連作家アレクサンドル・ファジェーエフの前半生、沿海地方で育ち、革命家となった時代に焦点を当てた伝記）を発表した。

本書の主人公と同様に、アフチェンコは自動車とは無縁の世界に生きていた文系の青年だった。ペレストロイカ期以降の混沌と自由に満ちたウラジオストクで育ち、極東人的なある種の屈託を抱えるようになったが、それはまずジャーナリストとしての地元社会への関心となって現れた。そして自覚的なウラジオストク市民、極東市民としての世界観の形成に大きな影響を与えたのが、自動車だった。自動車、正確には日本製中古車への深い思い入れと、それを通して見えてくるロシア極東の世界について語ったのが本書である。

ロシア極東（行政単位でいう極東連邦管区）は面積はロシア全体の三分の一を占めるが、人口は四パーセント程度に過ぎず、百万人都市はない。ウラジオストクやハバロフスクなどいくつか都市はあるが、いずれも一九世紀以降のロシアの帝国主義的な拡張の前哨基地として開設されたものであり、国内西部からの開拓民や流刑者、さらには日本兵等の捕虜が、厳しい自然条件の中で築き上げてきた。ソ連の政策により第二次世界大戦後も植民は続いたが（遠隔地手当てとして給与や年金の条件はよかった）、ソ連崩壊と共に極東は中央からの補助を失い、社会的な危機を迎えた。九〇年代のロシアの混乱は極東に限ったものではないし、そうした混乱は日本でも十分紹介されたが、中国、韓国、日本といった隣国の経済的な繁栄を目の当たりにした極東の住民は独自の経過をたどることになった。

しかし、近年までその歴史は、海外はおろかモスクワ等の国内西部でもあまり注目されてこなかった。

大半のロシア人にとって、極東は生涯行くこともない遠国であり（極東は英語ではファーイーストだが、ロシア語でもダーリニイ・ボストーク、「遠い東」であり、「近い東」と呼ばれる中近東よりも遠いイメージだ）、日々の生活では関係がないからだ。アフチェンコの語り口はそのような事情を背景にしており、読者としてまず国内西部のロシア人を念頭に置いた文章になっている。訳者も以前、あるウラジオストクの自動車ビジネス業者に「あれはモスクワ向けの本だ」と言われたことがある。一種の啓蒙的な意図が、モスクワ市民だけでなく我々日本人にとっても本書を読みやすいものにしているといえよう。

自動車はモスクワ市民にとっても日本人にとっても身近な生活のアイテムだが、これが極東という「非日常」的な環境では少し異なった存在になる。それを右側通行と右ハンドルの関係、ドライバーの心理、日本メーカーの自動車の命名法といった基本情報から、ウラジオストクの大型中古車市場「グリーンコーナー」のディーラーの交渉スタイル、ウラジオストクの地形と日本車の性能の関係、自動車用語の土着化、国の規制と反政府的な抗議運動の盛り上がりといったディープなテーマまで、様々な角度からアフチェンコは語る。

本書が扱うのは、すでに終わってしまった時代である。ドキュメンタリー小説であるが、著者の「抒情的逸脱」が多く、文学作品として側面も強い。すべては内側からの、個人の視点による語りなので、読者は著者の目で極東から世界をみるような構図である。「プロローグ」と終章「炎の丑年」（二〇〇九年は丑年である）の終盤は自らの自動車に語りかける形になっており、本書の親密なトーンの枠組みともなっている。右ハンドル車は女性であり、自動車を通して自分の世界を広げることは、恋愛を通して自分が成長していくことになぞらえられてもいる。恋愛には出会いと別れがあり、その舞台となる場所や時代がある。著者の愛の対象は自動車だけにとどまらず、ウラジオストクという町とその歴史にも及ぶことになる。自動車に対する思い、過ぎ去った時代に対する思い、過疎化地域である極東に対する思い。これらはいずれも充足されることのない思いであり、その不可能性が著者の創造力の源にもなっている。

本書はロシア極東という日本とも縁の深い地域とその住人たちを知るためのガイドブックとしても、また、ロシア人による風変わりなクルマの本としても読むことができる。そうした楽しみ方を補うために、背景となる日ロ中古車貿易の規模と、本書増補版が刊行された二〇一二年以降の極東社会と自動車ビジネスの動向を簡単に紹介しておこう。

日本の貿易統計で中古車の項目が現れたのは二〇〇一年からで、それ以前の対ロ輸出台数については推測するしかない。いずれにせよ一九八〇年代から二〇〇〇年代前半には、中古車の少なからぬ部分は正規の貿易ではなく、船員の携行品として通関されていたので、日本にもロシアにも正確な統計はない。ある程度信頼できる数字は、日本が盗難車輸出対策として中古車の通関の管理を強化した二〇〇五年七月以降である。それ以前については、九〇年代は年間一二～一六万台程度、二〇〇〇～二〇〇四年は年間一四～二二万台程度がロシアに輸出されていたと推測される（堀内貴志・齋藤大輔・濱野剛編著『ロシア極東ハンドブック』）。ピークの二〇〇八年には、日本の中古車輸出台数の四割はロシア向けが占めるに至った。しかし、二〇〇九年以降は現在に至るまで低迷している。二〇〇八年秋のリーマンショックによる経済危機及びルーブル安と、二〇〇九年初めの輸入関税引き上げは、中古車の消費を冷え込ませた。本書では二〇一一年に書かれた補章「コルチ」で早くも「右ハンドルの黄金時代はすでに過去のものとなった」と指摘されているが、二〇一四年末には再び油価と共にルーブルが急落して経済危機が発生、中古車ビジネスはさらなる打撃を受けることになった。

変わったのは消費者の購買力だけではない。ロシアでは二〇〇〇年代後半から外国メーカーによる現地生産が相次いで始まった。極東では相変わらず売買される自動車の大半は日本製中古車だが、ロシア全体の中古車市場でみると、近年は国産外国ブランド車の流通が増えている。本書で言及されている組立車・切断車についても、近年は国内車両登録に際しての交通当局のチェックが厳格化され、輸入されなくなった模様だ。さらに二〇一七年には、日本メーカーを含む自動車各社が商標を税関登録する動きが加速し、ウラジオストクの並行輸入品（正規の輸入者以外を通じて安価に調達された純正の部品や消耗品）ビジネスが打撃を受けた。こうした中、多くの右ハンドル業者

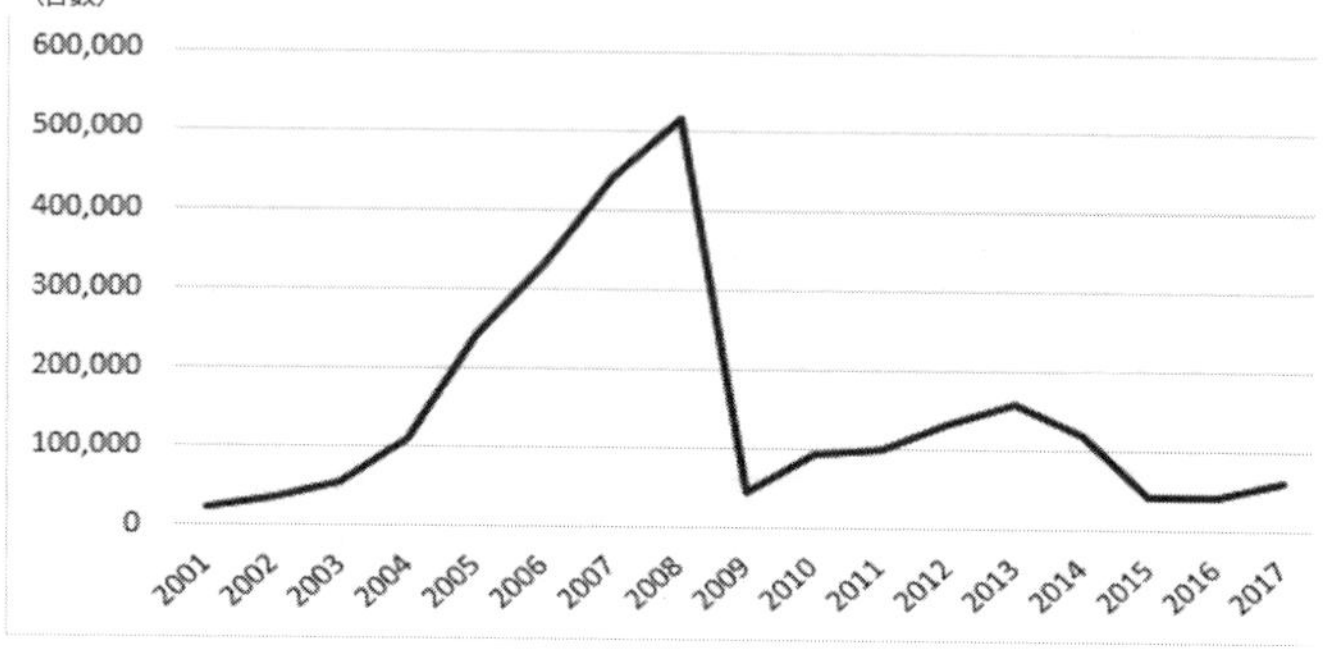

日本の対ロ中古車輸出の推移（財務省貿易統計をもとに作成）

が廃業したといわれており、もはや政府も右ハンドル車を脅威とはみなしていないように見受けられる。

なお、二〇一七年初めには、国産事故通報装置「エラ・グロナス」の乗用車への搭載が義務化され、輸入中古車に関しては法律作成者が手続きを定めることを失念していたため、全面禁止になる恐れが生じて極東で抗議運動が起きた（極東ではエラ・グロナスで事故を通報しても救急車が駆けつけられるかおぼつかなく、高価な機器の搭載義務化そのものに対する不満もあった）。このときには沿海地方知事が市民の味方に立って、モスクワに陳情して事態を収束させたが、極東市民（少なくとも自動車乗りたち）の政府に対する不信感の根強さは健在だった。

他方ウラジオストクでは、二〇一二年のAPECウラジオストクサミット開催に合わせ、道路工事を含む大規模なインフラ建設が国費で行われた。以降、極東開発のための新型経済特区の開設やウラジオストクでの毎年の東方経済フォーラムの開催など、モスクワが極東、特に沿海地方やその中心都市であるウラジオストクの開発に注力する姿勢をみせている（ちなみに、二〇一〇年以降には中国がロシアの最大の貿易相手国になった）。それによって、極東市民がモスクワに対して抱く距離感も、多少変わった可能性もある。とはいえ、国が極東の経済発展に本腰を入れたからといって経済構造や市民生活が急変するわけではなく、ましてや市民のメンタリティが大きく変わるわけでもない。ウラジオストクでは韓国・双竜に続いてトヨタ車とマツダ車の生産も始まったが、双竜とトヨタは二〇一七年時点では生産を終了しており、マツダにしても主な販売先はモスクワ等の国内西部となっている。大手中古車情報サイト drom.ru のコメント欄では、今でも「メドヴェプートのせいだ」（プーチンとメドヴェージェフに代表される中央政府を意味するスラング）といった類の書き込みは日常的で、右ハンドル車が安かった古き良き時代を懐かしむ声も多い。だがその時代は過ぎ去った。右ハンドル車は極東市民の生活に溶け込んでいるが、かつてのように極東経済の中心的な役割の一つを占めることはもうないのかもしれない。

新たな時代を象徴するものとして、例えば、日本製中古車の販売で成功した沿海地方の自動車販売大手スモウトリ（Sumotori と motor をかけている）を挙げることができる。同社はウラジオストク郊外に自動車サーキット場「プリムリング」を建設し、右ハンドル車と共にロシア極東に流入した自動車文化、とりわけドリフトの愛好者を支援し、モータースポーツによる地域興しを進めている。また、同社は前述の経済特区制度を利用し、日本企業の協力を得て沿海地方で廃車処理工場と電気自動車工場を建設する計画もある（なお、社長のヴェルケエンコ氏は二〇一七年にウラジオストク市長になった）。このように一部の自動車業者は政府の支援を受け、中古車の売買だけでなく、きちんと納税しつつ製造業や娯楽産業にも乗り出そうとしている。調査会社アフスタットによれば、二〇一八年一月一日時点のロシアにおける右ハンドル車の登録台数は四一三万台で（全体の八・二パーセント）、うち乗用車は三四七万台（同八・二パーセント）だった。

本書は言葉、特に日本語を含む様々な言葉の土着化に対する著者の関心の高さが特徴である。翻訳にあたっては、言葉のニュアンスを訳語や訳注で伝えるよう努めると共に、ロシア語やロシア文学に親しんだ読者にはさらに細かいニュアンスが伝わるよう、ルビを用いて表現を補った。煩雑で読みにくくなってしまったかもしれないが、ご容赦願いたい。

本書は二〇一二年のAPECウラジオストクサミットに合わせて刊行する計画があったが、訳者の都合や出版社の倒産があり、大幅に遅れてしまった。一時はお蔵入りも覚悟したが、新たに受け入れてくださった群像社に感謝を申し上げたい。また、翻訳を応援してくれた職場の皆様や専門用語をチェックしてくださった大野勉氏に感謝を申し上げる。

本書の文学作品としての価値は、読者の皆様が判断すべきことだが、現在の日ロ交流にも関心を持つ者としては、本書が隣国ロシアと日本を近づける一助になれば幸いである。

ワシーリイ・アフチェンコ

1980年、イルクーツク州生まれ。ウラジオストクで育ち大学時代からジャーナリストとして活動、卒業後もローカル紙や全国紙のウラジオストク版の記者として働く。作家デビュー作となった『右ハンドル』（2009年）は複数の文学賞にノミネートされ全国区の注目を浴びた。続けて発表した『ウラジオストク・グローブス』、『ウラジオストク3000』（共作）、『透明なフレームのクリスタル』はいずれもウラジオストクが「主役」となっている。最新作は沿海州育ちでソ連時代を代表する作家の前半生を描いた『ファジェーエフ』。

訳者　河尾 基（かわお もとい）

1978年、鹿児島県生まれ。早稲田大学第一文学部ロシア文学専修卒業、東京大学大学院スラヴ語スラヴ文学専門分野博士課程単位取得満期退学（専門はロシア詩）。ロシア経済情報誌「週刊ボストーク通信」「月刊ロシア通信」（株式会社ＪＳＮ発行）編集長。共訳書にシニャフスキー『ソヴィエト文明の基礎』（みすず書房）がある。

群像社ライブラリー40
右《みぎ》ハンドル

2018年6月9日　初版第1刷発行
2018年9月25日　　　第2刷

著　者　ワシーリイ・アフチェンコ
訳　者　河尾 基

発行人　島田進矢
発行所　株式会社 群 像 社
神奈川県横浜市南区中里1-9-31 〒232-0063
電話／FAX 045-270-5889　郵便振替　00150-4-547777
ホームページ http://gunzosha.com　Eメール info@gunzosha.com
印刷・製本　モリモト印刷

カバーデザイン　寺尾眞紀／Фото Юрия Мальцева

Василий Олегович Авченко
Правый руль

Vasiliy Olegovich Avchenko
Pravyi rul'

Translated by Motoi Kawao, 2018

ISBN978-4-903619-88-0

駐露全権公使 **榎本武揚** ㊤㊦

カリキンスキイ 藤田葵 訳 領土交渉でロシアに向かう榎本武揚と若いロシア人将校の間に生まれた友情は日露関係を左右するのか。旧幕府軍の指揮官から明治新政府の要人へと数奇な人生を送った榎本に惚れ込んだロシアの現代作家が描く長編外交サスペンス。 上巻 ISBN4-905821-81-1／下巻 ISBN4-905821-82-8 各1600円

レクイエム

アフマートヴァ 木下晴世 訳 監獄で面会を待って並ぶ女たちの中にいた詩人が苦難の中にある人々を思いながら綴った詩篇「レクイエム」と悪事が行われた場所に生えて笛となって悪をあばくと言われた「葦」を表題にした詩集。孤独と絶望の中のささやきが私たちに届く。 ISBN978-4-903619-80-4 1200円

ケヴォングの嫁取り サハリン・ニヴフの物語

ウラジーミル・サンギ 田原佑子 訳 川の恵みで繁栄していた時代は遠くなり小さな家族になったケヴォングの一族。ロシアから押し寄せる資本主義の波にのまれて生活環境が大きく変わっていく中で人びとの嫁取りの伝統も壊れていく。サハリン先住民の作家が民族の運命を見つめた長編ドラマ。 ISBN978-4-903619-56-9 2000円

出身国

バーキン 秋草俊一郎 訳 肉体的にも精神的にも損なわれた男たちの虚栄心、被害妄想、破壊衝動、孤立と傲慢……。それは現代人の癒しがたい病なのか。文学賞の授賞式にも姿をみせず、沈黙の作家といわれたまま50代前半でこの世を去った作家の濃厚な短篇集。 ISBN978-4-903619-51-4 1900円

私（ヤー）

A. ポチョムキン コックリル浩子 訳 子供の頃から人間の残酷さと下劣さに苦しめられた孤児カラマーノフはやがて成長し社会の欠陥を暴露する実験にとりかかり新たな知的生命体による人類の支配をめざす。現代のドストエフスキイと評される作家がロシアの病巣にメスを入れる中編小説。 ISBN978-4-903619-45-3 1800円

価格は税別

群像社ライブラリー

はだしで大地を　アレクサンドル・ヤーシン作品集
太田正一訳　モスクワの北東約六百キロ、ロシアの原風景・北ロシアに生まれて早くから詩人として認められたソ連時代の抒情派詩人。戦後は国家主導の文学理論と相容れず、大きなものの陰に隠れた小さな生きものたちの命を見すえた散文に精力を注いだ作家の日本初の詩的作品集。　ISBN978-4-903619-71-2　1800円

春の奔流　ウラル年代記①
マーミン＝シビリャーク　太田正一訳　ウラル山脈の山合いをぬって走る急流で春の雪どけ水を待って一気に川を下る小舟の輸送船団。年に一度の命をかけた大仕事に蟻のごとく群がり集まる数千人の人足たちの死と背中合わせの労働を描くロシア独自のルポルタージュ文学。　ISBN4-905821-65-7　1800円

森　ウラル年代記②
マーミン＝シビリャーク　太田正一訳　ウラルでは鳥も獣も草木も、人も山も川もすべてがひとつの森をなして息づいている…。きびしい環境にさらされて生きる人々の生活を描いた短編四作とウラルの作家ならではのアジア的雰囲気の物語二編をおさめた大自然のエネルギーが生んだ文学。　ISBN978-4-903619-39-2　1300円

オホーニャの眉　ウラル年代記③
マーミン＝シビリャーク　太田正一訳　正教のロシア、異端の分離派、自由の民カザーク、イスラーム…さまざまな人間が煮えたぎるウラル。プガチョーフの叛乱を背景に混血娘の愛と死が男たちの運命を翻弄する歴史小説と皇帝暗殺事件の後の暗い時代に呑み込まれていく家族を描いた短編。　ISBN978-4-903619-48-4　1800円

裸の春　1938年のヴォルガ紀行
プリーシヴィン　太田正一訳　社会が一気に暗い時代へなだれこむそのとき、生き物に「血縁の熱いまなざし」を注ぎつづける作家がいた。雪どけの大洪水から必死に脱出し、厳しい冬からひかりの春へ命をつなごうとする動物たちの姿。自然観察の達人の戦前・戦中・戦後日記。　ISBN4-905821-67-3　1800円

価格は税別

群像社の本

夜明けか黄昏か　ポスト・ソビエトのロシア文学について

ドゥトキナ　荒井雅子 訳　多くの日本文学をロシアに紹介してきた編集者・翻訳家がソ連崩壊後のロシア現代文学の変貌をあらゆるジャンルに渡って読み解く前編とロシアが日本文学に寄せてきた深い愛と交流の歴史を語る後編。未来に向けた想像力の糧を考える現代文学史ドキュメント。　ISBN978-4-903619-84-2　2000円

森のロシア 野のロシア　母なる大地の地下水脈から

太田正一　茫々とひろがるユーラシア、その北の大地に生をうけた魂の軌跡をたどる連作エッセイ。水のごとく地霊のごとく、きわなき地平を遍歴する知られざるロシアの自然の歌い手たちの系譜をたどりながら描くロシアのなかのロシア！

ISBN978-4-903619-06-4　3000円

チェーホフの庭

小林清美　作家になっていなかったら園芸家になっていたでしょうと手紙に書いた「庭の人」チェーホフは丹精こめて育てた草木の先に何を見つめていたのだろうか。作家の庭を復活させた人びとのドラマをたどり、ゆかりの植物をめぐるエピソードを語る大きなロシアの小さな庭の本。　ISBN4-905821-97-5　1900円

風呂とペチカ　ロシアの民衆文化

リピンスカヤ編　齋藤君子訳　ロシアの人はお風呂が大好き！　ペチカにもぐりこんだり風呂小屋で蒸気を浴びたりして汗をかきリフレッシュするロシアの風呂の健康法から風呂にまつわる妖怪や伝統儀式までを紹介する日本初の本格的ロシア風呂案内。

ISBN978-4-903619-08-8　2300円

ロシア絵画の旅　はじまりはトレチャコフ美術館

ポルドミンスキイ　尾家順子訳　世界の美術史のなかでも独自の輝きを放つロシアの絵画を集めたトレチャコフ美術館をめぐりながら代表的な絵と画家たちの世界をやさしく語る美術案内。ロシア絵画の豊かな水脈をたどり、芸術の国ロシアの美と感性を身近に堪能できる１冊。（モノクロ図版128点）　ISBN978-4-903619-37-8　2200円

価格は税別